D1720246

Renate Fabel · Wo die Liebe hinfällt

Renate Fabel

Wo die Liebe hinfällt

ROMAN

Langen-Müller

© 1979 by Albert Langen · Georg Müller Verlags GmbH
München · Wien
Alle Rechte vorbehalten
Schutzumschlaggestaltung: Hans Fischach, München, unter
Verwendung eines Fotos von »Warner Beachwear«
Satz: VerlagsSatz Kort GmbH, München
Druck und Binden: Druckerei May & Co, Darmstadt
Printed in Germany
ISBN: 3-7844-1783-3

Es geht in der Welt nichts über die hingebende Liebe einer verheirateten Frau. Das ist eine Sache, von der ein verheirateter Mann keine Ahnung hat.

Oscar Wilde

Die Vernissage fand in einer alten Villa statt. Früher hatte ein bedeutender Maler darin gelebt – zu seiner Zeit verehrte man ihn fast wie einen Fürsten. Berühmt wurde er durch seine römischen Feste, die er mit Freunden feierte, die große Anzahl von Kindern, die er in die Welt setzte, und durch die noch zahlreicheren Gemälde, die Trauben und lüsterne Satyrn, Tempel und sinnende Frauengestalten zeigten. Dann starb sein Eheweib und wenig später die Geliebte, er versank in Schwermut und zog sich aufs Land zurück. Die Villa blieb viele Jahre in Familienbesitz, erst später fiel sie der Stadt zu.

Noch immer geisterte leidenschaftliche Trauer durch die niedrigen, mit schwarzgoldenen Leisten eingefaßten Räume. Selbst an diesem Abend. Zwar hatte man des Künstlers Bilder zur Seite geräumt und andere, modernere an ihre Stelle gehängt. Zwar blendete eine Flut von Lampen, klirrten Gläser aneinander und rauschten Kaskaden von Gelächter auf (Carolines Stimme hob sich hell, fast ein wenig hysterisch davon ab). Zwar feierte man Erfolge und hatte zu Wehklagen eigentlich keinen Anlaß..., zwar triumphierte Jugend und Talent und Lebenslust..., zwar...

War Roman der einzige, der gegen eine niedergedrückte Stimmung ankämpfen mußte?

Er wußte, daß er keinen – fast keinen – Grund dazu hatte, und zog sich trotzdem wie ein kleiner Junge, mit dem niemand spielen wollte, in den Garten zurück. Dort wühlte der Wind in den Bäumen, roch es nach Regen und dem ersten Herbstnebel. Es war viel zu kühl für den eben beginnenden September. Das Bier machte auch nicht gerade warm. Er hatte Muschelragout in einem Näpfchen gewählt, eigentlich eines der zahlreichen Gerichte, die er nicht ausstehen konnte. Caroline hatte behauptet, es wären Pilze. Dreimal hatte sie diesen Satz wiederholt, dreimal mit unsicherer Zunge, und dabei eine Schale mit Pfirsichsekt – die wievielte? – heruntergestürzt. Niemals vorher hatte Roman sie so aufgedreht erlebt. Aufgedreht und wohl auch glücklich.

Natürlich. Weshalb auch nicht? Schließlich gehörte sie zu den Stars des Abends. Man hatte sie als eine der talentierten jungen Künstler dieser Ausstellung begrüßt, alle hatten sie dabei den Kopf nach der knabenhaften Gestalt in den schwarzen Pagenhosen umgewandt, und sie war vor Stolz wie eine Mohnblüte erglüht. Während sich Roman um eine freundlich verbindliche Miene bemühte, preßte sie sich dicht an ihn.

»Alle sollen sie wissen, daß du zu mir gehörst«, flüsterte sie ihm zwischen Lachen und einem Schluck Pfirsichsekt zu, »alle, alle. Ohne dich bin ich eine Null, ein Nichts, bedeutungslos wie die meisten Besucher hier. Mein Gott, bin ich froh, daß der Professor bei seiner Ansprache meinen Namen nicht vergessen hat. Wie leicht hätte das passieren können, bei all dem Pech, das mich seit Jahren verfolgt.« Sie drückte seine Hand.

»Was soll da erst ich sagen?« gab er leise zurück. »Deinen Namen, dein Gesicht, deine Bilder wird man sich merken. Nach mir kräht noch in zwanzig Jahren kein Hahn.«

»Das ist etwas anderes, und du bist nicht ganz schuldlos daran. Aber laß mich jetzt, die Fotografen treten in Aktion, und einige meiner Kollegen stellen sich bereits in Positur. Mir liegt das gar nicht, andererseits . . .« Sie fuhr sich mit der Zunge über die vor Aufregung trockenen Lippen (eine rührende Geste) und steckte die grünlichen Lichter in ihren Augen an (eine berechnende Geste). Noch immer – trotz der fast zehn Jahre Ehe – verblüffte ihn ihre Energie, die sich niemals zu verbrauchen schien. Ein Anflug von Eifersucht (oder war es Neid?) stieg in ihm auf.

Dann griff man nach ihren Armen und küßte sie auf die Wangen. Das waren ihre Malerkollegen, das mangelnde Kopfhaar vielfach durch üppigen Bartschmuck ersetzt. Man reichte ihr ein neues Glas, zog sie weg von ihm und hin zu den Bildern, ihren eigenen und denen der anderen. Noch einmal suchte sie mit den Augen seinen Blick, signalisierte so etwas wie »ich liebe dich, ich brauche dich«, schließlich ergab sie sich mit einem Achselzucken. Dieser Abend war zu wichtig, um ihn in trauter Zweisamkeit zu vertändeln.

Langsam mußte er sich wohl an seinen Part – den des gefügigen ständigen Begleiters – gewöhnen. Ein Mann zweiter Klasse, ohne größere Eigeninitiative, dafür mit um so mehr lächelnder Geduld ausgestattet. Er hatte eine einigermaßen erfolgreiche Frau aufzuweisen. Sehr schön. Wahrscheinlich beneidete man ihn um sie. Seit

9

Jahren war Caroline verzweifelt um ihre künstlerische Anerkennung bemüht, jetzt endlich zeigte sich der erste Silberstreifen am Horizont. Damit ließ hoffentlich auch ihre Anspannung nach, hin und wieder lachte sie sogar schon wieder, war zärtlich wie am Beginn ihres Zusammenlebens. Allerdings immer noch seltene Augenblicke, abgelöst von Zweifel und Depressionen, Unzufriedenheit mit sich selbst, dem Talent, dem Glück. Roman tröstete sie, versuchte ihr nahezulegen, daß es da noch andere erstrebenswertere Ziele gab als der Beifall der anderen. Beispielsweise sein eigener, wenn sie aus dem Schwimmbecken kletterte, mit triefendem Haar, mit der Figur und der Unschuld einer Zwanzigjährigen. Wenn sie sich in den ersten Flockenwirbel stürzte oder die Nase selig in einen Fliederstrauß stieß . . . Sie konnte soviel Grazie, soviel Wärme entwickeln. Dinge, die ihn von der ersten Minute des Kennenlernens an in ihren Zauberkreis gezogen hatten. Damals war von der großen Karriere nur gelegentlich die Rede gewesen. Heute war es das alles beherrschende Thema. Was sollte er mit diesem Näpfchen Muscheln anfangen? Einfach irgendwo hinstellen? Dazu fehlte ihm der Mut und die großzügige Einstellung. Vielleicht fand er einen Abnehmer.

»Möchten Sie? Ich habe nicht einmal mit der Gabel daran gerührt . . .« Er sprach einfach eine Person an, deren Nähe er hinter sich spürte. Sie versprach Verständnis und Wärme. Zumindest von rückwärts. Als sie sich umdrehte, versprach sie noch um einiges mehr. Es war eine Frau. Wohl- und weichgeformt und mit zu einem Lockentuff hochgetürmtem Haar.

»Und wenn Sie mir nur ein Löffelchen übriggelassen hätten, ich würde es Ihnen aus den Händen reißen.« Sie sprach mit einem leicht Wiener Tonfall. »Bei all diesen Getränken . . . und dieser Kälte . . . und diesen Lobhudeleien . . .«

Ihre Finger berührten die seinen, der Muscheltopf hatte den Besitzer gewechselt. Während sie aß, purzelten ihre Worte übereinander. Auf einmal fühlte er sich wohl, sehr wohl. In den erleuchteten Räumen wurde das Gelächter lauter.

»Gehören Sie auch zu den Malern?« Sie leckte sich den Daumen ab.

»Ich nicht, aber meine Frau.« Obwohl er gar nicht von Caroline sprechen wollte, spielte er den pflichtbewußten Ehemann. Ganz anders als sie, die so gern ihre Unabhängigkeit betonte.

»Ihre Frau? Ist das die Schlanke mit dem kühnen Profil? Mir gefallen ihre Bienen und Käfer und Schmetterlinge. Ich könnte das nicht malen, dabei schwirrt eine ganze Menge Phantasie in meinem dummen Kopf herum.« Wenn sie lachte, krauste sich ihre Nase wie die eines lausbübischen kleinen Mädchens.

Er kam ins Flirten. Zwar war er ein wenig aus der Übung – Caroline fand ihn zu alt dafür –, doch löste ihm der lässige Wiener Charme die Zunge.

»Mit Phantasie kann man auch eine Reihe anderer Dinge tun als malen.« Es klang frivoler als er es meinte.

»Ich beispielsweise versuche mich hin und wieder im Schreiben? Und Sie? Nun, vielleicht im Klavierspielen oder Blumenpflanzen oder Gulaschkochen . . .«

»Marillenknödel schon eher.« Wieder lachte sie. Es war

nicht dieses krampfhafte Lachen, das die Gesichter der Menschen da drinnen erschütterte. Sie lachte so einfach, wie sie atmete und ihre Muscheln aß. Caroline hatte in der letzten Zeit viel von dieser Natürlichkeit eingebüßt.

»Nein, nein, tagsüber treibe ich schon ein paar ernsthaftere Dinge. Da gibt es einen Sohn, der mit seiner Mutter diskutieren möchte, und einen gefräßigen Hasen, außerdem all die tausend Kleinigkeiten, die eine Frau sonst noch zu tun hat. Oh, schauen Sie einmal in den Himmel hinauf. Diese Sternenpracht, fast wie in den Bergen.«

Der Wind zupfte in ihren Haaren, als sie beide den Kopf in den Nacken legten und die Sternenbilder zu bestimmen versuchten. Unter ihrer nachtschwarzen Spitzenbluse schimmerte mondfarbene Haut. Roman poetisierte, bis ihn zwei energische Hände in die Wirklichkeit zurückholten. Er roch Gardenienparfüm. Neben ihm stand Caroline, sehr schmal, sehr aufrecht und sehr wachsam.

»Na, ihr Sternengucker.« Etwas krampfhaft bemühte sie sich um gute Laune. »Roman, mein Lieber, du hast vielleicht Nerven. Während ich mir nach dir die Augen ausschaue und bei allen meinen Freunden deine Abwesenheit entschuldige, amüsierst du dich inzwischen unter dem Herbsthimmel. Kann ich jetzt mit dir rechnen?«

Sie nickte der Wienerin kurz und nicht unfreundlich zu. Kunststück – zu überragend war der Erfolg des heutigen Abends. Roman las in dem Gesicht seiner Frau wie in einem Buch, das er auswendig kannte.

»Also dann auf Wiedersehen. Und danke für die Gesellschaft. Wer weiß, wann ich einmal in den Genuß von Marillenknödeln komme.« Ein mutiger Satz. Trotz Carolines Nähe sprach er ihn mannhaft aus.

»Die Muscheln waren aber auch recht gut.« Mit fast zögernden Bewegungen wandte sich die junge blonde Frau einer Gruppe von Studenten zu. Hatte sie Carolines Auftritt überhaupt registriert? Es war nicht einmal zu einem Austausch der Namen gekommen.

Natürlich hatte Caroline jetzt endgültig zuviel Pfirsichsekt getrunken, damit war die Grenze zwischen Lebhaftigkeit und Streitsucht überschritten, und auch die Straffheit ihrer Züge litt darunter. »Bitte, komm jetzt, komm.« Sie ging sehr rasch und hielt sein Handgelenk wie mit einer Stahlklammer umfaßt –. »Da hättest du nun zum erstenmal Gelegenheit, auf deine Frau stolz zu sein. Und was tust du? Ziehst es vor, mit einer fremden Weibsperson in den Sternen zu lesen. Wie stehe ich denn vor den anderen da?«

»Gut wie immer, mein Liebling. Ich habe mich betont im Hintergrund gehalten. Du wolltest doch Kontakte knüpfen, dich um die Presse bemühen, ein Ehemann ist dabei nur hinderlich. Von jetzt an stehe ich ganz zu deinen Diensten.«

›Auch dies wie immer‹ – lag ihm auf der Zunge, doch fühlte er sich zu schuldig, um ihren Unmut weiter zu vertiefen.

Inzwischen hatten sich die Räume mehr und mehr geleert. Wer jetzt noch nach einem Glas griff und auf schwankenden Füßen zu einer Gruppe stieß, schien entweder die häusliche Einsamkeit oder den Einfluß der kalten Nachtluft auf den Alkoholspiegel zu fürchten. Von den ausgestellten Bildern jedenfalls war kaum mehr die Rede. Lobpreisungen und Enthusiasmus schienen verpufft. Trotzdem – es war zu einigen Ankäufen gekommen. Leider waren Carolines Bilder nicht darunter.

»Schöne Kollegin, meine Verehrung.« Ein Mann mit graugesprenkeltem Bart und schlechten Zähnen kam auf das Ehepaar zu. Galant küßte er Caroline die Hand, und sie ließ es geschehen, obwohl er ihren ästhetischen Ansprüchen durchaus nicht genügte. »Ein letztes Glas noch?«

Sie nickte und trotzte damit Romans besorgtem Blick. Die Sternenschau war ihm bei Gott nicht vergeben. Oh, um wieviel lieber läge sie dabei jetzt geduscht und gecremt im Bett, ganz nahe bei Roman, der wohl einen Apfel essen würde. Und während sie damit beschäftigt wäre, jeden seiner Bissen mitzuzählen, würde der Wind an den Fenstern rütteln und ab und zu auf der Straße eine Bremse quietschen. Nichts könnte ihre Zweisamkeit stören – nichts bis auf diesen Apfel. Doch jeder Apfel war einmal aufgegessen.

Lieber, guter Roman. Gönne mir noch einen großartigen Abgang. Sieh mal, ein paar Leute von der Zeitung spitzen die Ohren. Mein Name im Feuilleton, vielleicht sogar ein Foto . . .! Weshalb war es nur ein so barbarisches Unterfangen, Stufe um Stufe diese wacklige Erfolgsleiter hinaufzutasten? Kein Außenstehender konnte ahnen, wieviel Verzweiflung, Verzicht und auch Verstellung dahintersteckte. Roman erlebte es mit, und er fragte sich häufig genug: »Wozu das ganze

Theater?« Doch sie, Caroline, würde weitermachen. Die Augen schließen, ihn flüchtig umarmen und einfach immer weitermachen. Kampflustig hob sie das Glas und warf das kurzgeschnittene Kupferhaar in den Nacken. Ihre sehnigen Schultern strafften sich. Jetzt sah sie aus wie eine Amazone, eine ziemlich kriegerische Amazone. Roman blickte sie wachsam an.

»Vielen Dank, daß ihr euch die Zeit genommen habt, uns Anfängern ein bißchen Mut zu machen. Ich hoffe, diese Ausstellung ist der Beginn einer – nun, ich will nicht behaupten, einer neuen Epoche, doch vielleicht einer Richtung, die ihre Anhänger nach und nach finden wird. Wir Künstler jedenfalls werden alles daran setzen. Gerade jetzt haben wir ein besonders interessantes Projekt in Aussicht. Oh, hoppla, ich glaube, ich rede zuviel.« Rasch hielt sie sich den Mund zu und griff wie hilfesuchend nach Romans weißer Manschette.

»Sprich dich nur aus, Caroline. Oder soll ich lieber Carolina sagen?« Ein kleiner Rothaariger versuchte einen amerikanischen Akzent.

»Pst! Mein Mann« – sie zog Roman dicht an sich heran – »ahnt noch nichts von dieser Überraschung. Der Arme! Ich hätte ihm eine bessere Frau gewünscht. Dafür darf er aber jetzt nach Hause gehen. Es war ein langer Abend und es war ein schöner Abend.«

Sie wedelte mit der Hand ein paarmal in der Luft herum und steuerte dann in Richtung Ausgang. Wenn man genau hinsah, merkte man, daß sie schwankte, und Roman sah genau hin.

Regen tröpfelte, als sie zu ihrem Wagen liefen. Bevor er Caroline die Autotür öffnete, drehte er vorsorglich die

Heizung an. »Und jetzt habe ich Hunger, so richtig schönen Hunger.« Mit zusammengepreßten Lippen rieb er sich die Hände.

»Hunger?« Zitterte Caroline vor Kälte oder vor Empörung? »Das ist nicht zu fassen. Da gab es Geschnetzeltes und Scampi, Schinken und Spargel, Leberpastete und Gorgonzola, etcetera, etcetera. Ein normaler Mensch sollte davon eigentlich satt werden. Wenn man allerdings in den Himmel starrt, eine hübsche Frau zur Seite . . .«

»Ich habe Hunger«, wiederholte Roman, diesmal fast trotzig. »Hast du mich verstanden? Hunger! Und deshalb fahren wir jetzt zum ›Alten Wirt‹, und ich lade dich zu einer Suppe ein.«

»Kommt gar nicht in Frage. Sonst sparen wir an allen Ecken und Enden und wagen nicht einmal, ein altes Hühnerbein in den Abfall zu werfen, und auf einmal spielst du aus heiterem Himmel den großzügigen Mann von Welt. Mir kannst du damit nicht imponieren. Ich finde das nur albern. Außerdem bin ich todmüde.« Obwohl sie wußte, daß sie auf gefährlichen Pfaden wandelte, vermochte Caroline sich nicht mehr zu bremsen.

Roman sah stumm geradeaus. »Du weißt, daß ich immer großzügig sein möchte«, meinte er nach einer kleinen Weile. »Glaubst du, ich fühle nicht, daß ein ganz anderer Mann an deine Seite gehörte? Ein Mann, der dir das Leben ein bißchen leichter macht, statt dich zu belasten?«

Sein Profil zeigte Resignation.

Verzweifelt kämpfte Caroline gegen Pfirsichsektnebel,

Kälteschauer, Ungeduld und ein gewisses Mitleid an. Sollte dieser so erfolgreich begonnene Abend wieder einmal in einem grandiosen Chaos enden? Ihre Unstimmigkeiten hatten in der letzten Zeit bedrohlich zugenommen.

»Roman. Romano. Romanino.« Sie rieb ihre Nase an seiner Tweedschulter und schnurrte wie eine Katze. »Erstens will ich keinen anderen Mann und zweitens bin ich nicht dazu da, um mir das Leben leichter machen zu lassen. Geld hat mir noch nie imponiert, das weißt du doch. Mich kann man nur mit Leistung blenden. In jedem Fall bekommst du jetzt deine Suppe. Bist du einverstanden, wenn ich zu Hause eine Büchse öffne?«

Die Büchse schmeckte nach Büchse, obwohl Caroline wie wild mit Kondensmilch, Maggi und einer Unmenge Pfeffer herumwirtschaftete. Gott sei Dank hatte sie ihren kleinen Schwips jetzt unter Kontrolle gebracht, saß brav auf ihrem Stuhl und löschte ihren Durst mit Mineralwasser.

Während Roman Löffel für Löffel der bräunlichen Flüssigkeit herunterzwang, schwebte ihm die Vision einer österreichischen Frittatensuppe vor. Wienerinnen waren im allgemeinen gute Köchinnen . . . So sagte man wenigstens. Caroline war weder Wienerin noch eine gute Köchin. Dafür eine ambitionierte Malerin. Auch dies verlangte eine gewisse Anerkennung. Und sehr viel Geduld.

Caroline musterte ihn schweigend, sie schien seine Gedanken zu ahnen.

»Lockentuffs sind altmodisch«, sagte sie dann auf einmal und zog ihren japanischen Hausmantel über den kleinen Brüsten enger zusammen. »Ich hasse einfach alles, was nicht mehr der Zeit entspricht. Man muß sich der Gegenwart stellen, mit offenen Augen und Ohren. Auch Rubensfiguren haben höchstens noch in einem Kostümfilm ihre Berechtigung. Übrigens – wie hieß sie denn?«

»Wer?« murmelte ihr Mann vor sich hin und gähnte verstohlen.

»Na, dieser Flirt da von dir im herbstlichen Garten. Ist mir letztenendes auch egal. Ich weiß längst, daß du lieber mit einer bilanzsicheren Buchhalterin, einer auf Urlaub und Weihnachtsgeld erpichten Fremdsprachensekretärin verheiratet sein möchtest. Karriere in der eigenen Familie ist immer lästig. Dabei läge es an dir, mehr aus deinem schriftstellerischen Talent zu machen. Vergiß dieses Buch über alte Dampflokomotiven. Suche dir ein aktuelles Thema, eines, das . . .«

»Morgen, Caroline Chérie, morgen.« Liebevoll glitt er mit beiden Händen ihren schmalen Körper entlang und pustete ihr eine Strähne aus der Stirn. »Ist ein Star im Hause nicht genug? Du bist die Schöne, die Kluge, die Begabte und ich – nun, ich bin ein alter Trottel, der sich ein bißchen in deinem Glanz zu sonnen versucht und außerdem aufpaßt, daß auch hin und wieder etwas Warmes auf den Tisch kommt.«

»Eine bilanzsichere Buchhalterin . . .«, begann Caroline abermals, doch er küßte ihr den Mund zu.

Als Caroline vor ihrem Bett die Pantöffelchen abstreifte, stieß sie wie jeden Abend halb aus Versehen, halb absichtlich an Bimbos Korb. Obwohl der braunweiß gesprenkelte Setter jetzt fast ein halbes Jahr tot war, hatte sie seinen Schlafplatz noch nicht beiseite geräumt. Die Erinnerung an seinen sanften Blick überschwemmte sie, es täte gut, wieder einmal über zwei verzottelte Ohren zu streichen. Weshalb, um Gottes Willen, gönnte einem das Leben immer nur ein bißchen Glück auf einmal? Irgendwie hatte man es bei ihr als Kind versäumt, sie genügend auf das Erwachsenendasein vorzubereiten.

»Man müßte eine goldene Biene malen«, sann sie laut vor sich hin und knipste die Lampe aus. »Ganz golden gegen einen fast schwarzen Hintergrund. Davor präsentiere dann ich, die Künstlerin, in einer Art Goldnetz.«

»Ist durchsichtig«, gab Roman zurück und wühlte seinen Kopf tiefer in sein Kissen hinein. »Vorsicht, so ganz jung bist du auch nicht mehr.«

»Dafür bald berühmt.« Sie schlang ihre Arme um seinen Hals und zwang ihn, die Beine anzuwinkeln. »Komm näher, ganz nahe. Ja, so kann ich am besten schlafen.«

»Aber ich nicht. Na, gebe ich eben wieder mal nach. Ist jetzt endlich Ruhe?«

»Wenn du nicht immer das letzte Wort haben mußt, gern. Und, bitte, atme nicht so laut.«

»Mein Gott, bist du vielleicht nervös. Ich kann den Atem ja anhalten, wenn dir das lieber ist.«

»Rede keinen Unsinn. Schließlich will ich einen lebenden Roman. Einen lebenden und einen lieben.«

So brummelten, brabbelten, biesterten sie sich in den Schlaf hinein, beide froh, den Zankapfel noch einmal in letzter Minute beiseite gelegt zu haben. Es regnete die ganze Nacht hindurch.

Als Roman Caroline kennenlernte, waren ihre Eltern gerade kurz hintereinander gestorben. Ihre sonst so glaskühlen Augen glänzten fiebrig, und sie hielt sich jede Nacht in irgendwelchen Lokalen auf. Den Tag verbrachte sie dagegen in einer Werbeagentur, wo sie unermüdlich Strich um Strich zog und von einem eigenen kleinen Atelier träumte. Von Anfang an war Roman über ihre nie erlahmende Zielstrebigkeit erstaunt gewesen.

Als Caroline Roman kennenlernte, hatte er soeben Schluß gemacht mit Irmela, einem lieben, blassen Wesen. Diese Entscheidung war ihm nicht leicht gefallen, denn im Grunde gab es an ihr nichts auszusetzen (als eben dieses Liebe, Blasse). Sie hatte niemals wieder einen anderen Freund gefunden, vielleicht auch nicht finden wollen, und war heute glücklich, ab und zu bei Roman und Caroline zu Gast zu sein. Caroline kam diese Reaktion geradezu unheimlich vor; sie scheute Irmela und deren Sanftmut, vermochte sich jedoch nicht gegen Roman durchzusetzen, der noch immer von einem schlechten Gewissen sprach.

Als Roman vor diesen vielen Jahren also versuchte, nicht gar zu schnell der Zauberkraft zweier fiebriger, grünlicher Augen zu erliegen, steuerte er gleichzeitig eine Karriere im Berufsleben an. Es blieb eine mittlere Laufbahn – mehr nicht. Während sie inzwischen dreimal den Job gewechselt hatte und jetzt in der größten Werbeagentur der Stadt arbeitete, wetzte ihr Ehemann noch immer den armseligen Stuhl seiner ersten Stellung. Wie war ihm das nur möglich?

Gewiß, er hatte einen liebenswerten Chef – der Typ des alten Professors mit wirrem Haarkranz und Zigarrenasche auf den Hosenbeinen –, der ein Theaterfanatiker war. Ein hübsches Privatvergnügen, gewiß. Nur begnügte sich Clemens Varenius nicht damit, dieser Leidenschaft in seinen freien Stunden nachzugehen, nein, er baute einen Verlag darauf auf. Ständig befand er sich auf der Suche nach unverbrauchten Talenten, deren Phantasie und Ideenreichtum dem modernen Theater eventuell zu d e m entscheidenden Impuls verhelfen konnten – Roman beteiligte sich schlechtbezahlt an dieser Jagd.

»Wir wohnen in der Stadt mit den meisten Verlagen.« Und Caroline zählte sie alle mit Raubtierblick auf. »Ein erfahrener Lektor, wie du es bist, wird laufend gesucht. Ich könnte dir mit Leichtigkeit eine Stellung als Werbetexter verschaffen, mit einem Gehalt, das dich schwindeln läßt! Aber du? Du hältst diesem Pleiteunternehmen die Treue und feierst dort demnächst sogar dein fünfzehnjähriges Jubiläum. Vielleicht mit einem Zwanzigmarkschein als Anerkennung für geleistete Dienste.«

Roman, der seiner Frau im Laufe des Abends beibringen mußte, daß sie beide wieder einmal bei seiner Schwester eingeladen waren, schwenkte ausnahmsweise nicht von diesem strittigen Thema ab. Außerdem hatte er Tee mit Honig getrunken und fühlte sich warm und wohl.

»Sieh mal«, er legte den eben genossenen Honig in die

Stimme, »du bist doch eine Künstlerin und daher sensibel. Also müßtest du verstehen, daß die Arbeitsatmosphäre ganz entscheidend für die berufliche Leistung ist. Bei mir gibt es keine Stechuhr und keinen kontrollierenden Chefblick, ich muß kein Soll erfüllen und auch keine falschen Hoffnungen. Varenius vertraut mir, und der Gedanke, vielleicht eines Tages auf unseren Theaterspielplan Einfluß zu nehmen, macht mir Spaß.«

»Varenius vertraut auch Mike«, spann Caroline ihren giftigen Faden weiter, »diesem kaum zwanzigjährigen Lümmel mit schwarzen Fingernägeln und weißem Burnus. Was der euch an angeblichen Talenten daherschleppt, kannst du wohl vergessen. Und wie ich Varenius und dich kenne, sitzt dieser Mike eines Tages ganztägig in eurem Büro, und du öffnest die Post für ihn.«

»Dazu liebt er seine Freiheit viel zu sehr«, versuchte Roman abzuschwächen, »laß den Jungen ruhig ein bißchen Verlagsatmosphäre schnuppern. Ich halte nichts von Ellbogen-Methoden und amerikanischem Konkurrenz-Denken. Sei ein bißchen menschlicher, mein kleines Energiebündel.«

»Menschlich bin ich, aber blind deshalb nicht.« Caroline mußte wieder einmal einsehen, daß ihr Einfluß auf Roman – trotz aller gegenteiligen Behauptungen von seiten seiner Familie – aus einer runden Null bestand. Gewiß, er war lieb, er war gut, der beste Kamerad, den man sich vorstellen konnte, vernarrt in seine Frau und nachsichtig ihren Capricen gegenüber; Ratschläge, die ihn und seine berufliche Zukunft betrafen, hörte er sich an wie einen Vortrag über moderne Collagen-Technik. Interessiert, doch ganz und gar unbeteiligt.

Was blieb ihr also anderes übrig, als die gesamte Kraft, den gesamten eisenharten Willen, der in ihr steckte, auf die eigene Person zu konzentrieren? Seit ihrem dreizehnten Lebensjahr hatte sie gemalt, erst Mädchen mit Kniestrümpfen und Schultasche, dann Hunde, schließlich die üblichen Boote am Strand und den Heideweg, der zu einem Friesenhaus führt. Man lobte ihr Talent, belächelte es gönnerhaft, riet ihr, es doch zunächst einmal mit einem ordentlichen Beruf zu versuchen. Grafik entsprach ihrer Neigung am ehesten, damit ließe es sich auch Geld verdienen. Also nahm sie sich vor, eine außerordentlich gute Grafikerin zu werden. Dieses Ziel war inzwischen erreicht und daher uninteressant geworden. Was nun in ihr brannte, war die Malerei. Immer noch und immer wieder und auch immer verzweifelter. Roman behauptete, jeder Mensch mit normalen Kräften könne nur einen einzigen Beruf richtig ausüben. Wie gern hätte er – seinen Worten nach – Bücher geschrieben, vielleicht auch Theaterstücke. Er liebte es, (etwas umständlich) zu formulieren, mit (etwas umständlichen) Formulierungen herumzujonglieren – wie sollte er jedoch eine derartige Doppelbelastung vor seinem Chef Varenius rechtfertigen? »Wer schaffen will, der schafft« – hatte die eiserne Caroline auf ihr Banner geschrieben, und sie wurde diesem Motto niemals untreu. Die Stunde vor dem Frühstück, wenn Roman im Badezimmer herumbummelte, die Stunde nach dem Fernsehspiel, wenn Roman wie üblich seinen Apfel schälte, die Stunden am Samstag-, am Sonntagnachmittag, wenn Roman Zeitungen las, in alten Fotoalben blätterte oder sich auf der Couch aalte (angeblich Bimbo zuliebe, der mit schläfrigen Augen Wache hielt); sie alle waren mit Farben und mit Pinsel, mit Papier und mit Bleistift prall ausgefüllt. Leider wurde Caroline nicht gerade schöner davon. Ihr Gesicht magerte ab und verlor seine frische Farbe. Beide litten sie darunter (Roman mehr), doch ging es hier schließlich um mehr als nur äußeren Glanz.

»Der erste Erfolg, und ich leuchte wie ein Weihnachtsstern«, pflegte Caroline ihren Mann zu trösten, der sich an eine junge, sehr hübsche Braut erinnerte. »Anerkennung macht schön, schöner als jede Silk Fashion Creme. Im Augenblick bin ich eben ein stumpfer Edelstein.«

Ein magerer Trost. Roman, so bescheiden er war, liebte die große Show. Er wollte stolz sein auf Caroline, von anderen – besonders den besser verdienenden – Männern beneidet werden, vor karrieresüchtigen Frauen fürchtete er sich. Sie zeichneten sich nur selten durch weibliche Reize aus. Weshalb nur mußten Caroline und er in so vielen Dingen verschiedener Meinung sein?

Dabei liebte er sie, oh, wie er sie liebte. Wenn sie beruflich eine Nacht in einer fremden Stadt verbrachte, sich dort vielleicht mit ihren Kollegen amüsierte, bildete er sich ein, sie für immer verloren zu haben, wollte nicht ins Bett gehen, schusterte übelgelaunt an seinem Manuskript über Dampflokomotiven herum. Etwas Gescheites kam dabei nicht heraus. Es fehlten die eiligen Schritte im Gang, die hochgezogenen Augenbrauen, wenn das Bierglas überschäumte, die hingeworfenen Gesprächsfetzen ... Als Bimbo starb, wurde ihre Abwesenheit erst recht unerträglich.

Carolines Fleiß hatte sich gelohnt oder – richtiger ausgedrückt – fing an sich zu lohnen. Zweimal schon hatte man ihre Bilder für die jährliche Kunstausstellung angenommen. Noch blieben die Käufer aus, doch erwähnte man bereits gelegentlich ihren Namen. Was diese Sammelausstellung junger Künstler in der alten Villa betraf, so war man sogar von allein an sie herangetreten. Caroline barst fast vor Glück. Gott sei Dank – endlich einen Schritt weiter! Zwar bezeichneten sie alle – so auch Irmela und Roman – als Lieblingskind Fortunas und bemängelten ihre Unfähigkeit, den Erfolg abwarten zu können, sie allein wußte es besser. Schließlich wurde sie nicht jünger, ihre Nerven waren auch nicht mehr die besten, und Rückschläge wirkten mit fortschreitendem Alter weniger verzeihlich als vielmehr lächerlich.

Jetzt also schien ihre Sternstunde zu schlagen. Wäre sie allein, ungebunden gewesen, hätte sie die süßen Früchte des Erfolgs unbeschwerter genießen können. Heute eine Party hier, morgen eine Reise über das Meer. Natürlich gab es auch Ehemänner, die für die totale Freiheit der Partner plädierten – die eigene dabei besonders im Auge. Roman gehörte nicht dazu, Gott sei Dank. Caroline hätte die ganze Wohnung in eine Farborgie verwandelt, wäre sie einer Untreue ihres Mannes auf die Schliche gekommen. Er war Vater, Geliebter, Bruder, Kamerad für sie, und sie behauptete gelegentlich, sich in einen Fluß zu stürzen, falls ihm ein Unglück zustoßen sollte. Geduld war es vor allem, was ihn auszeichnete. Und wenn man es ein bißchen geschickt anstellte und nicht gleich die drohende Faust gegen ihn schwang, konnte man ihn eigentlich zu einer ganzen Menge abenteuerlicher Dinge überreden. Im Augenblick hatte sie wieder einmal ein solches Attentat auf ihn vor. Diesmal würde es ein harter Kampf werden. Trotzdem entschloß sie sich für einen raschen Vorstoß.

Die Gelegenheit war nicht einmal ungünstig. Man hatte eines ihrer Bilder gekauft. Das mit den himmelblauen Käfern, die über einen türkisfarbenen Sonnenschirm krabbelten. Die Sekretärin der Ausstellung übermittelte diese freudige Nachricht. Caroline schluchzte überwältigt ins Telefon. »Danke, danke, vielen Dank«, rief sie immer wieder und öffnete dann für sich allein eine Flasche Sekt. Ein Bild war verkauft. Was für ein Tag! Irgendwo hing es jetzt stolz an einer kahlen Wand und sang das Hohelied auf das Talent seiner Schöpferin. Auch der Scheck war mehrerer tiefer Schlucke wert.

»Wie wäre es, wenn du Irmela wieder einmal zu uns einladen würdest?« empfing sie Roman mit ungewohnt sanfter Stimme und schüttelte ihm ihr frischgewaschenes Haar um die Nase.

Er glaubte, nicht recht gehört zu haben. Das Thema Irmela hatte sich in letzter Zeit zu einem kleinen Problem entwickelt. Caroline bockte und behauptete, nicht länger Sozialhelferin spielen zu wollen. Und nun auf einmal diese Töne?!

»Ich könnte grüne Erbsensuppe mit Würstchen kochen.« Sie legte ihm eine frische Serviette neben den Teller. »Oder Linsen mit Speck. Oder Minestrone mit viel, viel Käse. Oder...«

»Weshalb plötzlich dieser Hang zur Suppe?« arg-

wöhnte Roman, von seiner Frau nicht gerade kulinarisch verwöhnt.

Nun mußte Caroline wohl oder übel Farbe bekennen.
»Weil . . . weil . . . nun, es könnte ja sein, daß du eine
Zeitlang auf deine geliebte Brühe mit Einlage verzichten müßtest. Americans prefer steaks, you know.« Sie
zog den Kopf ein und kaute an ihrer Unterlippe.

»Americans?« Er ließ die trockene Scheibe Schinken
fallen. »Was habe ich, was hast du mit den kulturlosen
Eßgewohnheiten deiner geliebten Amerikaner zu tun?«
Wütend schwenkte sie ein imaginäres amerikanisches
Sternenbanner. Vorurteile gegenüber Uncle Sam duldete sie nicht. Schließlich war sie, im Gegensatz zu
Roman, schon einmal in den USA gewesen. Was wußte
er also von Pop-corn, Milk-shakes und der Vielzahl der
anderen kulinarisch unbegrenzten Möglichkeiten?

»Wer seinen Urlaub nur in den Bergen verbringt, nach
Möglichkeit Jahr für Jahr in dem gleichen versteckten
Nest, der steht dem Land der modernen Weltwunder
natürlich etwas unbeholfen gegenüber«, entgegnete sie
kühl und ließ jegliche Diplomatie außer acht. »Ich meine, ein bißchen Internationalität könnte auch dir nicht
schaden.«

»Haben dir das deine Malerfreunde eingeredet?« gab
Roman mißtrauisch zurück.

Dies war der falsche Weg. O Gott! Verzweifelt versuchte Caroline eine einigermaßen elegante Kehrtwen-
dung. Warum hatte es sich dieser Mann noch immer
nicht angewöhnen können, ihr gemeinsames Schicksal
in ihre energischen Hände zu legen? War er bisher nicht
gut damit gefahren? Jetzt mußte sie direkt zur Sache

kommen, sonst debattierten sie noch morgen früh über die Ungezogenheit von Romans Neffen und Nichten, die er hartnäckig dem Einfluß amerikanischer Fernsehserien zuschob.

»Sieh mal.« Sie baute sich hinter seinem Stuhl auf und legte ihm besänftigend die Hände auf die Schultern. »Die Situation ist folgende: da gibt es für uns junge Künstler eine Einladung in die USA. Die Route führt von New York aus in Richtung Süden. Das Kultusministerium hat diese Reise organisiert, um uns mit Inspirationen vollzupumpen und zu neuen Bildern anzuregen. Im Winter findet dann eine Ausstellung aller Amerikabilder statt. Kannst du dir vorstellen, was dieses Unternehmen für mich bedeutet? Nebenbei, es entstehen für mich so gut wie keine Kosten, und was dich betrifft – nun, dich lade ich von dem Honorar für mein erstes verkauftes Bild dazu ein. Wobei wir bereits bei Überraschung Nummer zwei wären. Roman, ich habe heute ein Bild an den Mann gebracht. Du siehst, langsam geht es bergauf mit uns.«

»Mit dir, Caroline, nur mit dir. Mit meiner Person hat das gar nichts zu tun. Natürlich freue ich mich über deinen Erfolg und teile deine Begeisterung gern mit dir. Mehr aber nicht. Oder glaubst du, es ist schon so weit mit mir gekommen, daß ich mich von meiner Frau aushalten lasse? Wenn mein Gehalt nur für eine Reise in die Berge reicht, müssen wir auf gemeinsame größere Exkursionen eben verzichten. Goethe, Dürer schufen unsterbliche Werke, ohne je einen anderen Kontinent gesehen zu haben. Auf den inneren Reichtum kommt es an, mein liebes Kind, nur darauf und nicht auf ständig wechselnde äußere Visionen.« Oh, hundert Antworten hätte Caroline bereit gehabt, spitz formuliert und kaum zu widerlegen. Im Augenblick hinderte sie ein Tränenstrom daran.

»Du bist gemein, richtig gemein«, schluchzte sie in ihren Pulloverkragen hinein, der feucht wurde und dann kratzte. »Wer bei uns das Geld verdient, ist doch ganz egal. Ich hasse diese überholten Ansichten, daß der Mann allein für das Wohl seiner Familie aufzukommen hat. Im Augenblick lächelt eben mir ausnahmsweise das Glück, wer weiß schon, wie lange. Mach doch nicht immer alles so kompliziert und verzichte um meinetwillen auf deinen altväterlichen Stolz. Ich möchte dich einladen. Ist das so schlimm?«

Jetzt konnte sie vor Weinen kaum mehr sprechen, färbte sich häßlich rot und schickte ausgelaufene Wimperntusche die schmalen Wangen hinunter. Sie wollte nach Amerika, ja, sie wollte, und diesmal mit ihm. Wozu hatte sie schließlich einen so gutaussehenden Ehemann?

Wenn Caroline schon ein weiches Herz besaß – bei Roman sah die Sache nicht viel anders aus. Er konnte niemanden weinen sehen, nicht Irmela und am wenigsten seine Frau. Also richtete er sich zu seiner vollen Größe auf, riß die Schultern auseinander und preßte Carolines Köpfchen gegen seinen Bademantel. Sie wirkte so schutzbedürftig, vertraute auf seine Hilfe. Weshalb verkörperte sie diese, ihm so wohlgefällige Rolle nur eben stundenweise?

»Fahr zu, meine Kleine, fahr zu.« Mit einem Auge versuchte er einen Blick auf die Küchenuhr zu erhaschen.

»Niemand gönnt dir für deinen Fleiß mehr Abwechslung als gerade ich. Und wenn es dich glücklich macht, spiele ich auch deinen Reisebegleiter. Zumindest werden wir uns über das Thema noch einmal in Ruhe unterhalten. Vielleicht ist bis dahin auch mein Scheck für die französische Übersetzung eingelaufen. Und nun dürfen wir das Thema für heute abschließen, ja?« Sie blieb noch eine Minute an seine Brust gepreßt. Eigentlich ein köstliches Gefühl, auch einmal zur Gilde der schutzbedürftigen Frauen zu gehören, dem Mitgefühl des angetrauten Mannes ausgeliefert, ebenso seinen Entscheidungen, die vielleicht gar nicht immer so schrecklich töricht waren. Weshalb machte sie es sich bloß so schwer?

Langsam löste sie sich von seinem orangefarbenen Frottee. Irgendwie hatte dieser Kampf ihre Kräfte geschwächt. Nun, wenigstens ein Teilsieg war errungen, morgen, vielleicht auch übermorgen würde es weitergehen.

»Ja, alles in Ordnung oder nein, fast alles.« Mit zehn eigenwilligen Fingern strich sie sich das eigenwillige Haar aus der Stirn. »Und was soll ich jetzt für Irmela kochen?«

»Kartoffelsuppe, nicht zu wäßrig, und vor allen Dingen darf Majoran nicht fehlen. Hörst du? Majoran ist das wichtigste daran.«

Und er trabte, abermals mit Blick auf die Uhr, in das Wohnzimmer, wo er sich einen Apfel aus der Schale nahm und den Fernseher anstellte.

So zerbrechlich Caroline auch gelegentlich wirken

konnte – in der schwarzen Samthose oder dem Teepuppenkleid aus maigrünem Chiffon –, Zähigkeit war es, was sie vor allem auszeichnete. Sie wäre eine hervorragende Pionierfrau gewesen, mit schmaler Taille, harten Händen, das Gesicht abwechselnd von Hoffnung oder Entbehrung gezeichnet. Solche Frauen geben niemals auf.

Roman mußte Amerika sehen. Zu ihrem Besten, zu seinem Besten, vielleicht auch als neue Basis ihrer häufig heftig hin und her gerüttelten Ehe. Und dann ging es nicht zuletzt um sein berufliches Vorwärtskommen. Der Broadway mit seinen Theatern, Greenwich Village mit seinen genialen Existenzen und Talenten – Mike fehlten diese Eindrücke Gott sei Dank, und Varenius hörte immer stärker auf ihn. Auch so ein Problem, das an Carolines angegriffenen Nerven nagte.

Jetzt galt es allerdings erst einmal, einen großangelegten Werbefeldzug für die gemeinsame Amerikareise durchzuziehen. Caroline versuchte es mit immer neuen Gags. Erst mit Schallplatten von Barbra Streisand, dann mit dem Besuch eines Films, der in den Straßenschluchten Manhattans spielte (»Siehst du diese Steinwüsten, in denen es wie in einem Dschungel zugeht? Tag und Nacht sind dort Tiger auf der Jagd nach Beute. Nein, das kann man doch nicht mit unserem lächerlichen Bahnhofsviertel vergleichen. Mußt du jetzt unbedingt einen Apfel essen?!«), schließlich fiel ihr ein simples T-shirt ins Auge. »America« prangte darauf, alle sieben Buchstaben mit einer Art Leuchtfarbe übersprüht. Von winzigen Flämmchen umzüngelt, flossen sie rosa und silbern über in ein tiefes Mitternachtsblau.

Caroline kreuzte die Arme auf dem Rücken, um diese Attraktion ins rechte Licht zu rücken. Sie hatte sich für eine Abendeinladung zurechtgemacht und trug geradegeschnittene Jeans dazu. Jetzt oder nie mußte der Fisch anbeißen. Und das Wunder geschah. Roman gab nach, konnte sich der reizvollen Silhouette dieser selbstgekrönten »Miss America« nicht länger entziehen. Vielleicht spielte auch eine gewisse Resignation mit; er war übermüdet, hatte wieder einmal zu lange über einem Manuskript gesessen.

»Okay, okay«, murmelte er in die umzüngelten Buchstaben hinein. »Ich gebe mich endgültig geschlagen. Wir fahren um die halbe Welt, auf den Himalaya, in die Staaten, wohin immer du willst. Hauptsache ist, du gibst endlich Ruhe und – ziehst dich bitte wieder deinem Alter entsprechend an.«

Normalerweise hätte Caroline heftig reagiert. In künstlerischen wie auch modischen Dingen war sie sich ihres Geschmacks durchaus sicher und deshalb im häufigen Widerstreit mit ihrem Mann, der es gar nicht so erstrebenswert fand, immer ein wenig anders als die anderen sein zu müssen. (Was konnte man bei den Blumenkleidern seiner Mutter, den Schneiderkostümen von Irmela auch anderes erwarten?) Jetzt aber galt es Dankbarkeit zu zeigen. Sie hatte gewonnen. Wieder einmal.

Vorsichtig setzte sie die Lichter in ihren Augen in Aktion. Es waren gefährliche Lichter, gefährlich durch Carolines Fähigkeit, sie nach Bedarf an- und ausknipsen zu können. Diese Gabe machte einen Großteil ihres Sex-appeals aus. Leider war sie bereits zu alt, um es nicht genau zu wissen.

»Danke.« Caroline strahlte wie ein nächtlich erleuchteter Wolkenkratzer. »Danke, Darling . . . ich meine natürlich, Liebling. Bist du mit meiner weißen Gouvernantenbluse zufrieden?«

Sie wartete die Antwort nicht ab und band zwei lange Bänder zu einer artigen Katzenschleife zusammen. Ihre meist angespannten Züge lösten sich. Die Lage war geklärt. Eine Schlacht war geschlagen. Leider gehörte der Rest dieses Abends einer recht langweiligen Einladung. Varenius glaubte einem Dramatiker auf die Spur gekommen zu sein, unterstützt von Mike, der dem braven Roman ein Schnippchen schlagen wollte. Der Verlag hatte ein Stück des jungen Mannes angenommen, das aus dem Monolog eines Häftlings mit seiner Eßschüssel bestand. Heute abend nun sollte diese unternehmerische Mutprobe begossen werden. Wahrscheinlich wurde ein Flop daraus. Egal, auf Roman und sie wartete in Kürze ein ganzer Kontinent voller Faszination.

»New York, weißt du . . .«, fast konnte sie vor Aufregung nicht sprechen, »dort ist einfach der Teufel los. Keine Minute, in der nichts passiert. Was sage ich, Minute? Sekunde! Und alle Männer lachen dich an . . .«

»Mich hoffentlich nicht, sondern dich«, unterbrach Roman trocken. »Aber das hat mit New York wohl wenig zu tun.«

Er legte Buch und Zigarette beiseite und streichelte ihre chiffonzarten Blusenärmel.

Sie wehrte unwillig ab. »Du verstehst überhaupt nichts. Nichts, gar nichts. Die Amerikaner sind einfach anders als wir. Breitschultrig und mit kurzgeschorenen Scheitelfrisuren und nicht so schrecklich auf Würde bedacht.

Beispielsweise essen sie mittags am liebsten einen Hot-dog.«

»Wie das Würstchen ist, kann ich mir vorstellen. Und was ist mit der Semmel?«

Caroline fühlte sich irritiert. Sollte sie nun die Atmosphäre einer Weltmetropole oder die Qualität einer Semmel beschreiben?

»Na, wie schon?! Natürlich weicher als bei uns. So ein bißchen wie Watte oder auch Pappe. Daran gewöhnt man sich rasch.«

»Weil du Amerika-süchtig bist, nein, schlimmer noch, Amerika-hörig. Ich jedenfalls werde alles daransetzen, mich diesem kulinarischen Retortenprodukt zu entziehen.«

Er ließ Blusenärmel Blusenärmel sein und sie New York New York. Gott sei Dank gab es da ja noch eine ganze Reihe von Kollegen, die gemeinsam mit ihr versuchen würden, tödliche Einsamkeit wie auch aufputschende Betriebsamkeit des »big apple« der Vereinigten Staaten aufzuspüren, um beides dann – jeder auf seine Art – auf jungfräulich weißes Papier zu bannen. Es würde sich hoffentlich nicht als Fehler herausstellen, Roman über den großen Teich gelockt zu haben? Immerhin war er ihr Mann – und an diesem Abend in einer etwas unglückseligen Position. Varenius hatte in seiner kindlichen Naivität an Sepp Krause – dem Autoren des Häftlings-Monologs – einen Narren gefressen und stieß sich weder an dessen rotkariertem Holzfällerhemd noch an dem übergroßen Mundwerk. Mike hielt tüchtig mit – der Dumme war Roman.

Leider wirkte er heute überhaupt ein bißchen bieder,

und auch Caroline – mit Katzenschleife und müden Bewegungen – vermochte nur wenige Blicke auf sich zu ziehen. Was für eine reizende Party!

»Fünf Jahre noch und ich habe es geschafft«, flüsterte sie Roman zu, der sich noch immer an seinem ersten Bierglas festhielt. »Dann ziehen wir aufs Land, züchten Kaninchen, vielleicht auch Pferde und schaffen uns wieder einen Hund an. Mein Gott, wenn ich all diese wichtigtuerischen Typen sehe, die nichts als ihren angeblichen Intellekt und ihren angeblichen Individualismus im Kopf haben, möchte ich am liebsten nackt durch den Regen laufen. Was meinst du?« Verzweifelt sah sie sich nach dem Mädchen mit dem Getränketablett um.

Trotz der verlockenden Aussicht einer unbekleideten Amazone – Roman hörte nur mit einem halben Ohr auf Carolines Geplapper. Er war damit beschäftigt, Varenius zu beobachten, der gerade Mike, diesem blassen, altklugen Jungen, zuprostete. Etwas wie Panik stieg in ihm auf. Hatte man vor, ihn demnächst aufs Abstellgleis zu schieben? Immerhin war er fast vierzig und hatte es zu nichts anderem gebracht als zu einer miserabel bezahlten Stellung, die von einem wetterwendischen alten Mann abhängig war. Vielleicht war es doch unverantwortlich – wie von Caroline immer und immer wieder behauptet –, vor jedem Problem die Augen zu schließen? Weshalb, um Himmels willen, fehlte ihm denn jede Spur von Ehrgeiz?

»Wir zeigen es denen schon noch«, raunte ihm Caroline zu. Blitzschnell hatte sie die Katzenschleife in einen kessen Schlips umgewandelt und präsentierte vorteilhaft ihr kühnes Profil.« »Diese künstliche Verbrüderung zweier Generationen kann mich jedenfalls nicht überzeugen. Sieh mal den grauhaarigen Konsul dort, der mit gläubigen Augen Sepp Krauses Monologe über sich ergehen läßt. Und Varenius ist der gleiche Fall. Höchste Zeit, daß du dich in diesem chaotischen Verlag ein bißchen besser als bisher verkaufst.«

Sie zerdrückte fast vor Wut ihr Glas in den Händen. Mein Gott, weshalb hatte sie nicht den Erben einer alteingesessenen Rechtsanwaltskanzlei geheiratet oder eine mit allen Wassern gewaschene Mischung zwischen Kaufmann und Künstler? Ein Blick auf Romans Lippen, zusammengepreßt wie die eines gescholtenen Kindes, ließen rasch Reue folgen. Nein, sie wollte ihn, nur ihn, welcher Mann hätte es schon mit ihren Schwankungen zwischen kreativer Unrast und zerstörerischen Depressionen aufgenommen?

Normalerweise schenkte Varenius ihr viel Aufmerksamkeit. Heute schien er jedoch durch die zahlreichen jungen Talente abgelenkt, nahm sich aber nun doch Zeit, Caroline einen Arm um die angriffslustig gespannten Schultern zu legen.

»Madame hat Erfolg?« Die Altersflecken in seinem Gesicht waren bei dieser Beleuchtung nicht länger für Sommersprossen zu halten. »Die Zeitungen sind ja voll mit Ihrem Namen.«

Roman spielte den Geschmeichelten. Caroline schloß die Augen, zwang sich zu schweigen – weshalb immer seine Neigung zur Unterwürfigkeit? Nein, nein, irgendwann einmal, recht bald mußte alles anders werden. Wozu lohnte sonst der ganze Kampf?

»Sie ist sehr begabt«, lächelte Roman und »Ich habe eben ein wenig Glück«, murmelte seine Frau mit gesenkten Lidern. Dann riß sie sich zusammen und winkte Mike und Sepp Krause in ihren Hexenkreis, dessen Wirkung sie auf Biegen und Brechen – trotz Müdigkeit im Gehirn, Müdigkeit hinter den Augen – ausprobieren mußte.

»Wir fahren in die USA, wir beide.« Sie griff nach einem Glas, das – was für ein Zufall – original amerikanischen Bourbon Whiskey enthielt. »Um uns zu amüsieren, zu orientieren und selbstverständlich auch animieren zu lassen. Roman muß die Theater am Broadway sehen und ich die Skyline, wenn die Sonne untergeht. Bleibe im Land und inspiriere dich redlich – ich persönlich halte nichts davon. Es sei denn, man möchte in Provinzialismus erstarren.«

Ein Hieb gegen Clemens Varenius, der sich mit einer Hand auf die Schulter von Mike stützte. Sepp Krause zündete sich mit viel Brimborium eine Pfeife an. Mit seinem gezwirbelten Schnurrbart ähnelte er einem Tataren.

»Das kommt ganz auf den Blickwinkel an«, nuschelte er aus einem Mundwinkel hervor, »für mich sind die Probleme immer die gleichen. Die Menschen lieben sich, die Menschen hassen sich, Haß überwiegt, Mitleid ist nur eine andere Art von Egoismus. Und die Triebfeder zu allem heißt Sex, Machtgier oder Geld, Sex vor allem. Um das zu erfahren, muß ich nicht über den großen Teich springen. In der Vorstadt von Augsburg findet das gleiche statt.«

»Ein Goethe, ein Dürer . . .«, begann Roman seine bereits bekannte Litanei. Dabei kämpfte er selbst, den Widerwillen gegen den Tatarenbart in den Griff zu bekommen. Weshalb stand er dann seiner Frau nicht besser bei? Vielleicht war eine gewisse Nervosität, ein Anflug von Aggression daran schuld, beides gärte seit einiger Zeit in ihm und wartete nur auf ein Zeichen zum Ausbruch.

»Fahren Sie, mein Lieber, fahren Sie.« Varenius nickte ihm wohlwollend zu. »Mike und ich kommen auch einmal ohne Sie zurecht. Wie lange wollen Sie denn wegbleiben?«

Roman trat Caroline, die bereits den Mund geöffnet hatte, auf den Fuß. Irritiert verbiß sie die Lippen ineinander. Sollte er doch Antwort geben, wenn er sich damit bei seinem Chef lieb Kind machen wollte. Was für ein unwürdiges Schauspiel! Sie hatte es ja immer gewußt: in diesem Pleiteunternehmen fehlte nichts so sehr wie ein amerikanisch geschultes Management.

»Nur ein paar Tage, dann habe ich vom ›American way of life‹ bestimmt genug. Auf New York allerdings bin ich sehr gespannt.« Roman senkte Stimme wie auch Augen, als ahne er bereits die Explosion, die sich, nur zwei Schritte entfernt, unheilvoll ankündigte. Caroline vibrierte. Also war ihr Sieg nur ein halber gewesen, ihr Mann brachte es in der Tat fertig, sie allein durch die Südstaaten fahren zu lassen. Im Grunde hatte sie ähnliches immer befürchtet. Und dafür hatte sie ihn ins Kino geschleppt, hatte Tränen vergossen und das »America« schreiende T-shirt gegen diese erzkonservative Bluse eingetauscht...! Nichts als verlorene Liebesmüh'. Widerwillig zwang sie sich zu einer Art Waffenstillstand und nahm die Einladung des Wunderknaben Sepp Krause an, sich mit ihm in eine Ecke zu setzen. Bei näherer Unterhaltung entpuppte er sich als gar nicht einmal so schrecklich. Unreif natürlich, besessen von sich und seinen Plänen, blind jeder anderen Meinung gegenüber, aber jung – beneidenswert jung vor allem. Während er seine Gedankengänge umständlich auseinanderdividierte, kramte sie ihr bezauberndstes Lächeln hervor. Unter ihrem Kastanienhaar aber stürmte es. Weshalb hatte sie eigentlich so wenig Kontakt mit der Jugend? Was für ein Unsinn, sich immer nur mit einem Kreis von Gleichaltrigen oder sogar Älteren zu umgeben. Schließlich wollte sie ja mit ihren Bildern auch die kritische Generation der Zwanzigjährigen ansprechen. Diese waren es, die den Trend von morgen bestimmten, die gnadenlos das Urteil »in« oder »out«, »aktuell« oder »passé«, »verkäuflich« oder »nicht verkäuflich« fällten. Vielleicht war dieser Abend doch kein so ganz verlorener.

»Glauben Sie, daß mein Stück ankommen wird?« Der junge Dramatiker wirkte auf einmal fast kleinlaut. Dieser abendliche Wirbel um seine Person hatte ihm wohl mehr Angst gemacht als Selbstvertrauen geschenkt.

»Bestimmt«, tröstete Caroline und kam sich dabei wie eine Mutter vor, »und wenn nicht auf Anhieb, nehmen Sie es nicht so schwer. Eines Tages läßt sich wirkliches Talent nicht länger unterdrücken. Sehen Sie mich an, ich weiß, wovon ich rede. Fünfzehn Jahre schlage ich mich nun mit Niederlagen und Erfolgen herum. Und weshalb? Nur weil ich als junges Mädchen plötzlich beschlossen habe, aus der Mittelmäßigkeit auszubrechen. Manchmal bereue ich diese Entscheidung. In der Mittelmäßigkeit lebt es sich nämlich verdammt angenehm.«

Der junge Mann stimmte nur zögernd zu, soviel Resignation verschreckte ihn. Da er außerdem mit den Augen ein Mädchen eingekreist hatte, das einen Schleierhut trug und ein paar Federn auf der Schulter, entschuldigte sich Caroline unauffällig. Noch wollte sie von einem Mann nicht im Stich gelassen werden. Das kam früh genug. Brav gesellte sie sich der Gruppe um Roman und seinem Chef zu, trank einen weiteren Bourbon und ließ sich vom alten Varenius Tips für die Vereinigten Staaten geben (er selbst war nur einmal über Deutschlands Grenzen hinaus gekommen und das war im Krieg).

»Er meint es gut«, verteidigte Roman hinterher die Ehre seines Verlags. »Nimm die Leute, wie sie sind, und vergleiche sie nicht immer mit deiner quirligen Person. Sie sind doch alle sehr nett zu uns.«

Sie kauerte sich ihm gegenüber in die Badewanne und tauchte bis zu den Schultern in duftendes kobaltblaues Wasser ein. Caroline hatte eine Platte mit kühler Klaviermusik aufgelegt.

»That's life«, sie atmete tief durch, »zwar ein recht bescheidenes und bürgerliches, doch ich bin im Augenblick damit zufrieden. Bald muß allerdings wieder etwas passieren, und das wird es auch. Vielleicht in Savannah oder in Miami, wenn wir beide . . .«

»Caroline«, begann Roman ein bißchen kläglich.

Sie winkte ab. »Ich weiß, mein Bester, denn ich höre

sehr gut. Um diesem alten Trottel einen Gefallen zu tun, mußtest du deine eigene Frau verraten. Aber ganz wie du willst. Ich will kein Drama daraus machen. Dann lassen wir es eben wie besprochen bei New York, auch ganz nett für einen amerikanischen Anfang. Jedenfalls werde ich heftig in Tränen ausbrechen, wenn du das Flugzeug in Richtung Heimat besteigst, und ich im ›Greyhound‹ der tollwütigen Phantasie meiner Kollegen ausgeliefert bin. Vorsicht – ich garantiere für nichts!« Sie lachte und ließ Schaum auf die Frotteefliesen tropfen.

»Soll das eine Drohung sein?« Unbehaglich rutschte er auf dem harten Gummistöpsel hin und her. Wieder einmal hatte Caroline den besseren Platz in der Badewanne ergattert. »Wehe, wenn mir etwas zu Ohren kommt...«

Dabei preßte er den Schwamm vor die Augen und gab sich der Vision von zehn Tagen paradiesischen Friedens hin. Vielleicht konnte ihn sein alter Freund Jochen besuchen, man würde die Eisenbahnanlage wieder einmal installieren, Tabakasche in der ganzen Wohnung verstreuen und von alten Zeiten sprechen. Zwischendurch fände er wohl auch Zeit für sein Manuskript. Ohne eine ungeduldige Stimme, die in regelmäßigen Abständen von Fortschritten wissen wollte, ohne den beißenden Geruch nach frischen Farben und Terpentin. Allerdings auch ohne den Duft von Gardenien. Ganz sicher kehrte Caroline braun wie eine Kaffeebohne nach Hause. Dieser Anblick sollte ihm allein gehören, niemand hatte das Recht...

»Und nach deiner Reise unterhalten wir uns nochmals

in Ruhe über das Thema Hund«, beendete er seinen teils beglückenden, teils beunruhigenden Gedankengang und griff nach einem Handtuch. »Du weißt, ich möchte unser Leben eigentlich vereinfachen, um deine Nerven nicht noch mehr zu strapazieren. Auf der anderen Seite bist du eine Frau, eine besonders weibliche –« ein kurzes Räuspern und er ließ seine Augen wandern –, »und es ist ganz natürlich, daß du deine mütterlichen Gefühle auf irgend jemanden übertragen willst. Obwohl du da eigentlich mit mir genug zu tun hättest.« Er bemühte sich um sein bei Caroline stets erfolgreiches Schuljungengesicht.

Sie preßte ihre schaumfeuchten Brustspitzen gegen seine Schultern und küßte ihn auf die gesenkten Wimpern, von denen zwei hellgrau schimmerten.

»Ich bin ja schon dankbar, wenn du dir überhaupt einmal über mein Seelenleben Gedanken machst. Natürlich möchte ich einen Nachfolger für Bimbo, auf der anderen Seite... Ach, Schluß jetzt, sonst werde ich sentimental. Wie schön, daß morgen wieder ein richtiger handfester Arbeitstag ist. Diese ewigen Festivitäten machen mich langsam fertig. Gepuderte Nase und Schuhe, die drücken, dann Schmuck um die Gelenke...«

Während Roman ihr begeistert nachsah, stolzierte sie mit hocherhobenem Kopf durch die Tür: die Nase naß, ohne Schuhe und auch sonst nichts, was drückte, als Schmuck nur die wie zimtfarbener Taft leuchtende Haut.

Die Werbeagentur »Arts & Partners« besaß das, was

der Dreimann-Betrieb Varenius vermissen ließ: ein nach amerikanischen Maßstäben geführtes Management. Für Nichteingeweihte entstand deshalb der Eindruck, daß hier mit eisernen, doch gerechten Besen gekehrt wurde – einige Angestellte, zu denen auch Caroline gehörte, wußten es besser. Trotz der straffen Organisation, trotz »art director« und »creative team« und »storm braining«, trotz zahlreicher Whiskyflaschen in den Schreibtischen und Pop-Postern an den Wänden – sie arbeitete in einer Schlangengrube.

Daran waren in erster Linie die weiblichen Kollegen schuld. Es gab sie in einer solchen Vielzahl, daß die Männer die Ohren anlegten und sich mehr und mehr hinter dem blauen Dunst ihrer »Gauloises« zurückzogen. So der kleine Müller-Landau mit der Witterung für wirkungsvolle Werbespots, so Heiner Simons mit den groben, von seiner Freundin gestrickten Pullovern und auch Mario Sütterlin, dessen schmale Hüften und feine Tücher im Hemdkragen zu mancherlei Vermutungen Anlaß gaben.

Besondere Schwierigkeiten hatte Caroline mit Isolde Kleinlein, Leiterin des grafischen Ateliers, also ihre direkte Vorgesetzte. Caroline war begabt, arbeitete rasch, zuverlässig und ohne große Worte darüber zu verlieren, leider jedoch verstand sie es nicht, sich ins rechte Licht zu setzen. Vielleicht war auch eine gewisse Lässigkeit daran schuld, außerdem der Wunsch, sich lieber in Malerkreisen einen Namen zu machen als hier Lobpreisungen entgegenzunehmen. Isolde hatte diese Schwäche blitzschnell erfaßt und nützte sie nach allen Regeln weiblicher Kunst aus. Ihre eigene, höchst mittelmäßige Leistung versteckte sie dabei geschickt. »Lassen wir ihr den Spaß«, gab sich Caroline recht gönnerhaft, wenn sie mit Roman wieder einmal beim leidigen Berufsthema gelandet war. »Was hat sie denn sonst vom Leben? Keinen Mann, keinen Freund, kein Talent und keine Aussicht auf Karriere. Ich verabscheue diese Art von Frauen, nein, nicht einmal das, ich bedauere sie.«

»Wahrscheinlich teilt dein Chef dieses Mitgefühl und setzte sie dir deshalb von heute auf morgen vor die Nase. Du bist ihm bestimmt zu explosiv als leitende Angestellte«, sann Roman vor seinen Rühreiern, versteckte sich aber gleich darauf hinter der wuchtigen Teekanne.

Caroline verwandelte sich in eine kleine fauchende Tigerin. Auf fatale Tatbestände brauchte man sie schließlich nicht hinzuweisen, denn kaum jemand besaß einen so klaren Blick wie gerade sie.

»Und wenn schon – ich mache mir nichts daraus. Hauptsache, das Gehalt erscheint jeden Monat pünktlich auf dem Konto und ich arbeite mir nicht die Seele aus dem Leib. Acht Jahre noch – höchstens –, und ich bin mein eigener Herr. O Gott, bin ich froh, wenn ich all diese langweiligen Gesichter nicht mehr sehen muß. Nur noch Bergdohlen und Erdbeerstauden und einen einsamen Reiter, der die ebenfalls einsame Frau täglich mit der Gerte grüßt.«

»Du scheinst vor Liebessehnsucht fast zu vergehen. Männer, fremde Männer, wohin ich höre.« Roman schlitterte in einen unechten Groll hinein, vielleicht, um die immer wieder aufflammende Erinnerung an eine blonde Wienerin zu verdrängen. – Im Augenblick allerdings hatte sich Caroline mit den langweiligen Gesichtern noch tüchtig auseinanderzusetzen. Es ging um einen Entwurf für einen Buchumschlag, Isolde Kleinlein hatte ihn an sich gerissen und dann in aller Stille an die jüngere Kollegin weitergegeben, die der Aufgabe aber nicht ganz gewachsen schien.

Caroline befand sich in einem Dilemma. Immerhin arbeitete sie ja gerade an ihrer Karriere als Malerin, versuchte ihren ganz persönlichen Stil aufzuspüren, um ihn dann – wenn möglich – zu einem gefragten Markenzeichen weiterzuentwickeln. Wie aber sollte sie sich einem Agenturauftrag gegenüber verhalten? Einerseits wurde sie von ihrer Firma monatlich bezahlt, andererseits auch wieder nicht so gut, um mehr als eine durchschnittliche Leistung liefern zu müssen. Trotzdem – in Hinblick auf ihre Amerikareise bemühte sich Caroline um Fairness und machte sich mit ziemlichem Schwung an die Arbeit. Das Ergebnis: ein rosa und ein weißer Schmetterling, die beide wie beschwipst zwischen violettfarbenen Blütendolden herumtaumelten.

»Das Buch heißt nicht ›Papillon‹«, stichelte die Kleinlein und schob den Entwurf beiseite, »außerdem will von Schmetterlingen und Käfern heute niemand mehr etwas wissen. Hat sich das noch nicht bis zu Ihren Künstlerkreisen herumgesprochen? Wenn man sich intensiver mit Agenturaufgaben beschäftigen würde, wüßte man davon. Wann bekomme ich weitere Vorschläge zu sehen?«

»Nie«, hätte Caroline am liebsten gesagt, ließ ihren Zorn aber besser an einem Kaugummi aus. Die Lage war zu offensichtlich: ihr Haar, an diesem Morgen mit Bier gespült, leuchtete provozierend wie rötliches Gold, die schmiedeeiserne Gürtelschnalle betonte die biegsame Taille. Dazu eine Notiz in der Morgenzeitung: »Eine junge Malerin auf dem vielleicht unaufhaltsamen Weg nach oben.«

Auch eine souveränere Persönlichkeit als die Kleinlein – mit ihrem falschen Lockengewirr, den viel zu breiten Hüften – wäre dieser Konfrontation erlegen. Man sollte Gnade walten lassen.

»Nicht zu fassen, dieses Leben« – so lautete der Titel des Buchs, und Caroline unternahm einen neuen Angriff. Also bitte sehr, keine Falter. Dann eben eine nüchterne Anordnung verschiedener Schriften oder das Foto einer intellektuell wirkenden Frau, die sich kritisch im Spiegel betrachtete. Die Unruhe im Raum störte Caroline. Eine Sekretärin erklärte der anderen, wie man seine Wimpern am vorteilhaftesten zurechtbog und bepinselte, während eine andere ihrem Freund am Telefon wegen des späten Anrufs Vorhaltungen machte. Im Hintergrund quäkte die Stimme der Kleinlein.

Noch vier Stunden bis Dienstschluß. Dann wartete Roman auf ein warmes Abendessen und wußte auch von nichts anderem als kleinen Niederlagen zu berichten. Der Himmel strahlte in schneidendem Blau. Es sollte noch kühler werden.

»Irgendwie bin ich unglücklich«, vertraute Caroline dem kleinen Müller-Landau an. Er war nicht hübsch, aber tröstlich. Wenn er einem so gegenübersaß, die warmen grauen Augen hinter dunklen Wimpern vergraben, eine Andeutung von Verständnis in den Mundwinkeln, verspürte man Lust zu reden, verplauderte sich wie auf der Psychiatercouch. Caroline erlag der Versuchung.

»Mache ich etwas falsch?« erkundigte sie sich fast flehend. »Sie dürfen mir das ruhig sagen. So überzeugt von mir, wie alle annehmen, bin ich gar nicht.«

»Einen kleinen Tip könnte ich Ihnen schon geben.« Die Wärme in seinen Augen vertiefte sich. Einen Moment lang drängte sich in Caroline der Verdacht auf, er könnte in sie verliebt sein. Obwohl bald fünfzehn Zentimeter kleiner und mit Roman gut bekannt? Heutzutage passierten die unwahrscheinlichsten Dinge. Verwirrt versuchte sie sich auf seine Worte zu konzentrieren.

»Sie sondern sich zu sehr von unserer Gemeinschaft ab. Gewiß – Sie lassen sich bei all unseren Feiern sehen, bemühen sich immer oder fast immer um ein freundliches Gesicht – im Grunde aber hängen wir Ihnen doch alle zum Hals heraus. Bestimmt ist Ihre nebenberufliche Karriere daran schuld. Ich verstehe das auch, bemühe mich wenigstens, es zu verstehen. Aber zwei Herren können Sie auf die Dauer nicht dienen, nicht einmal Sie mit Ihrer erstaunlichen Energie. Die Kleinlein hat die Situation natürlich längst durchschaut und versucht ihren Vorteil daraus zu ziehen. Mir tut das leid für Sie.«

Am liebsten wäre Caroline in Tränen ausgebrochen, so ungerecht behandelt fühlte sie sich. Weshalb nahm sich eigentlich jeder das Recht, sie zu kritisieren und ihr Stein um Stein in den Weg zu legen? Selbst Roman, der

Mann, der zu ihr gehörte, hatte ab und zu seinen Spaß daran. Dabei wollte sie nichts anderes als arbeiten, arbeiten und in Frieden gelassen werden. Nun, vielleicht würde das große, weite, alles tolerierende Amerika ihre Depressionen verscheuchen. Diese Reise nahm immer mehr an Wichtigkeit zu.

»Ich werde meinen eigenen Weg gehen und trotzdem noch vor Beendigung dieses Tages einen guten Umschlagentwurf vorlegen.« Angriffslustig warf sie den Kopf in den Nacken. »Wer glaubt, er könne mich in die Knie zwingen, hat sich geirrt. Ich schaffe alles, was ich für richtig und wichtig halte. Alles, alles.«

Kurz vor fünf lieferte sie dann tatsächlich eine saubere Arbeit ab: unterschiedliche Schriften in unterschiedlichen Gewürzfarben – eine gefällige, wenn auch nicht geniale Création. Doch Genie duldete die Kleinlein sowieso nicht in ihrem Mitarbeiterkreis. Sie sprach ein paar sparsam lobende Worte und deutete an, die Arbeit am nächsten Morgen dem Auftraggeber vorzulegen.

»Dann sitze ich bereits im Flugzeug und schraube mich in den Himmel hinauf. In Richtung Amerika, Amerika, Amerika – mein Gott, wie sehr werde ich mich verändert haben, wenn ich erst wieder hinter diesem Zeichentisch Platz nehmen muß. Den schwülen Südstaatenwind noch in den Haaren, Erdnüsse im Mund, die Ohren voll von Dixie und Blues. Und hoffentlich einen ganzen Block verwertbarer Skizzen im Gepäck. Bye, bye, dear friends, auf ein gesundes Wiedersehen.« So spintisierte Caroline vor sich hin, während sie ihre Bleistifte ein letztes Mal ordnete und mit dem Fingernagel

eine ausgelaufene Tube Klebstoff von der Glasplatte
kratzte. Gemeinsam mit Müller-Landau schüttete sie
schließlich noch im Eiltempo ein Glas Whisky in sich
hinein. Er schien ein wenig traurig über ihren Abschied
zu sein.

Natürlich hatte Roman zu Hause seine Sachen bereits
gepackt. Kante an Kante warteten Koffer und Reiseta-
sche auf dem Korridor, daneben lagen ein Führer über
New York, eine Dose mit englischen Drops und ein
Paar Hausschuhe im Lederetui.

»Diese drei Dinge verstaust du in einem deiner zahlreichen Beutelchen oder Säckchen«, wies er Caroline an,
die ihm mit einer Grimasse antwortete. »Um Lektüre
und Bonbons wirst du, wie ich dich kenne, unterwegs
noch froh sein . . .«

»Und die Hausschuhe?«

»Ziehe ich im Flugzeug an, damit ich mich dort wie zu
Hause fühle. Und jetzt sterbe ich vor Hunger.«

»Nächstes Jahr geht es nach Ungarn«, redete sie auf ihren Mann ein, während sie drei Paar Würstchen ins ko-
chende Wasser warf. »Dort mieten wir uns Pferde und
lassen uns das Lied vom schwarzen Zigeuner in die Ohren fiedeln. Und ich male die Puszta bei Mondschein
und die Puszta im Nebel. Nein, und dann die Fjor-
de . . .«

»In Ungarn?« Roman deckte die Teller auf.

»Red keinen Unsinn. Natürlich in Norwegen.« Jetzt
klang ihre Stimme fast ein wenig schrill. »Multebeeren
und Elche mit weichen Mäulern und ein Jäger mit
Nordlicht in den Augen. Aber da wir beziehungsweise
ich gerade mit dem Süden Amerikas beginne, müßte lo-

gischerweise als nächstes der Norden folgen. Oder auch Kanada. Pst, sei still!« Sie legte ihm einen Finger auf die Lippen. »Ich weiß alles, was du sagen willst, was du denkst, was du fühlst, du brauchst dich gar nicht erst um Worte zu bemühen. Vielleicht ist es die Vorfreude, die mich ganz schwindlig vor Glück macht, vielleicht auch der Whisky. Und eines Tages, mein Liebling, präsentiere ich dir eine Freikarte für das Leben in ganz großem Stil. Eines Tages ... Du glaubst doch daran, nicht wahr? Wenigstens du?«

Er nickte und er schwieg, und er wartete auf die Würstchen, denn schließlich war es bereits Viertel vor neun. Und Caroline hatte noch immer nicht einen einzigen Koffer gepackt, ja, nicht einmal den Inhalt des Gepäcks erwogen. Ziellos lief sie von einem Zimmer ins nächste, schüttelte dort ein Kissen zurecht, legte hier eine Musical-Platte auf, deckte nun auch endlich in der Küche den Tisch. Dabei verkündete sie mit geheimnisvoller Stimme, daß dies die letzten normalen Stücke Brot seien, die Roman in den nächsten fünf Tagen zu essen bekäme. Wie er das denn fände? *Tell me, darling...*«

»Bedauerlich«, meinte ihr Mann und säbelte sich drei weitere Scheiben vom Laib.

2

Es roch nach Pfefferminz, nach Pommes frites und nach grünen Äpfeln. Caroline, übermüdet, mit feuchten Handflächen und glänzender Nase, streifte die stumme Überreiztheit der letzten Stunden ab – zu viele Gin tonics und zu viele schreiende Kinder – und probierte den amerikanischen Optimismus. Roman hatte gut geschlafen (Gott sei Dank), faltete seine Hausschuhe zusammen und trottete wie ein Hund durch die Flughalle hinter ihr her.

Der Anflug auf New York war prachtvoll gewesen. Szenen à la Michelangelo spielten sich am Himmel ab. Da vermischte sich Purpurrot mit Gold, dann wieder floß ein Schwaden aus schwarzblauer Tinte in unschuldige Schäfchenwolken hinein, die Sonne verblaßte und versank hinter einer Wand aus regnerischem Grau. Caroline vergaß das weiße Baby vorne links, den ewig strampelnden Negerjungen hinten rechts und kniff die Augen zusammen. Was für eine Farborgie! Und jetzt mußten die Wolkenkratzer kommen, funkelnde Riesen in der Nacht, die ersten Boten einer Gigantenstadt... Nichts, gar nichts. Es gab keine Wolkenkratzer, nicht einmal ein Lichtermeer, sie flogen über brave Spielzeughäuser dahin, die endlose Kette nur unterbrochen von kleinen türkisfarbenen Pfützen, den Swimmingpools. Hier wohnte wohl der »Mann im grauen Flanell«, hier fand das durchschnittliche amerikanische Leben statt. Ein Martini vor dem Abendessen, der Fernsehapparat im Hintergrund, Sohn oder Tochter, die um das Auto bettelten. Fast vergaß Caroline vor lauter Phantasterei ihren Regenmantel.

»Und nun?« Die Männer vom Zoll waren freundlich. Sogar Roman, kein Meister der englischen Sprache, verstand ihre Scherze. »Ich meine, wie findest du es denn hier?««

Niemals zuvor hatte sich Caroline für irgendein Unternehmen derart verantwortlich gefühlt. Fast graute ihr ein bißchen vor den nächsten Tagen. Wenn Roman sich doch bloß anpassen würde...

Gerade schluckte er das letzte englische Bonbon herunter. Im übrigen wirkte er hellwach und sehr friedlich. »Alles wie bei uns, nur mit einem starken Schuß schwarzer Kontinent.«

Vorsichtig stieg er über eine farbige Familie hinweg, die sich mit ihren Koffern auf dem Boden niedergelassen hatte. Ein Mädchen mit Äffchenaugen zupfte ihn am Hosenbein.

»Hättest du dich während des Flugs mehr mit deinem Führer über New York als mit der Stewardess beschäftigt, wüßtest du über die Einwohnerschaft hier besser Bescheid. In Brooklyn beispielsweise... Ach, was soll's.« Partnerschaft durfte nicht zur Bürde werden. Entschlossen schaltete Caroline auf Gelassenheit um. Dabei fühlte sich Roman durchaus wohl. Pfeifend genoß er die sanfte »music in the air«, malte sich die Wonne einer heißen Dusche aus, bewunderte den Sergeanten in prächtiger Uniform, der sich eine Orange schälte. Ehepaare begrüßten sich, küßten sich auf die Wangen, alles ein wenig herzlicher als zu Hause und auch ein wenig selbstverständlicher. Die Männer trugen weiße Hemden, die Frauen weißen Puder. Und alle lächelten sie, lächelten.

Der Bus, der sie zum Hotel bringen sollte, hatte Klimaanlage und dunkel gefärbte Scheiben. Caroline räumte ihrem Mann den Fensterplatz ein. Schließlich war er ja der Neuling hier. Um sie herum stellte man der Reiseleiterin hundertundeine Frage, neunzig Prozent davon waren – so befand Caroline – dumm, arrogant und absolut überflüssig. Hatte sie es hier bereits mit Malerkollegen zu tun? Hoffentlich nicht. Wenigstens die Tage in New York sollten ganz Roman gehören. Roman, der seine Brieftasche mit der Hand umklammerte und sein Knie freundschaftlich an das ihre drückte. Roman, der mit Lumberjack und Fotoapparat gar nicht mehr so flott wie zu Hause wirkte, sondern eher wie ein typischer Tourist. Halleluja – er schien die Fahrt zu genießen. Noch immer sprach das nächtliche New York für sich selbst.

»Wissen Sie ein elegantes, aber intimes Restaurant, in dem ich mit meiner Frau . . .« (ein Wichtigtuer, der, wie er mehrfach betonte, nicht zum erstenmal in den Staaten war) – »Kann man eigentlich durch Harlem fahren?« (ein Ehepaar mit blassen Brillen) – »Wieviel kostet ein Taxi und muß man Trinkgeld geben?« (die Frau trug Persianerjacke plus Blue jeans plus Diamantencollier und war an die Siebzig) – »Ist das die Golden Gate Brücke?« (ein Profil, durch Baskenmütze gekrönt, preßte die Nase gegen die Scheibe).

Draußen strahlten die Lichter in der Dunkelheit. Die Wolkenkratzer glänzten wie Weihnachtsbäume. Man glaubte sich in einem MGM-Film.

»Grandios, dieser Anblick!« Das war Roman, der so skeptische und heimattreue Roman. Caroline fühlte sich für die Strapazen der letzten Wochen reich belohnt. Sie hatte es ja gewußt: ein Blick auf Manhattan, und der Rausch hielt Tage und Nächte an. Vielleicht konnte man den soeben Gedopten gar noch für einen Bummel über den brodelnden Broadway gewinnen?

Das konnte man jedoch nicht. Schließlich war es – sie rechneten mit gespreizten Fingern lange hin und her – in München fast zwei Uhr morgens und der Flug ein besonders preisgünstiger (das hieß: ein sehr langer und sehr anstrengender) gewesen. Also warfen sie die Kleider nur provisorisch in den Schrank hinein, deckten ein einziges Bett auf und preßten sich ziemlich glücklich aneinander.

Über den Fernsehschirm flimmerte ein alter Western mit John Wayne. Im Badezimmer tropfte monoton der Heißwasserhahn.

Caroline träumte von der Kleinlein, der sie einmal richtig die Meinung sagte, und von Mike in einem abgeschabten Wolfspelz. Der Wolf bleckte die Zähne, wollte Caroline anspringen – da wachte sie auf. Roman streckte seine Armbanduhr bereits dem schwachen Morgenlicht entgegen.

»Fünf Uhr früh!« Er gähnte. »Irgendwie scheint mir die Zeit zu schade, um weiterzuschlafen.«

Schon stand Caroline im Badezimmer und regulierte den Heißwasserhahn. Vor Aufregung vibrierte sie von

Kopf bis Fuß. Weshalb machten sie fremde Großstädte immer so schrecklich nervös?

»In spätestens sieben Minuten bin ich fertig. Und zieh dir um Himmels willen bequeme Schuhe an. Wir werden uns New York zu Fuß erobern.«

Draußen regnete es. Es war ein schwüler, fast tropischer Regen, der wie selbstverständlich niederrauschte, die Straßen glänzten schwarz und wirkten dadurch sauberer als gewöhnlich. Dampf lag in der Luft, legte sich in das Haar, auf die Haut. Eine erotische Stimmung. Man fühlte sie, genoß sie, gab sich ihr schweratmend hin. Bis auf ein paar abenteuerliche Gestalten – die Hände in den Taschen, in den Augen Herausforderung – war niemand unterwegs. Ohne Roman wäre Caroline wieder ins Hotel geflüchtet.

In ihm war ein gewisser Pioniergeist erwacht. Ein kurzer Blick auf die Karte, ein paar Sekunden Nachdenken – und New York schien sich ihm wie ein offenes Buch darzubieten.

»Die Fifth Avenue liegt genau rechts und der Central Park demnach gerade vor uns. Dafür haben wir später Zeit. Jetzt will ich erst einmal den Braodway sehen.« Mit seinen Tennisschuhen, bequem zwar, doch nicht wasserundurchlässig, trabte er davon – gefolgt von Caroline, die sich noch immer Müdigkeit aus den Augen rieb. Irgendwie hatte man sie ausgebootet. War nicht sie es, die behauptet hatte, den unberechenbarsten Stadtgiganten der Welt wie den Inhalt ihrer schmalen Leinentasche zu kennen? Auf einmal hatte Roman die Führung an sich gerissen. Und das nicht einmal zu Unrecht. Wäre es ihr überhaupt möglich, den Weg zum

Broadway und dann wieder zurück zum Hotel zu finden? Roman aber beherrschte die Lage, nickte zustimmend bei jedem neuen Straßenschild, kokettierte trotz Regen und fast kriminell früher Stunden mit seiner »ich-bin-acht-Jahre-alt-und-neugierig-auf-das-Leben« -Miene. Wäre sie nicht so unausgeschlafen gewesen – Caroline hätte ihm durch allerlei Arten von Liebe gedankt. (Erste Wirkung dieser erotischen Stimmung?!).

»Sieh mal, dort läuft ein Musical mit Yul Brunner. Hast du die schlafende Frau auf dem Bündel von Zeitungen bemerkt? Was ist das jetzt für ein geheimnisvolles Dröhnen? Wahrscheinlich die Untergrundbahn. Spürst du den heißen Rauch? Jetzt dringt er sogar durch die Gullies. Ein phantastisches Bild. He, schönes Kind, schlaf mir nicht mitten auf dem Gehsteig ein. Was ist nur aus meiner Amazone geworden?«

Und schwungvoll überquerte er die Straße bei Rot.

Verwirrt hastete Caroline hinter ihm her. Lichter, Schilder, Schaufenster, Leuchtschriften wirbelten ihr wie bunte Luftschlangen vor den Augen herum. Weshalb gab es in dieser Avenue nichts als Nähmaschinen, rostete eine vorsintflutliche Singer neben der anderen vor sich hin? Wer die wohl alle kaufen sollte? Ein Neger versuchte im Vorbeigehen ihren Busen zu berühren. Er roch süßlich und trug eine gestrickte Pudelmütze.

»Also . . . ich meine«, vor Nervosität begann sie fast zu stottern, »anscheinend hast du dich inzwischen mit dieser aufgezwungenen Reise abgefunden und es gefällt dir hier ganz gut?« Ihre Augen bettelten wie einst die von Bimbo.

»Mir?« Mr. President zeigte allerhöchstes Erstaunen.

»Was für eine kindische Frage? Wie du siehst – ich bin bereits ein New Yorker!«

Jetzt schluchzte sie fast, streichelte sein Jackenrevers, liebkoste seinen Mund mit nassen Wangen und Wimpern. Er hatte sie nicht enttäuscht, genoß ihre Einladung wie ein Ferienkind. Und wie gut, daß er da war! Ein tröstliches Stück Heimat inmitten dieser Szenerie aus Dreck, Flitter und billigstem Laster. Eng ineinander verschlungen atmeten sie die wenig gesunde Broadwayluft ein. Die ganze Straße schien zu zittern. Netzstrümpfe und Schnürkorsetts, Schnurrbartwichse und vergilbte Filmkalender, Supersupersex-Kino und Chili con Carne, Elvis mit der Gitarre und »frozen yoghurt« – Plakate schrillten, Auslagen winkten, hinter Lügen und Tand schielte die Verzweiflung nach dem großen Geld. Hunger hatten wohl die meisten in diesem Monstrum New York, Hunger nach ein paar Sandwiches und dann ein bißchen hartes Amüsement. Und Roman – gehörte er auch zu dieser Sorte Männern, die mit zusammengekniffenen Augen Pin-up-Fotos studierte?

Gerade stand er vor einem monströsen Busenpaar. Caroline hielt ihm die Augen zu.

»Ist nichts für dich, mein Lieber.« Sie zog ihn weiter. »Wenn es wenigstens schön wäre... Ich weise dich schon auf alles hin, was deine ästhetische Phantasie beflügeln könnte. Wie beispielsweise die kakaobraune Giraffe da drüben.«

Sie nickte in Richtung einer Negerin von mindestens einmeterachtzig, die auf Silbersandaletten über den Bürgersteig trippelte, das entkrauste Haar mit pinkfarbenen Federn geschmückt. In ihrem Blick lag – trotz des Bewußtseins ihrer Schönheit – Apathie.

Roman schüttelte den Kopf. »Eine Schießbudenfigur, weiter nichts, die sich vielleicht bei der ersten Berührung in ein tollwütiges Tier verwandelt. Oh, Mädchen, du hast keine Ahnung von deinem eigenen Mann. Ich möchte etwas Liebes, Sanftes, gelegentlich auch Temperamentvolles...«

»Also mich!« Schon wieder hing sie an seinem Hals.

Schwebte Marihuana hier sogar in der Luft herum? Oder war es eine spezielle Art von Aphrodisiakum? Die Serviererin im Coffee-shop hatte rotes Haar und wirkte wie eine Bürovorsteherin mit ihrer scharfen Brille, der Negerkoch an der offenen Feuerstelle war ebenfalls rothaarig und schuftete wie ein Gorilla. Eier aufschlagen, Speck in Streifen schneiden, Kartoffeln mit Paprika bestäuben... Der Kaffee war alles andere als stark, dafür kochendheiß.

»Schmeckt's?« Caroline stocherte in ihrem Rührei herum.

»Fast wie zu Hause.« Ein Goldjunge, dieser Roman. »Sogar der Toast ist zu genießen.«

Im Hintergrund krakeelte Liza Minelli, draußen stürzten jetzt Sonnensplitter vom Himmel herunter. Männer mit offenen Hemdkragen betraten die Cafeteria, zogen Zigaretten aus dem Automaten, beäugten Caroline mit freundlichem Interesse. Ein farbiges Pärchen setzte sich an die Aluminiumbar, bestimmt hatte es die Nacht gemeinsam verbracht. In ihrem Gesicht lag Erschöpfung, er ließ seine Ringe an den Händen blitzen und betastete immer wieder den tadellosen Sitz der Krawatte.

Caroline hatte für Roman und sich eine Sightseeing-Tour gebucht. Der »guide« entpuppte sich als geborene Hannoveranerin und, obwohl mit einem New Yorker verheiratet, keineswegs von Heimweh befreit. Während Roman voller Kaffeefriedlichkeit eine Frage nach der anderen stellte, sah Caroline sich heimlich im Omnibus um. Die Tour begann vor ihrem Hotel, also war es durchaus möglich, daß sich bereits ein paar Malerkollegen unter den Teilnehmern befanden. Da war ein Graukopf, der sich dauernd die Nase putzte und den Prospekt einer Galerie in der Hand hielt, außerdem zwei junge Mädchen mit kurzgeschnittenen Fingernägeln und Afro-Look (ein weitverbreiteter Jungmalerin-Typ) und schließlich ein untersetzter Dunkeläugiger mit nicht uninteressantem, aber leicht vulgärem Gesicht. Einen winzigen Moment lang nur trafen sich ihre Blicke. Er war ihr zu klein geraten, und demonstrativ umklammerte sie die langen, schlanken Oberschenkel ihres Mannes. »Du bist so überraschend lieb zu mir.« Roman schien ganz verwirrt von ihrer dauernden Zärtlichkeit.

»Bin ich immer, wenn man mich entsprechend behandelt.« Caroline, etwas unsicher geworden durch den üppig bewimperten Blick, streckte die Beine in den saharagelben Jeans weit von sich. Ihre Figur brauchte sie bei Gott nicht zu verstecken, kerzengerade die Beine, der Busen der einer Achtzehnjährigen. Wenn nur diese Falten rings um die Augen nicht wären! Doch war die Ruhe der nächsten Tage hoffentlich ein gutes Mittel dagegen.

In Chinatown legte Roman seinen Geschenkeblick an.

Natürlich hatte Caroline so etwas erwartet, trotzdem irritierte sie dieser frühe Zeitpunkt oder – exakter ausgedrückt – er ärgerte sie. Sie war in einer Familie großgeworden, wo man sich üblicherweise nur zum Geburtstag und zu Weihnachten ein Päckchen überreichte. Roman dagegen schien von Geschenken geradezu besessen zu sein.

Nicht, daß er wild darauf war, selbst laufend Präsente entgegenzunehmen, nein, er machte sich nur einen Sport daraus, in jeder neuen Stadt, an jedem neuen Flughafen nach Andenken und Souvenirs für seine Eltern, seine Schwestern, seine Nichten und Neffen und – natürlich – für Irmela zu suchen. Daß Caroline in der vordersten Reihe der Beschenkten stand, war klar. Sie selbst legte keinerlei Wert darauf, dachte an sein spärliches Gehalt, versuchte ihn vorsichtig zu beeinflussen. Nichts half, mit trotzigem Mund schob Roman von Schaufenster zu Schaufenster.

Als er schließlich in einem der zahlreichen grellbunten, grellduftenden chinesischen Souvenir-shops ein paar Räucherstäbchen in die Hand nahm, wußte Caroline Bescheid.

»Verursacht Kopfschmerzen«, kommentierte sie kurz, »außerdem sind sie bei uns in jedem Kaufhaus erhältlich.«

»Meinst du?« Roman sah sich mit betont unschuldiger Miene zwischen Buddhas aus Gips, Pyjamas aus Thai-Seide und Armbändern aus Jade um. Wenn er nicht Farbe bekennen wollte, halfen keine noch so raffiniert ausgelegten Fallnetze.

Caroline wartete ab. Auf einmal glaubte sie, die künstlich östliche Atmosphäre, dick und bunt wie mit Malstiften aufgetragen, keinen Moment länger ertragen zu können. Hätte Romans Geschenketick nicht noch ein bißchen Zeit gehabt?

»Wie wäre es mit Pantoffeln mit Silbernetz?« Er hob einen Schuh in die Höhe.

»Für wen?«

»Natürlich für dich!«

»Für mich?« Sie zeigte eine ungläubige Miene. »Das wäre ja ganz neu. Du denkst doch in erster Linie dabei an Irmela. Kaufe sie, wenn sie dir gefallen, meinetwegen gleich mehrere Paare. Dann gibst du vielleicht für den Rest des Tages Ruhe.«

Er kaufte sie nicht, sondern wandte dem Laden leicht beleidigt den Rücken zu und versuchte zwei Chinesenkinder für eine Fotopose zu gewinnen. Caroline lenkte sich durch die Besichtigung eines Tempels ab. Hier schien die Zeit wahrhaftig stillzustehen. Zerfurchte Gesichter murmelten Unverständliches, schwarze Lackaugen durchforschten höhere Regionen. Lagen wirklich nur ein paar Straßen weiter – in der Bowery – Betrunkene in der Gosse, unbeachtet von den vorbeihastenden Passanten? Was für eine Stadt! Roman studierte jetzt durch ein Schaufenster hindurch asiatische Obstkonserven. In Caroline stieg langsam heißer Zorn hoch. Weshalb nur nahm er auf ihre Gefühle so wenig Rücksicht?

»Da wir beide wissen, wie es um deine Finanzen steht, habe ich dir diese Reise geschenkt«, haspelte sie herunter und war sich gleichzeitig der ungeheuren Schäbigkeit dieses Vorwurfs bewußt. »Doch scheinen deine

Taschen auf einmal vor Geldscheinen überzuquellen. Also kaufe, was dir in die Augen sticht, kaufe heute, kaufe morgen, ich werde dich zu Tiffany's schleppen und zu Cartier und zu Bill Blass persönlich. Wenn ich mich recht erinnere, versuchte ein Teil deiner Familie dir diese Reise madig zu machen. Deine Reaktion: Geschenke, Geschenke, Geschenke.«

Jetzt hatte sie sich in eine Hyäne verwandelt, ließ ihre Stimme schrillen, schob die Haut zwischen den Augenbrauen zu einer bösen Falte zusammen. Roman haßte das alles – und sogar mit ziemlichem Recht. Der mutmaßliche Kollege mit den dunklen Augen kaute an seiner Halskette und stellte wie nebenbei die Ohren auf. Mein Gott, weshalb hatte sie sich auch nicht besser in der Gewalt?! Da nützte weder der jugendliche College-Pullover noch das gelegentliche College-Lachen, noch die collegehafte Grazie – eine alternde Xanthippe schien zu toben.

Roman bastelte mit gesenkten Lidern an seiner Kamera herum.

Abend in New York. Dunkel schwelte die Luft, dumpf dröhnte die »rush hour«, als sie nach einer knappen Stunde Spätnachmittagsschlaf in ihrem Hotelzimmer erwachten.

»Und nun?« Roman hatte sich ein paar Wellen auf der Wange erschlafen. »Wenn ich mich umdrehen würde und du den rauhen Strickärmel von meiner Haut nähmst, könnten wir weiterträumen oder aber...«

»Nichts da. Wir sind in New York und jetzt wird ausgegangen.« Caroline zog sich bereits eine Satinjacke mit Silberfäden an und verrieb ein wenig bräunliches Rouge auf den Wangenknochen. »Und weißt du auch, wohin?«

»Nun?« Ihr Mann kniff die Augen zusammen. Er schien Fürchterliches zu ahnen.

»In eine Diskothek, das heißt, in d i e Diskothek. ›Studio 54‹ – hast du je davon gehört? Stammplatz von Bianca Jagger und Andy Warhol und all den anderen. Ich möchte dir dabei ans Herz legen, dich ausnahmsweise von dieser Windbluse zu trennen. Es ist warm genug, um im Pullover zu gehen.«

Eigentlich hatte er ja Hunger, richtigen ordinären Hunger, wie es einem Mann von bald vierzig durchaus angemessen war. Doch wagte er Caroline nicht zu widersprechen. Da waren so gewisse Pfeile in ihren Augen, golden zwar, aber außerordentlich gefährlich. Nur Geduld, vielleicht begann man einen Abend in dieser Diskothek gar mit einem Gulasch?! Sie nahmen ein Taxi. Der Fahrer, ein Texaner-Typ mit dunklen Schwitzflecken unter den Achseln, nickte, als Caroline den Namen der Diskothek nannte. Wie gern wäre Roman jetzt über den Braodway gebummelt . . . Irgendwo boten sich gewiß noch ein paar Theaterkarten an.

Es war kein besonders großes und es war kein besonders bedeutendes Haus. Trotzdem drängte sich eine Menschenmenge davor. Jung und alt, weiß und schwarz, im Stil von gestern und im Stil von morgen, Duft von Mottenkugeln und süßlichem Weihrauch, Geglitzer von Diamantgeschmeide und Simili-Klimbim. Caroline wirkte gefaßt und gleichzeitig entschlossen. Die dunklen Flecken auf ihren Wangen leuchteten. »Ich flehe dich an, bleib in meiner Nähe. Das ist das einzige, was ich von dir verlange. Alles andere werde ich regeln.«

Wenigstens hatten sie jetzt den Vorraum erreicht. Dort trat man sich vor lauter Gewühle fast auf die Füße. Durch eine verschlossene Tür drang überraschend sanfte Musik. Ein dicker Mann hatte den Mantel abgestreift und präsentierte darunter original bayerische Lederhosen, eine nicht mehr junge Frau knüpfte sich einen Witwenschleier um den Hals. Und soeben öffnete eine zukünftige »Miss Bahamas« ihr Männerhemd bis zum Nabel hinunter...! Roman hatte den Eindruck, sich unter Statisten zu befinden, die sich für einen Fellini-Film bewarben. Was hatte Caroline da nur wieder ausgeheckt? Hunger grub sich in seine Züge ein.

»Lächle«, zischelte ihm seine Frau gereizt zu, »lächle um alles in der Welt. Und zwar in diese Richtung da.« Sie wies auf einen olivfarbenen Jüngling, der sich geziert auf überhöhten Plastiksohlen hin und her drehte. Die Vorderfront seines türkisfarbenen Hemdes bestand aus einem einzigen Rüschengeriesel. Während er an einer schwarzen Zigarette zog, war er gleichzeitig damit beschäftigt, einerseits die anwesenden Gäste zu ignorieren und sie auf der anderen Seite gelangweilt von Kopf bis Fuß mit unverschämten Augen abzutasten. Alle ließen sie es sich gefallen. Alle.

»Warum?« Romans Gesicht erstarrte.

»Weil jener Mensch dort entscheidet, ob er uns den Passierschein für dieses musikalische Mekka überreicht oder nicht. Ich jedenfalls will nicht in New York gewesen sein, ohne...« Unruhig trat sie von einem Fuß auf den anderen.

»Ich jedenfalls will in New York gewesen sein, ohne...« Im Zeitlupentempo drehte sich Roman auf dem Absatz um. Zwei Dinge waren es, die ihn zu dieser Bewegung veranlaßten: Hunger und einfach nur Wut.
»Ich hoffe, wir haben uns verstanden.«
Es nützte nichts. Keine Widerrede und keine Tränen, kein Flehen und keine Küsse coram publikum. Roman hatte entschieden. Wieder einmal war Caroline sich sicher: er würde sich niemals auf internationaler Ebene bewähren. Was machte es schon aus, einen kritischen Blick aus heroin- oder wodkavernebelten Augen über sich ergehen zu lassen, wenn sich dadurch die Pforten für ein gesellschaftliches Paradies öffneten? Mit gesenktem Kopf trottete sie hinter ihm her. Dabei stieß sie gegen eine Lederjacke. Als sie sich verwirrt entschuldigen wollte, verzog sich ein schmaler, nicht gerade sympathischer Mund zu einem spöttischen Lächeln. Viel zuviele Wimpern blinzelten. Es war der Mann aus dem Omnibus. Neben ihm stand eine Eurasierin in schenkelkurzem Overall aus Satin. Würden diese beiden Gnade vor dem puertoricanischen Zerberus finden? Caroline hoffte »nein« und fürchtete »ja«.
Roman war erwachsen genug, um kein weiteres Wort über den Vorfall zu verlieren. Erfolgreich hatte er sich gegen diese Vergewaltigung seines männlichen Stolzes gewehrt, jetzt galt es seine Frau zu trösten. Weshalb nur ließ sie ihre sonst so scharfe Kritik im Stich, wenn es sich um eine von Sensationsblättern hochgejubelte Society-Institution handelte? Manchmal war sie noch ein rechtes Kind.
Nun landeten sie also doch auf dem Broadway, wenn

auch mit einstündiger Verspätung. Erste Station war ein Self-service, weitläufig wie eine Bahnhofshalle, auch ähnlich schmutzig und überfüllt. Caroline, inzwischen einigermaßen versöhnt, begann ihr Menü mit einem Maiskolben. Er sättigte in einem solch buttertriefenden Umfang, daß sie den bereits angeforderten »apple pie« kaum mehr zu bewältigen vermochte. Roman hatte sich mit einer stattlichen Anzahl gebratener Eier getröstet. Dazu schlürfte er Kaffee.

Das Publikum schien einem Zirkus entsprungen zu sein, Aufseher, die Hand an Lederknüppeln, wachten darüber. Reine Männerpärchen, wohin man sah, der weibliche Teil in Minishorts, das Haar sorgfältig gewellt, die Fingernägel mit Schmutzrändern phantastisch rotlackiert. Für die Rechnung hatte der Partner, mit klirrenden Cowboystiefeln und Lederarmband, aufzukommen.

»Ich müßte zeichnen können wie George Grosz«, dachte Caroline laut und wischte sich die Finger ab, »treffend, beißend und ohne jedes falsche Sentiment. Und du müßtest schreiben wie ein Hemingway oder Ed McBain.«

»Hemingway kenne ich.« Roman machte sich nicht viel aus Kurzgeschichten. »Und wer ist der andere?«

»Er schreibt Kriminalromane, aber wie! Trotz harter Handlung voller Poesie. Niemand hat New York wohl abstoßender und gleichzeitig schwärmerischer besungen als gerade er. New York ist für ihn eine Hure, die verschlafen die vollen Arme reckt und . . .«

»Wie großartig!« Roman liebte es nicht, wenn seine Frau sich über Literatur äußerte. Ein Fachgebiet mußte ihm schließlich auch noch bleiben. Die Szenen auf den Straßen erinnerten an einen mittelalterlichen Jahrmarkt. Oboen näselten, Tambourins klirrten, ein Neger mit Pepitahut forderte zu einem Kartenspiel auf. Ein Japaner nahm an. Immer wieder zeigte er nach einigen Minuten totaler Konzentration auf den richtigen Kartenstoß, in dem sich die gesuchte Karte verbarg. Mindestens acht große Scheine landeten auf diese Weise in seiner Hosentasche.

»Wollen wir auch mal?« Caroline, die Geld roch, wurde lebendig.

»Liebling, das ist doch eine abgekartete Sache. Mit Sicherheit arbeiten die beiden zusammen. Und auf einen derartig simplen Trick fällt ausgerechnet meine welterfahrene Frau herein. Sag mal, wie kämst du in Amerika eigentlich ohne deinen angeblich so provinziellen Mann zurecht?«

»Gar nicht, mein Schatz, gar nicht. Weder hier noch zu Hause, noch irgendwo anders in dieser aufregenden Welt. Nur – höchstens, ja, höchstens im ›Studio 54‹.« Und sie schlängelte sich geschickt drei Negern im Punk-Look aus dem Weg und küßte ihren Roman unter allen Sternen des Broadways mitten auf den Mund.

»Nun verlangt es mich aber heftig nach New Yorker Büroalltag«, verkündete Caroline am Montagmorgen und steckte sich eine ganze Reihe von Dollarscheinen in den Brustbeutel. »Du weiß schon, diese topgepflegten Frauen, die trotz aller Emanzipation von Kopf bis Fuß auf Verführung eingestellt sind. Nur meistens sind die Chefs leider schon verheiratet. Ich möchte sie ein bißchen studieren, natürlich auch diese herrlichen Waren-

häuser, in denen sie einkaufen. Und du? Bist du nicht vielleicht am Central Station besser aufgehoben?«
»Mit Sicherheit.« Schon immer hatte Roman eine Vorliebe für amerikanische Eisenbahnen gehabt. »Bis später also. Punkt zwölf Uhr vor dem Plaza Hotel. Und daß du dich von niemandem ansprechen läßt!«
Sie schüttelte den Kopf und winkte und stürzte sich auf hohen Korkabsätzen ins morgendliche Straßengewühl. Was für ein Tag, was für eine Septemberpracht! Auch der Wind schien hier freundlich zu sein, ein typischer US-Bürger. Spielerisch fuhr er durch das Fell dreier Afghanen, die von einer dünnen Frauensperson mit englischer Landadelnase über die Avenue geführt wurden. Er wühlte in dem Schleier einer dunkelhäutigen Braut, den Blumenhüten der sie begleitenden Damen, schlängelte die weißen Bänder an den Kühlern des Hochzeitsautos. Mit brausender Sirene raste der Festzug bis zur nächsten roten Ampel. Alle Passanten freuten sich über das taufrische Glück, die Gruppe jüdischer Rabbiner mit Brille und Bart, der immens dicke Mexikaner, der seinen Bauch wie ein Faß vor sich hertrug, die beiden winzigen alten Damen ganz in Rosa, der Neger mit dem Tigerfell über der Schulter. Und Carolin. Sie ganz besonders. Hier brauchte sie keinen Champagner, keine Musik, um in Stimmung zu kommen. Ganz New York schien zu swingen, und sie swingte mit.
Trotzdem litt sie unter der Vorstellung, nicht attraktiv genug für diese Stadt zu sein. Um wieviel schöner waren doch die New Yorker Mädchen als sie. Sophisticated und von lässiger Eleganz. Der weiße Schal tanzte

um ihren Hals herum, die goldenen Reifen klirrten in den Ohren, wenn sie in ihren Herrenjacken und Reithosen aus Tweed durch die Straßen eilten. Und auch die weiblichen Marathonläufer im Central Park bestachen trotz ihrer verschwitzten Trainingsanzüge wenigstens durch blendend gepflegte Haarmähnen oder Zahnreihen. Eines Tages wollte sie, Caroline, sich auch wieder mehr diesen Äußerlichkeiten widmen. Jeans und Männerhemden waren keine Dauerlösung, mit Farben verkleckste Hände nicht gerade der Traum eines Ästheten wie Roman es war.

Der Gute. Weshalb hatte sie ihn nur allein an den Bahnhof ziehen lassen? Schließlich war heute bereits sein letzter Tag. Um ihr Gewissen zu beruhigen, kaufte sie ihm bei Lord & Taylor eine Strickkrawatte. Der Verkäufer wirkte wie ein Marquis, trug ein Monokel und reichte ihr die Rechnung mit den Fingerspitzen. Irgendwie paßte sie mit ihrem abgehetzten Gesichtsausdruck nicht in diese noble Atmosphäre, die Absätze gehörten auch erneuert. Einem Mann neben ihr erging es ähnlich, allerdings schien er weniger selbstkritisch zu sein, denn er kaute gelassen auf dem Anhänger seiner Halskette herum. Sein Hemd war aus grobem, gestreiftem Leinen. »Hallo.« Er nickte ihr vertraulich zu. »Sind wir nicht aus dem gleichen Hotel?«

Natürlich, der Typ aus dem Bus, der ihre Diskotheken-Niederlage miterlebt hatte. Weshalb konnte er sich nur nicht diesen unverschämten Blick abgewöhnen? Sie richtete sich zu ihrer vollen Größe auf und versuchte eine hochmütige Miene. Er sollte nur nicht vergessen, daß sie ihn um einen halben Kopf überragte.

»Malerin?« Er ließ nicht locker.

»Ja. Und jetzt muß ich bezahlen.« Im Hintergrund wartete der Marquis mit undurchdringlichem Gesicht. Roman mit seiner sportlichen Figur wäre für ihn eine bessere Antwort gewesen als dieser Bohèmien.

»Kann ich Sie begleiten?« Er sprach mit einem leichten Akzent.

»Nein, nein, ich laufe sehr schnell.« Die Antwort war kindisch, klang unter Umständen sogar beleidigend. Schließlich hatte sie sich aber nicht von Roman freigemacht, um sich einem aufdringlichen Zwerg an den Rockzipfel zu hängen.

»Wir sehen uns ja später.« Er nickte und verschwand. Sein Rasierwasser roch nicht einmal schlecht, ein bißchen Abenteuer und Seewind lagen darin, außerdem die Süße exotischer Früchte.

Unwillkürlich spürte sie Sehnsucht nach Roman und krallte sich an der Tüte mit der Krawatte fest. Gewiß suchte er in diesem Augenblick, froh, ihrer Kontrolle entflohen zu sein, nach Geschenken für Irmela und die Familie. Ob er sich wohl bereits wieder auf zu Hause freute?

Wenige Minuten später hatte sie im fröhlichen Fieber der Fifth Avenue ihre Grübeleien vergessen. Leichtfüßig öffnete sie Portale und ließ sich durch Drehtüren gleiten, eilte über samtige Teppichböden, das Haar vor Aufregung zu winzigen rötlichen Locken gekraust, tastete Seide, befühlte Pelze, phantasierte, kombinierte, kokettierte. Nach dem Bad ein langer Mantel mit Schwanenfedern besetzt, weshalb denn nicht? Die alten Hollywoodstars hatten sich so gekleidet, Moschusduft hinter den Ohren, eine Zigarettenspitze zwischen den Lippen. Oder ein griechisch gerafftes Gewand, das die linke Schulter blank und bloß ließ? Schließlich sollte man sich als Künstlerin extravaganter Bilder ruhig auch ein wenig extravagant kleiden.

Wieder in Europa, wollte sie ein neues, ein elegantes Leben beginnen.

Gerade nahmen die Bürogirls ihren Lunch ein, schlugen sich die Chefs bei einem Sandwich mit dem Problem »hire and fire« herum, als Caroline in Romans ausgebreitete Arme stürzte. Was hatte er erlebt und wie hatten die genossenen Eindrücke sein Leben verändert? Anscheinend gar nicht. Er kaute Schokolade, blätterte in einem Buch über frühe amerikanische Erzähler herum und versuchte nebenbei, ein bißchen Septembersonne zu erhaschen. Außerdem gestand er, einem Mädchen nachgestiegen zu sein.

»So etwas von einer Figur«, schwärmte er, und Caroline schnallte sich automatisch den Gürtel enger, »dazu die Bewegungen, wie ein Panther im Urwald. Ich ging ihr nach, einfach immer nach...«

»Auch eine Art von New York-Erlebnis«, spöttelte Caroline und nahm sich vor, auf das heutige Abendessen zu verzichten. »Ich dagegen sah einen gigantischen Neger mit Tigerfell.«

Diese Begegnung machte auf Roman weniger Eindruck. Was ihm jetzt vorschwebte, war ein Blick auf New York aus der Vogelperspektive. Also ließen sie sich auf das Empire State Building hinaufbefördern, staunten über den Fahrpreis (phantastisch hoch), die

Souvenirs (phantastisch kitschig) und schließlich die Zeilen der Wolkenkratzer (einfach phantastisch). Caroline kämpfte dabei gegen eine Ohnmacht an. Teuflische Visionen peinigten sie, so der Gedanke, im siebenundvierzigsten Stockwerk von außen die Fenster putzen zu müssen, während unter ihr der Verkehr brodelte. Oder einem Zimmerbrand zu entrinnen und auf bloßen Füßen einen Simsvorsprung entlangzutasten.

»Halten Sie durch«, rief der Feuerwehrmann und faltete das Sprungtuch auseinander.

»Lächle in die Kamera«, rief Roman und legte einen neuen Film ein. »Stütze dich auf das Geländer und lächle – ausnahmsweise einmal freundlich. Wenn's auch schwerfällt.«

»Ich kann nicht.« Caroline mußte sich auf eine Bank setzen. Wolkenkratzer, Baumspitzen und Spielzeugautos tanzten vor ihren Augen herum.

»Für ein einziges Foto wirst du dich wohl zusammenreißen können.« Roman zeigte sich von seiner unerbittlichen Seite. Weshalb hielt er nicht ihre Hand, sprach tröstend auf sie ein, wie es tausend andere Männer an seiner Stelle täten?

»Es ist unmöglich, wirklich.« Er schüttelte unwillig den Kopf, wandte sich ab. Am liebsten hätte sie zu weinen begonnen. Arbeiten durfte sie, ja, o ja, ihre Einladung nach Amerika nahm er auch an; ließ ihre Kraft dann einmal nach, wurde dies gar nicht zur Kenntnis genommen. Sie fühlte sich ungerecht behandelt, außerdem verbittert und verstoßen. Weshalb, zum Teufel, hatte er sich für ein anderes Mädchen interessiert?

Irgend etwas lief in ihrem Leben falsch. Lag es allein an

ihr oder nicht auch ein wenig an Roman? Es war höchste Zeit, sich über ihre gegenseitigen Beziehungen einmal Gedanken zu machen. Vielleicht in der nächsten Woche, wenn ein ganzer Ozean die beiden Kampfhähne trennte.

»Roman, am liebsten möchte ich . . .«

»Was denn, mein Liebling?« Er nahm ihr kleines blasses Gesicht vorsichtig in beide Hände. »Meine süße Lady Jane, denke an den armen King Kong, der sich von hier oben in die Straßenschluchten herunterstürzen mußte. Geht es dir nicht richtig gut dagegen?«

Sie nickte ein bißchen hilflos und wollte sich gar nicht mehr aus seinen Armen lösen. Seine Nähe, seine Wärme, sein Geruch nach Haut und Tabacseife – alles versöhnte, erinnerte an die alte Verliebtheit von damals. Könnte man sich nicht künftig durch Fingerzeichen statt durch die so vieles zerstörenden Worte verständigen?

»Wollen wir in die Bronx?« fragte Caroline am Abend und schnürte sich eine Art Fußballschuhe zu. »Dort regieren Elend und Laster, schlimmer, glaube ich, noch als in Harlem. Vielleicht erleben wir sogar einen Kampf zwischen zwei jugendlichen Banden mit. Red panthers via hell angels.«

»No Bronx«, kommentierte Roman trocken. »Heute lade ich dich ein, und zwar in ein anständiges Lokal. Keine Widerrede, dies ist unser letzter gemeinsamer Abend, und wir wollen uns den Mund nicht noch einmal an einem Maiskolben verbrennen. Du schwärmst doch für Ostasiatica. Also gehen wir in ein chinesisches Restaurant. Während du dich dort mit Lotosblüten und

Bambussprossen und Libellen vollstopfen kannst, werde ich eine Diät aus Tee und Reis genießen.«

Das Telefon läutete. Caroline zuckte zusammen. Vielleicht die Kleinlein, die sich abermals – natürlich negativ – über den Titelblattentwurf äußerte, Varenius mit ähnlichen Schreckensnachrichten oder der Portier, der sich verwählt hatte?

Es war Irmela. Nach einem kurzen »Guten Abend« gab Caroline sie mit einer Grimasse an Roman weiter, dem dieser Anruf sichtlich peinlich war. Seine Frau tat ihm nicht den Gefallen, das Zimmer zu verlassen – im Gegenteil, ihre Fingernägel verlangten nach frischer Farbe, und so setzte sie sich auf das Bett und trug sorgfältig den Nagellack auf. Natürlich loderte ein kleines Feuer in ihr. Wurde man »Miss Lonely Hearts« nicht einmal in Amerika los?

»Sie läßt dich herzlich grüßen.« Roman hatte eingehängt und versuchte eine gleichgültige Miene. »Zu Hause regnet es in Strömen, und es soll in den nächsten Tagen so bleiben.«

Wenn Männer doch nicht immer so feige wären! Trotz zweier Gin-tonics, die, vorhin in einer Bar eingenommen, hinter ihrer Stirn noch immer heftig ihr Unwesen trieben, bemühte sich Caroline um einen ihrem Alter gemäßen Ton.

»Wie aufmerksam, dich darauf hinzuweisen. Wollte sie nicht vielmehr die Ankunft deines Flugzeugs wissen oder die Art deiner Geschenke oder die Anzahl der einsamen Nächte, die sie dir eventuell versüßen könnte?« Ihre Stimme stieg bedenklich in die Höhe.

»Caroline, du wirst geschmacklos.« Roman, der blaß

geworden war, stützte sich aufs Fensterbrett und starrte in den abendlichen Verkehr hinunter. Weshalb ging er auf das Stichwort Geschenke nicht näher ein? Natürlich hatte er am heutigen Vormittag eine ganze Reihe kleiner Päckchen erstanden, sie wußte es ganz genau. So rasch konnte er sie gar nicht in seinem Koffer verstauen, daß ihren Eidechsenaugen auch nur eine seiner verstohlenen Bewegungen entgangen wäre.

Sie überlegte blitzschnell. Sollte sie eine filmreife Eifersuchtsszene hinlegen oder besser nicht? Im Grunde war es die farblose Mondscheinprinzessin nicht wert, eine Diskussion über diesen Telefonanruf würde die Wichtigkeit ihrer Person nur unnötig steigern. Lieber versuchte man es mit weiblicher Raffinesse.

»Was habe ich doch für einen vielbegehrten Mann.« Schmeichlerisch zog sie ihn zu sich aufs Bett hinunter, lockerte seine Krawatte, kitzelte ihm den Mund mit ihren Schmetterlingswimpern. »Da rufen die Frauen sogar aus Deutschland an, wenn er sich einmal ein paar Tage harmlos mit seinem Eheweib amüsieren will. Aber das lasse ich mir nicht gefallen. Hörst du? Das lasse ich mir wirklich nicht gefallen.« Ihre Wangen glühten jetzt fast so rot wie ihre Haarsträhnen.

Er vergaß Tee und Reis und auch sonst so manches. Sie konnte – wenn sie wollte – so hinreißend sein, von geradezu bestrickender Sanftheit. Trotz all ihrer Mängel: hatte er mit seiner Frau nicht Glück gehabt . . ?«

Abschiedsszene auf dem Flugplatz. Roman sah sehr ernst geradeaus und hatte sich seinen Regenmantel ordentlich über den linken Arm gehängt. Am rechten hing Caroline – nicht so ordentlich. Der Reis-

wein schien von der miesesten Sorte gewesen zu sein.
»Noch ein letzter Drink?« Roman streichelte ihr die Hand.

Während er Kaffee trank, diesen wunderbaren, heißen, amerikanischen Kaffee, saugte sie Milch mit einem Schuß Rum durch ihren Strohhalm und krümelte an einem faden Käse-Sandwich herum.

»Auch ein Stück? Mir ist das zuviel.«

Er warf ihr einen mitleidigen Blick zu. »Wenn ich morgen gegen acht Uhr mitteleuropäischer Zeit bei unserem Bäcker einen halben Laib dunkles Roggenbrot hole, denke ich an dich.«

»Nur dann?«

»Immer, jede, Minute, jede Sekunde, es sei denn, ich schlafe. Verzeihst du mir das?«

»Nimm mich doch mit.« Am liebsten hätte sie geweint, ihre Verlassenheit dieser ganzen Halle voller fremder Menschen demonstriert. »Irgendwie sind deine Unternehmungen immer soviel vernünftiger als die meinen. Weiß der Himmel, woran das liegen mag. Aber wir hatten ein paar schöne Tage, nicht wahr?«

»Wunderschöne.« Er küßte ihre Hände, die ganz kalt waren. Ein paar Männer in blauen Uniformen, die Mütze unter den Achseln, lächelten ihnen zu. Ein Neger schwenkte einen laut plärrenden Radioapparat wie eine Fußballtasche hin und her.

»Hier, das ist für Irmela, deine Irmela.« Als sie sich zum unwiderruflich letztenmal umarmten, steckte Caroline ihrem Mann ein Päckchen zwischen die Finger. »Um meine Großmut zu beweisen. Und als Dank für die vielen, vielen Suppen, die sie dir kochen wird.«

»Du bist ein Schatz, nein, mehr noch, eine wirklich vernünftige Frau.«

Er schien sich aufrichtig zu freuen und bereute jeden Gedanken des Zweifels, der ihm hinsichtlich ihrer Reife gelegentlich kam.

»Willst du mir nicht verraten, was . . .?«

»Ein Frisierumhang. Aus kratzigem Perlon, pflegeleicht, brav, aber recht hübsch. Ich benütze so etwas ja nicht, doch Irmela ist genau der Typ dafür. Hoffentlich hast du ihr nicht das gleiche gekauft?«

Trotz Abschiedsschmerz versuchte sie ihn ein letztes Mal aufs Glatteis zu führen.

Trotz Abschiedsschmerz rutschte er nicht darauf aus.

War es das Glück oder das Verhängnis ihrer Ehe, daß sie sich beide viel zu gut kannten, jeder von ihnen die Wünsche, Träume, Gedanken des anderen auf das Detail genau voraussagen konnte?

So wußte Roman, daß Caroline dem Nordländertyp im Seemannspullover beim Hinausgehen einen ihrer vom Grunde des Meeres geholten Nixenblicke schenken würde, während ihr klar war, daß sein Platz im Flugzeug nur neben einer mütterlich wirkenden Blondine sein könnte.

Letztere Vision paßte Caroline ganz und gar nicht. Wütend würgte sie das letzte Stück Käse hinunter. Wer – um alles in der Welt – kümmerte sich von jetzt an um sie?

3

Der Reisebegleiter stellte sich als Columbo vor. Natürlich hieß er anders, doch zeigten sein getrübtes Auge, sein wirres Haar und die legere Hektik seiner Bewegungen soviel Ähnlichkeit mit der Fernsehgestalt des Detektivs im Regenmantel, daß der ganze Bus begeistert klatschte. Der Fahrer des »Greyhound« war ein Neger namens Reegan. Mit seinen abstehenden Ohren und dem bleistiftdünnen Oberlippenbärtchen erinnerte er ebenfalls an einen Filmstar – an Clark Gable.

Die Reisenden selbst wirkten weniger showreif. Bis auf ein blutjunges Mädchen mit dem Profil eines Botticelli-Engels und einer schmalen Amazone mit smaragdfarbenen Augen. Letztere war Caroline, und sie bedauerte die mangelnde Attraktivität der übrigen Gruppe. Um wieviel amüsanter wäre es doch gewesen, von einer Schar farbenprächtiger Paradiesvögel umgeben zu sein als von diesen grauen Mäusen. Diese Kollegen aber hielten anscheinend nichts davon, das Auge zu verführen, die Phantasie zu reizen; worauf sie Wert legten, war allein die Betonung ihrer Individualität. Individualität – o mein Gott! Mußte sie unbedingt aus einem Karl Marx-Bart, Sträflingshemd oder Indianerschmuck bestehen? Man konnte doch wohl künstlerisch begabt sein, ohne gleich jeden Normalbürger durch sein Äußeres zu erschrecken.

»Haben Sie auch Depressionen?« Eine nicht mehr junge Frau, die tabakbraunen Augen riesengroß, die Haut fleckig, wandte sich nach ihr um.

»Depressionen?« Caroline, stets um Ehrlichkeit bemüht, versuchte darüber nachzudenken. »Nein, ich glaube nicht. Oder höchstens gelegentlich.«

Die Frau schien das zu bedauern. Trotzdem brach sie das Gespräch nicht ab.

»Wollen wir uns nicht nebeneinandersetzen? Sie sind allein, ich bin allein. Wenn wir uns zusammentun, haben die Männer keine Chance.«

Das war im Grunde das letzte, worauf Caroline erpicht war, doch wagte sie Frauen nur selten energisch gegenüberzutreten. Roman hätte über soviel Feigheit seiner sonst so streitbaren Frau verständnislos den Kopf geschüttelt.

»Aber bitte, wenn Sie möchten.« Also saß sie nicht mehr solo auf ihrem Fensterplatz. Draußen flogen Tankstellen vorüber, Einkaufszentren und Ansammlungen fahrbarer Häuser. Columbo erklärte mit dem Mikrofon in der Hand. Zu gern hätte Caroline zugehört, doch mußte sie sich der traurigen Lebensgeschichte der neuen Nachbarin widmen.

Natürlich kein Glück bei den Männern. Im Grunde hatte Caroline nichts anderes erwartet und litt heimlich mit. Was nützen Begabung, Erfolg, Pläne für die Zukunft, wenn der Faktor Mann so offensichtlich vollständig ausfiel?

Eleonore – so hieß das späte Mädchen – schien diese Tatsache zu verdrängen. Für sie zählten, ihrer Schilderung nach, die Einsamkeit verträumter Stunden, das

Ringen um die wahre Kunst (Ersatzbefriedigung, hätte Roman kommentiert). Caroline hörte begierig zu. Vielleicht war es ein Fehler, das eigene Leben als einzig richtigen Maßstab gelten zu lassen. Hatte sie beispielsweise jemals versucht, mit Hilfe indischer Meditation in andere, vielleicht höhere Gefilde zu gelangen?

»Und Sie? Worin sehen Sie den Sinn Ihres Daseins?« Eleonores überdimensionale Augen saugten sich an Caroline fest.

»Ich . . . nun, ich befinde mich noch auf der Suche.« Diesmal entschloß sich Caroline nur für eine halbe Wahrheit. Weshalb wagte sie nicht zu gestehen, daß es einen Ehemann namens Roman gab, außerdem eine ganze Menge anderer Dinge – eine Tennispartie beispielsweise, grüner Mairegen oder ein Glas Champagner –, die ihr neben der Malerei Freude bereiteten? Sie fühlte sich unbehaglich. Wo war die Freiheit, die sie so dringend brauchte? Wo war der Mann mit dem unverschämten Blick und der Kette um den Hals? Er saß neben dem Graukopf von der New Yorker Sightseeing-Tour, beide flirteten mit dem jungen Botticelli-Mädchen.

Schöne Aussichten für die nächsten zehn Tage. Was sollte sie mit einer verbitterten Jungfer an der Seite, die keine männliche Annäherung duldete? Wieder einmal hatte sie sich von einer Frau unterjochen lassen, das Problem mit der Kleinlein lag auf der gleichen Ebene. Lernte sie denn niemals dazu?

Die erste Station war Washington. Während sie sich durch die von Schwarzen bevölkerten Vororte dem Zentrum näherten, die Kuppel des Kapitols als leuchtendes Symbol vor Augen, versank Caroline in Resignation. Eleanore hatte ihr bereits das Versprechen abgenommen, immer einen Platz für sie freizuhalten. Vielleicht konnte man sich auch gegenseitig zu Hause besuchen.

»Hilfe«, sagte Caroline leise und nahm in der Hotelhalle ihren Schlüssel entgegen.

Ein Jüngling mit Nickelbrille und pubertären Pickeln deutete den Ausruf falsch.

»Welche Zimmernummer haben Sie?« erkundigte er sich vertraulich. Eleanore, die nicht von der Seite ihrer neuen Freundin wich, zeigte sich entsetzt. Wie kam es, daß Caroline, müde von der langen Busfahrt, der ständigen Einhämmerungen, trotzdem amüsiert lächelte?«

»Ein Telegramm für Mrs. Lohse.« Ein Negerboy lief mit einem Schild durch die Bar. Lohse – das war doch sie? Verwirrt hob sie den Finger, und schüttete fast den Whisky um. Was wollte man von ihr? Wo mußte sie sich melden?

Eleanore blieb erstarrt zurück. Mrs. Lohse – weshalb hatte die junge Nachbarin nicht von Anfang an Farbe bekannt? Abermals eine Enttäuschung, aus der man sofort seine Konsequenzen ziehen sollte. Dort saß eine jugendlich wirkende Fünfzigjährige mit Pagenkopf und Eiswürfeln statt Augen, die weniger sprunghaft wirkte. Sofort wechselte Eleanore den Platz.

Das Telegramm war von »Arts & Partners« und bat um Beantwortung der Frage, wo ein Briefumschlag mit Dias einer neuen Kaffeemarke hingekommen war. Caroline dachte angestrengt nach. »In, auf, unter oder neben meinem Ablagekorb«, kabelte sie dann zurück.

Schade, eigentlich hatte sie einen Willkommensgruß von Roman erwartet. Ein wenig enttäuscht schlich sie in die Bar zurück.

»Wie geht es, Mrs. Lohse?« Der Blick des Mannes mit der Kette hatte eine winzige Spur an Unverschämtheit zugenommen.

»Wollen Sie sich nicht zu uns setzen, Mrs. Lohse?« Der Graukopf kaute ein paar Salzmandeln und gleich darauf ein paar gelbliche Pillen.

Wasser zischte aus einem Syphon, eine Flasche wurde entkorkt, Gläser stießen zusammen. Dazu die Seidenstimme des Dean Martin, der das Leben als höchst angenehme Angelegenheit empfand. Der Barkeeper hatte weiß melierte Schläfen und wirkte wie der Kapitän eines Luxusdampfers, die weiblichen Bedienungen liefen in violetten Miniröcken herum. Eleonore schwenkte bereits das dritte Glas. Half ihr das Trinken gegen Depressionen und Pech bei Männern?

»Hallo.« Caroline nickte den beiden Männern zu, das Grün ihrer Augen auf »intensiv« geschaltet. Im Grunde waren beide nicht ihr Typ, doch blieb in dieser Situation nichts anderes übrig, als Kompromisse zu schließen. Kein Mensch interessierte sich in der Washingtoner Hilton-Bar dafür, daß »drüben«, in »good old Europa«, ein – hoffentlich – braver Ehemann auf sie wartete. Man durfte sich nicht selbst im Wege stehen.

»Vergessen wir die Mrs. Lohse. Ich bin Caroline.«

»Ich Herbert.« Der Graukopf zeigte spitzzulaufende Zähne.

»Ich Kolja.« Dichtbewimperte Lider senkten sich kurz und vielsagend.

»Auf eine amüsante Reise.« Sie tranken sich zu und lehnten sich behaglich zurück. Man hatte sich gefunden. Gott sei Dank.

Gott sei Dank besonders für Caroline. Gerade noch rechtzeitig war es ihr gelungen, dem deprimierenden Einfluß von Eleonore zu entkommen. Jetzt, da die Reisebegleitung geklärt war, wurde es Zeit, sich langsam einmal für die einzelnen Stationen der Südstaaten-Tour zu interessieren.

Kolja tappte genauso im Halbdunkel wie sie, Herbert dagegen wußte die Route mit geschlossenen Augen aufzusagen. Anscheinend hatte er sich wie ein Musterschüler darauf vorbereitet.

»Heute abend Dinner in einer alten Mühle – was man hier eben so unter alt versteht –, danach ein Musical, morgen früh Abfahrt in Richtung Süden. South Carolina, Georgia, schließlich Florida. Dort ein paar Tage Aufenthalt auf einer Ranch mit Gelegenheit zum Malen, anschließend Besuch von Disneyland etcetera, etcetera. Endlich dann das Ziel unserer Sehnsucht: Miami Beach, der Ausbund amerikanischer Scheußlichkeiten.«

»Mögen Sie die Staaten nicht?« tastete sich Caroline behutsam vor.

Die ganze Menschheit schien sich in Amerika-Liebhaber und Amerika-Hasser aufzuteilen.

»Bei dieser Erkältung?« Er schwenkte eine Flasche mit Nasentropfen. »Kommt nur von diesen verdammten Klimaanlagen. Das kann ja in Florida mit seiner tropischen Hitze heiter werden. Nun, ich habe mich gründlich mit Tabletten eingedeckt. Mit diesen ewigen halbgaren Hamburgern hole ich mir bestimmt demnächst eine Magenverstimmung.«

»Mein Mann meint auch . . .« Den Rest des Satzes ersäufte sie in ihrem Whisky. Wie dumm, jetzt begann sie bereits Familienangelegenheiten auszubreiten.

»Wir wissen, daß Sie verheiratet sind.« Kolja lächelte mit seinen kräftigen Zähnen. »Kennzeichen: Fotoapparat, korrektes Hemd und Entrüstung über das Chaos der Stadt New York. Außerdem erfolglos in Diskotheken. Malt er auch?«

»Er schreibt.« Krampfhaft bemühte sich Caroline, das Thema zu wechseln. »Habe ich Sie beide eigentlich bei der Vernissage in der alten Villa gesehen?«

Sie verneinten. Kolja war in Griechenland gewesen, Herbert hatte eine Grippe auskuriert. Seine ausgestellten Bilder beschrieb er mit einer derartigen Ausführlichkeit, daß Caroline nichts anderes übrigblieb, als bewundernd mit dem Kopf zu nicken. Auf ihre Bienen und Käfer ging er nicht weiter ein.

»Ist er wirklich so gut?« erkundigte sie sich bei Kolja, als sie zur Mühle fuhren. »Wenn man ihn hört, glaubt man einen zweiten Picasso vor sich zu haben. Auf mich wirkt er ziemlich bürgerlich.«

Er lachte und drückte vertraulich ihre Hand. »Sind Sie immer so kritisch?« Er riskierte den ersten Flirt. »Da hat man es ja schwer, vor Ihren Augen zu bestehen.«

»Ich sprach von Herbert«, korrigierte sie und versuchte, den angenehmen Schauer da und dort auf ihrer Haut zu ignorieren.

»Und ich von Ihnen.« So leicht ließ er nicht locker. »Ja, der Ihrer Meinung nach so bürgerliche Herbert hat

durchaus sein Publikum gefunden. Mich erinnern seine
Bilder immer an Hieronismus Bosch, wenn Sie verstehen, was ich damit meine.«

»Ich verstehe durchaus.« Mit kühler Miene versuchte
sie näher in Richtung Fenster zu rutschen. Nahm die
Fahrt denn niemals ein Ende?

»Oh, sind Sie empfindlich?« Jetzt legte er seine gesamte
Unverschämtheit in den Blick, mit dem er ihr Dekolleté
musterte. »Möchten Sie als nächstes wissen, ob mein
Strich locker oder verkrampft ist, meine Lieblingsfarbe
Sienabraun oder Pekingorange, mein Lieblingsthema
ein nackter Frosch oder ein nacktes Mädchen?«

Sie wurde heiß und rot und sah sich fast hilfesuchend
nach Eleonore um. Pech gehabt, die Tabakaugen hatten
sich bereits mit dem Pagenkopf arrangiert.

»Nun sind Sie schockiert.« Er genoß geradezu ihre Verlegenheit. »Doch merken Sie sich von Anfang an, daß
ich mit mir keine Konversation machen lasse. Schließlich sind wir erwachsene Menschen und sollten uns entsprechend benehmen. Natürlich gefallen Sie mir und
ich Ihnen auch, was daraus wird, werden wir sehen.«

Wo war nur Herbert hingeraten? Ah, er saß auf einem
Innenplatz, während sich neben ihm Taschen und
Mäntel türmten. Über drei Reihen hinweg versuchte er
Caroline in eine Unterhaltung hineinzuziehen.

»Am Gang sitzt man sicherer«, dozierte er trotz seines
Schnupfens mit lauter Stimme, »es könnte ja sein, daß
der Bus auf die Seite kippt. Im Flugzeug dagegen richtet
sich die Auswahl des Platzes nach anderen Überlegungen. Da ist erstens . . .«

Caroline nickte ergeben. Das Gespräch strengte sie an.

Brachte sie es denn, um Himmels willen, nicht fertig, sich mit ganz normalen Menschen abzugeben? Was bildete sich dieser Kolja mit seiner Vertraulichkeit eigentlich ein?!

»Wo haben Sie denn Ihren Botticelli-Engel gelassen?« erkundigte sie sich spitz.

»Das schöne blonde Kind?« Er wußte sofort, von wem sie sprach. »Sie ist Hosteß und muß im Augenblick ein paar Telefongespräche erledigen.«

»Wie schade für Sie.«

»Weshalb? Sie sind mir lieber.« Jetzt zündete er sich eine Zigarre an und paffte den Rauch knapp an ihren Augen vorbei.

»Sind Sie zum erstenmal in den Staaten?« Trotz seiner Warnung probierte sie den »small talk«.

Er ging nicht darauf ein, sondern heftete seinen dreisten Blick auf ihre braungebrannten Knie.

Weshalb aufgeben? Auch sie konnte stur sein. »Sie sind Ausländer?«

Jetzt nickte er sogar.

»Warum? Haben Sie schon viele Ausländer geliebt?«

»Noch keinen.« Dies entsprach zwar nicht der Wahrheit, doch fiel ihr keine bessere Antwort ein.

»Dann wird es höchste Zeit, würde ich meinen. Allerallerhöchste.«

Den Rest der Fahrt verbrachten sie schweigend – was hätte Caroline auch sagen sollen? Kolja würde wohl jede ihrer Bemerkungen in erotische Beziehung – sein Lieblingsthema – bringen. Keine sehr faire Angelegenheit.

Die Mühle wirkte tatsächlich recht altertümlich, vielleicht waren auch die mächtigen Weinfässer, die künstlichen Reben und Fackeln an den Wänden daran schuld. Man fühlte sich wie in einem Winkel der französischen Provinz. Nahm man allerdings einen der zinnfarbenen Teller in die Hand, wog er so leicht wie Kunststoff. Caroline amüsierte sich über die Naivität der Amerikaner. Schade, daß man mit Kolja nicht ein bißchen Ironie austauschen konnte.

»Ich grüße dich, Caroline.« Ein alter Freund legte ihr den Arm um die Schultern. Damals bei der Vernissage hatten sie zusammen die meisten Komplimente entgegennehmen dürfen. Leider ging auch er ihr nur knapp bis zum Kinn. Trotzdem – Kolja sollte sich nicht zu selbstsicher fühlen.

»Kilian, wie schön. Wo hast du denn die ganze Zeit über gesteckt? Wollen wir uns nicht zusammensetzen?« Sie sah ihm fast flehend in die Augen.

»Das nächstemal, heute habe ich die Tischordnung bereits anders arrangiert«, sagte Kolja, mit einer Plastikblume im Knopfloch und drückte Caroline mit der größten Selbstverständlichkeit auf eine Eckbank herunter. Sie wollte protestieren. Da reichte ihr Herbert einen Apéritif.

»Dann bis bald.« Kilian schob ab, natürlich enttäuscht. Caroline resignierte. Sollten die Dinge eben laufen, wie sie wollten. Jetzt brauchte sie erst einmal eine handfeste Mahlzeit.

Es gab heißen Virginia-Schinken und gebackene Kartoffeln und vielerlei Salate und hinterher Zimtrollen mit Kaffee. Kolja bediente sie wie ein vollendeter Gentleman, ja, eilte sogar für den leidenden Herbert zum Buffet. Der Wein war aus Kalifornien und stieg in den Kopf. Zumindest bei Caroline – Kolja schien solcherlei Stimulans nicht nötig zu haben. Wenn er wollte, war er recht witzig, nahm neben allen möglichen Dingen auch seine eigene Person aufs Korn. Er stammte aus der Ehe eines Atheners mit einer Berlinerin, hatte seine Jugend in Griechenland verbracht und sein Herz dort gelassen. Nur aus beruflichen Gründen war er in Deutschland – so betonte er einige Male.

»Hier gibt man der künstlerisch-begabten Jugend eine Chance, zumindest einem Teil davon.« Während er sprach und aß, stützte er beide Arme auf den Tisch.

»Zählen Sie sich noch zur Jugend?« gab Caroline zurück.

»Die gleiche Frage könnte ich Ihnen stellen. Also, geben wir beide unsere Daten preis.«

Herbert rettete die brenzlige Situation.

»Ich bin sechsundvierzig, daran läßt sich nicht rütteln. Wenn ich allerdings an Kokoschka denke, könnte noch eine Weltkarriere vor mir liegen.«

Caroline seufzte. Er hatte ein Problem angeschnitten, das ihr auf der Seele brannte.

»Weshalb ist es bei uns eigentlich so gut wie unmöglich, in der Jugend Erfolg zu haben? Hast du nicht die genügende Anzahl von Falten, wird dein Werk nicht ernst genommen. Es sei denn, du stellst dich als Außenseiter hin, beschimpfst unsere Gesellschaft oder ziehst dich in eine Baumhöhle zurück. Bist du jung und normal, wirst du auf später, viel später vertröstet. Mich jedenfalls würde der Ruhm glücklich machen, solange ich noch einigermaßen ansehnlich bin.«

Leider wieder ein Stichwort für Kolja, der sich inzwischen ungeniert nach jedem weiblichen Wesen umgesehen hatte. Er biß auf einem Streichholz herum.

»Eine völlig falsche Schlußfolgerung, meine Schöne. Beschäftigen Sie sich heute mit Männern, mit der Liebe. Wenn kein Hahn mehr nach Ihnen kräht, dann können Sie sich mit Kunstpreisen, Förderungsaktionen und ähnlichem Krampf befriedigen. In erster Linie sind Sie doch hoffentlich Frau und nicht Malerin, oder?« Er versuchte in ihre marmorierten Augen einzutauchen.

»Beides, lieber Kollege, beides.« Caroline ärgerte sich. Wieder einmal wurde sie von den Männern nicht für voll genommen; wenn sich einer von ihnen mit ihr beschäftigte, wollte er nur seine Unwiderstehlichkeit ausprobieren und scherte sich keinen Deut um ihre künstlerischen Vorstellungen und Pläne. Nun, bei ihr würde man in Sachen Eroberung kein Glück haben. Entweder akzeptierte man sie als vollwertige Kollegin oder...

Das Musical hieß »Shenandoah« und triefte von Herz und Schmerz, Heldentum und Sehnsucht. Der Hauptdarsteller, so eine Art Ben Cartwright, allerdings mit sechs statt mit drei Söhnen gesegnet, ließ beim Tod seiner Frau echte Tränen in den weitaufgerissenen blauen Augen schimmern. Als er die zündende Melodie »Freedom, freedom« anstimmte, sang der ganze Saal mit. Sogar Kolja, der durch einen angenehmen Baß überraschte...

»Singen alle Griechen so gut?« Seit einer Viertelstunde fühlte Caroline seine Hand auf ihrem nackten Arm.

»Kommen Sie mit mir auf meine Insel, da können Sie selbst darüber urteilen. Na, wollen Sie?«

Sie lenkte ab.

»Wieso heißen Sie Kolja? Ist das nicht ein russischer Name?« Jetzt flüsterte sie, da die Schwiegertochter gerade ihr Baby in den Schlaf sang.

»Mein Onkel kam aus Leningrad. Er hieß Nicola und ich wurde nach ihm genannt. Wenn er fünf Wassergläser mit Wodka, also seine tägliche Ration, getrunken hatte, küßte er jede schöne Frau und zeigte ihr, wie die Kosaken tanzen. Ich war sein Lieblingsneffe. Wissen Sie, was er über Sie sagen würde?« Sein Atem kitzelte an ihrem Ohr.

»Ich kann es mir vorstellen.«

»Was denn?«

»Bestimmt etwas Frivoles.«

»Wieso?« Er tat erstaunt. »Oder fühlen Sie sich etwa so frivol? Meine Liebe, Sie schockieren mich.«

Immer setzte er sie ins Unrecht. Betont desinteressiert zuckte sie mit den Achseln und wandte sich wieder der Bühne zu.

Der Krieg war gewonnen, drei Söhne blieben übrig, der Vater umarmte sie alle. Das Publikum klatschte höflich Beifall. Auch Amerika schien nicht nur aus Zehn-Millionen-Ausstattungsfilmen und bahnbrechenden Broadway-Erfolgen zu bestehen. Provinz entscheidet in der ganzen Welt.

»Einen letzten Drink noch?« Ihre Eskorte, bestehend aus Kolja und Herbert, wollte sie im Hotel nicht gleich in ihr Zimmer lassen. Inzwischen hatte sie sich an die ständige Bevormundung gewöhnt. Wenn man sich so umschaute – viel Besseres an Männern war nicht vorhanden.

»Einen allerletzten, meinetwegen.« In der Bar war es schummrig. Amerikanische Geschäftsleute mit Namensschildern am Revers rührten in ihrem Cocktail herum, eine Gruppe von Japanern lächelte höflich in der Gegend umher. Ihren wieselflinken Augen schien nichts zu entgehen. Der Mann am Klavier intonierte einen Wiener Walzer.

»Wollen Sie sich nicht zu der blonden Hostess setzen?« Caroline, kalifornischen Rotwein und irischen Whisky im Blut, gewann langsam ihre alte Selbstsicherheit wieder. Kolja reizte sie. Zum Widerspruch, zur Rivalität . . . nun, zu so mancherlei Dingen. Sie hätte gewünscht, dem wäre nicht so. Oder genoß sie sogar heimlich die prickelnde Situation?

»Oh, guten Abend.« Herbert, ein Glas Mineralwasser vor sich, deutete in Richtung Nebentisch eine Verbeugung an. Ihm wurde kühl gedankt. Kolja lächelte dazu.

»Sie sitzt nur mit zwei Mädchen zusammen«, stichelte Caroline weiter. »Also wirklich, ich verstehe euch Männer nicht.«

»Wirklich nicht?« Kolja zog die Augenbrauen in die Höhe. »Aber Sie scheinen sich da unnötige Sorgen zu machen. Gerade kommt Columbo und wird den Damen Gesellschaft leisten. Erlauben Sie?«

Der Klavierspieler war inzwischen auf einen Tango übergeschwenkt. Caroline, die verstanden hatte, daß Kolja mit ihr tanzen wollte, hob etwas zweifelnd die Schultern. Schließlich überragte sie ihn um eine stattliche Anzahl von Zentimetern. Doch er ging an ihr vorbei und stellte sich vor dem Botticelli-Engel auf. Was für eine Blamage! Vielleicht auch die gerechte Strafe, daß man auf jeden dreisten Typ hereinfiel und sich seinen primitiven Späßen anschloß. Schluß, aus, sie hatte dazugelernt. Verzweifelt rührte sie in ihrem Whisky herum. Das Mädchen war höchstens zwanzig Jahre alt und eine kleine Schönheit.

»Ein Draufgänger, dieser Kolja.« Herbert dachte nicht daran, Caroline aufzufordern. Sie wünschte das gar nicht, ärgerte sich aber trotzdem darüber. Wo trieb sich nur Kilian herum? Wahrscheinlich nahm er die Abfuhr vorhin in der Mühle übel. Der erste Tag ohne Roman – und schon war alles schiefgelaufen. Eine entzückende Situation.

»Dabei ist er verheiratet.« Herbert hatte sich behaglich zurückgelehnt, eine Pille zwischen den Fingerspitzen. »Aber das scheint ihn nicht weiter zu stören.«

Verheiratet? Damit hatte sie nicht gerechnet. Nun, und wenn schon. Auch sie war verheiratet, und Herbert, dem Ring nach zu schließen, ebenfalls. Gut, betrugen sie sich eben alle wie vernünftige Ehemänner und Ehefrauen. Man konnte über die verschiedenen Wohnungseinrichtungen sprechen, über die Umstände der Hochzeit, über Lebensversicherungen und Urlaubspläne. Caroline nahm sich vor, nicht zur Verliererin zu werden.

Als Kolja zurückkehrte, kreiste das Thema um Kinder. Caroline hatte nicht viel beizusteuern, Herbert – als Vater von drei Kindern – um so mehr.

»Du lieber Himmel!« Kolja hielt sich die Ohren zu. »Seid ihr euch jetzt endlich nähergekommen? Papa meint und Mama sagt und Baby weint und Oma tröstet. Wenn das so weitergeht, flüchte ich mich ins Bett.«

»Eine gute Idee.« Caroline winkte dem Kellner.

Da Herbert sich an der Reception noch nach einer Telefonnummer erkundigte, war sie mit Kolja allein im Lift. Ohne ein Wort zu sagen, nahm er ihr den Zimmerschlüssel aus der Hand und studierte die Nummer. Danach fragte er sie ganz nebenbei, ob sie einen griechischen Wein in seinem Zimmer versuchen wollte.

»Bestimmt nicht.« Caroline studierte mit abgewandtem Kopf die Sicherheitsbestimmungen.

»Warum nicht?« Er tat verwundert.

»Warum? Warum? Nein, sage ich.«

»Ah, ich weiß.« Er lächelte mit zusammengekniffenen Augen. »Weil ich mit Martha getanzt habe.«

»Albern.« Wann hielt dieser verdammte Fahrstuhl denn endlich? »Sie können tanzen, mit wem immer Sie wollen.«

»Das meine ich auch. Also gute Nacht.« Er wohnte zwei Stockwerke unter ihr. Sie verabschiedete sich mit einem kühlen Händedruck.

Völlig durcheinander kam sie in ihrem Zimmer an. Was hatte sie nur wieder einmal falsch gemacht? Sollte sie jetzt mitten in der Nacht Roman anrufen und sich versichern lassen, daß sie wenigstens von einem Mann begehrt wurde? In Europa war es jetzt allerdings nicht Nacht, sondern . . . Mußte sie sechs Stunden vorwärts oder rückwärts rechnen? Oder waren es fünf oder vielleicht sieben? Ihr Gedächtnis funktionierte nicht mehr genau, natürlich hatte sie wieder einmal zuviel getrunken. Roman hatte recht gehabt: ohne ihn war sie verloren. Wäre sie nur bei Eleonore geblieben! Doch morgen würde sie es den beiden arroganten Idioten schon zeigen. Kein Wort, kein Blick, nichts als höfliche, aufreizende Gleichgültigkeit.

Das Schicksal meinte es gut mit Caroline. Als sie ziemlich zeitig frühstückte, setzte sich ein harmlos aussehendes Ehepaar neben sie. Der Mann hätte Beamter sein können, malte aber mit ziemlicher Leidenschaft, die Frau war damit beschäftigt, zwei Kinder aufzuziehen und nebenbei Klavier zu spielen. Caroline schien ihr zu gefallen, ja, sie betonte mehrere Male, wie sehr sie eine Frau bewunderte, die Mut zur eigenen Karriere zeigte. Soviel Lob tat wohl, und Caroline lebte auf. Peinlich nur, daß sie in ihrem geranienroten Hosenanzug geradezu unschicklich herausfordernd wirkte, doch sollte diese Provokation ja zwei gewissen verachtungswürdigen Männern gelten.

Herbert riß den Mund auf, als er sie sah, widmete sich dann aber mit Hingabe seinem Teller, gehäuft voll mit Rühreiern und Maisbrei. In allen, ja, wirklich allen Situationen schien ihm seine eigene Person bevorzugt am Herzen zu liegen. Caroline nahm vor innerer Aufregung nichts als Grapefruit-Saft zu sich.

In der Hotelhalle kam ihr Kolja entgegen, er war schlecht rasiert und trug ein viel zu weites Hawaiihemd. Als sie so von ihren hohen Absätzen (auch dies eine Rache!) auf ihn heruntersah, konnte sie ihren nächtlichen Ärger nicht länger verstehen. Diese Sache war ausgestanden. Gott sei Dank! Eine Frau wie sie, mit dem gutaussehenden Roman verheiratet, begann kein Abenteuer mit einem so wenig attraktiven Mann. Das mindeste, was sie verlangte, war eine gewisse Art von Stil, und damit konnte Kolja beim besten Willen aufwarten. Hatte man ihn damals eigentlich in die Diskothek hineingelassen?

»Hallo.« Sie hob lässig zwei Finger und schlenderte an den Zeitungsstand, wo sie sich mit einem ganzen Stoß amerikanischer Magazine eindeckte. Die Busfahrt würde heute wohl ein wenig eintönig werden...

Um jede Annäherung auszuschalten, belud Caroline den Nebensitz mit einer Vielzahl von Taschen und Plastiktüten, als Gesprächspartnerin suchte sie sich die junge Frau vom Frühstückstisch, die jetzt hinter ihr saß. Langsam hieß das Ehepaar, Paul und Trude Langsam. Mit einem Blick begriff Kolja die Situation. Mürrisch ließ er sich neben Herbert nieder, der bereits die ersten Reisetabletten schluckte. Für den Fall, daß ihm trotzdem schlecht wurde, hantierte er mit Papierservietten herum.

Was für eine befriedigende Situation und was für ein herrlicher Tag! Draußen blitzte eine bronzefarbene Sonne vom Himmel und bannte die letzten Wolkenfetzen aus ihrer Sichtweite. Reegan trug heute ein kurzärmeliges Hemd und zeigte sein Clark Gable-Lächeln, Columbo flirtete mit Martha, die sich nicht gestattete, mehr als eine Winzigkeit zu lächeln (oh, sie wußte genau von ihrer Schönheit!). Dann griff er zum Mikrofon.

»Guten Morgen, meine Damen und Herren. Ich hoffe, Sie hatten eine ausgezeichnete Nacht, ein üppiges Frühstück und ein so gutes Gedächtnis, daß keiner Ihrer Koffer im Hotelzimmer zurückgeblieben ist. Nun, wir werden ja sehen. Unsere nächste Station ist Charlotte, vorher fahren wir durch das Shenandoah-Tal...«

»Das gleiche wie aus dem Musical?« Caroline wandte den Kopf.

Trude nickte. »Dort kommen die Hill-billies her, habe ich in einem Prospekt gelesen. Wir werden auch die berühmten blauen Berge sehen.«

Sie waren wirklich blau, leuchteten träumerisch und dicht mit Bäumen bewachsen unter der inzwischen senkrecht stehenden Sonne. Weites Land und wenig Menschen. Hier brauchte man noch eine Tagesreise, um den Nachbarn zu besuchen, sang aus Einsamkeit zum Banjo und hatte das Pferd zum besten Freund. Caroline fühlte Lagerfeuer-Romantik in sich hochsteigen.

Was hatte sie doch für ein Glück, so viele neue Dinge kennenzulernen. Und das weitere Glück, wieder zu ihrem Selbstbewußtsein zurückgefunden zu haben. Wenn sie sich aufrichtete, sah sie Koljas gekräuseltes Haar in der Sonne glänzen; er schien zu schlafen, während Herbert mit weißer Nase aus dem Fenster starrte. Tolle Helden, diese beiden!

Im Gebirge gab es eine kurze Rast. An einem Fruchtstand konnte man Waldhonig kaufen, außerdem Pfirsiche und Äpfel, die nach Kindheitserinnerungen schmeckten. Da sich das Ehepaar Langsam nur schwer zwischen den verschiedenen Honiggläsern entscheiden konnte, entfernte sich Caroline und schlug einen schmalen Weg zwischen den Bäumen ein. Kerzengerade reihte sich ein Stamm neben den anderen, kein Zweig war geknickt, kein Papier lag herum – wann war hier das letzte menschliche Wesen vorbeigegangen? Caroline, die sich auf Eroberungspfaden fühlte, wurde rasch enttäuscht. Vor den Wurzeln einer Pinie kniete ein Mann und kritzelte mit einem Stift auf einem Zeichenblock herum. Er schien so konzentriert, daß sie sich vorsichtig wieder entfernen wollte. Erst als sie erkannte, daß es Kolja war, legte sie ihr Feingefühl beiseite. Er nahm doch hoffentlich nicht an, sie sei ihm nachgestiegen?!

»Müssen Sie mich stören?« Jetzt wirkte er ganz anders als gestern abend in der Bar. Nichts von frechen Blikken, nichts von diesem herausfordernden Lächeln – Nachdenklichkeit stand in seinen Augen, vielleicht auch das verzweifelte Bemühen um Konzentration. Caroline kannte diese Gefühle genau. Eine Idee hatte sich in der Phantasie festgenagt, verlangte danach, aufs Papier gebannt zu werden. Man glaubt zu wissen, wie, probiert, verzagt, fängt aufs neue an, fürchtet jede Belästigung, läuft allen Fragen aus dem Weg.

»Ich bin schon wieder weg. Entschuldigung.« In der Ferne hupte der »Greyhound«, es gab Angenehmeres, als in diesem undurchdringlichen Wald verlorenzugehen. Selbst an der Seite von Kolja.

»Warten Sie doch, mein schönes Kind.« Auf einmal war er wieder der alte, legte ihr den Arm fast zärtlich um die Taille. Sein Eau de Cologne berauschte sie, unruhig biß sie die Lippen aufeinander. Ihr erster Eindruck heute morgen war richtig gewesen, er war ein mieser, kleiner Köter, schlecht rasiert und schlecht erzogen. Weshalb wollte er sich mit ihr nicht über seine Malerei unterhalten? Leider hatte sie auf dem Zeichenblock nichts Richtiges erkennen können.

»Wollen Sie nicht im Bus den Platz wechseln?«

Sie schüttelte den Kopf. »Das können Sie Herbert nicht antun. Er scheint sowieso kurz vor einem Zusammenbruch zu stehen.«

»Das kommt nur von diesen verdammten Pillen. Hallo, alter Freund, wieder alles in Ordnung?«

»Wenn du wüßtest...« Der Graukopf hob beschwörend die Hände und versuchte ein wölfisches Grinsen.

Sie fuhren und fuhren über endlose Highways, und das Panorama änderte sich kaum. Zwischendurch gab es Ansammlungen flacher Häuser mit bunten Schriften, die sich als Einkaufszentren herausstellten, Colonel Sanders versprach die besten Hähnchen aus Kentucky, ein Koch mit weißer Mütze pries seine Klasse-»Whoppers« an. Viele ältere Leute saßen in den vorbeifahrenden Autos, alle wohl auf der Suche nach der ewigen Sonne von Miami. Man fuhr gemäßigt, selten schneller als das gebotene Limit – ob aus Disziplin oder aus Angst vor dem Sheriff, war für ausländische Besucher schwer zu ermitteln.

Paul kaute dieses Thema so gründlich mit seiner Frau durch, daß sich Caroline beide Ohren zuhielt. In ihr wühlte eine unbestimmte Sehnsucht.

Was trieb Kolja? Im Augenblick alberte er mit Columbo herum, zeigte ihm ein Kartenkunststück. Weshalb hatte sie sich nicht neben ihn gesetzt? Noch fünf Stunden Fahrt, also fünf Stunden Einsamkeit – und wie sie den Abend verbringen würde, stand in den Sternen. Jetzt nahm Martha, die engelhafte Martha, die Karten in die Hand. Verdammtes Amerika – warum zog sich dieser Kontinent auch derart in die Länge und Breite? Das Hotel bestand aus einzelnen kleinen Bungalows.

Neben Caroline wohnte Eleonore, Kolja war genau am entgegengesetzten Ende untergebracht. Für den Abend hatte Columbo eine Welcome-Party am Swimmingpool vorgeschlagen, ihn störten die reservierten Mienen seiner Gruppe, die sich ja schließlich alle mit dem gleichen schönen Hobby, der Malerei, beschäftigten.

»Ihr Deutschen seid komisch«, meinte er zu Caroline, die ihn gebeten hatte, etwas an ihrem Fernsehapparat zu richten. »Meint ihr, eure Würde schmilzt dahin, wenn ihr euch gegenseitig beim Vornamen nennt und gemeinsam aus einer Flasche trinkt? Heute abend hoffe ich auf den großen Durchbruch. Wenn er nicht gelingt, gebe ich die Hoffnung auf. Anscheinend habe ich den falschen Beruf und kann nicht mit Menschen umgehen.«

»Bestimmt nicht«, tröstete ihn Caroline, noch etwas schwindlig von der langen Busfahrt. »Wenn Sie wollen, helfe ich Ihnen gern bei den Vorbereitungen.«

». . . helfe ich dir gern, Darling.« Er schaltete den Apparat ein, drückte auf ein paar Knöpfe und tätschelte Caroline nebenbei den bloßen Arm. Sie befanden sich allein in ihrem Zimmer, das Bett war bereits aufgedeckt – allerdings stand die Tür weit offen. Caroline wünschte sich, Kolja ging in diesem Augenblick vorüber – vielleicht hätte sie dann sogar die Arme um Columbo gelegt.

»Ist Charlotte eine interessante Stadt?« Sie hing, um die Spannung zu neutralisieren, ein paar Kleider in den Schrank.

»Interessant? Ein schreckliches Kaff. Nichts als aus dem Boden gestampfte Vororte und ein Zentrum, wie

du es mindestens zehntausendmal in den Staaten vorfindest. Na, du wirst selbst sehen. Bist du fertig?«
Reegan fuhr sie mit dem inzwischen frischgewaschenen »Greyhound« in die Stadt. Außer Columbo war Kilian dabei, dann noch zwei Mädchen mit Wuschelköpfen, die von oben bis unten mit Leder- und Silberschmuck behängt waren und verlegen herumalberten. Caroline überlegte, wie die beiden wohl in Bikinis – die für heute abend vorgeschriebene Partykleidung – wirken könnten? Mit Sicherheit bezaubernd.

Sie kauften in einem Supermarket ein. Mehrere Flaschen mit Wodka und Whisky und Gin, dazu Rotwein und ganze Batterien von Bier. Zum Essen gab es Knoblauchwürste, Käse, Mixed Pickles und Brot. Richtiges, ziemlich dunkles Bauernbrot. Caroline dachte an Roman. Amerika steckte tatsächlich voller Wunder.
»Die Party fängt erst gegen neun Uhr an«, erklärte Columbo und ließ seine Zigarettenasche auf das olivfarbene Hemd krümeln. »Besser, wir essen vorher noch etwas. Alle einverstanden?«
Während sie in die Dunkelheit hineinfuhren, kaute Caroline nervös auf ihren Fingerknöcheln herum. Gewiß, sie befand sich in netter Gesellschaft – Columbo machte ihr auf einigermaßen unaufdringliche Art den Hof und auch Kilian suchte laufend ihre Nähe –, trotzdem vermißte sie Kolja, diese Quelle ihres ständigen Ärgers. Flirtete er inzwischen mit Martha herum, oder hatte er sich wieder mit einem Zeichenblock in die Einsamkeit zurückgezogen? Vielleicht würden ein paar Stunden Trennung sein Interesse an ihr verstärken, andererseits

könnte inzwischen etwas Entscheidendes vorgefallen sein. Hoffentlich nahm das Dinner nicht allzuviel Zeit in Anspruch.

Der »Greyhound« hielt vor einer Art Baracke mit erleuchteten Fenstern. Ordentlich war ein Auto neben dem anderen aufgereiht. Farbige mit roten Mützen eilten mit Tabletts hin und her. Als Caroline aussteigen wollte, wurde sie von Reegan zurückgehalten. Er grinste. »Wir brauchen die Räumlichkeit nicht zu wechseln«, erklärte Columbo, beugte sich aus dem Fenster und reichte ein paar Speisekarten nach hinten. »Ihr seht, die Amerikaner sind manchmal sogar zu faul, ihr Auto zu verlassen. Kann ich für alle Coke zum Trinken bestellen?«

Lustlos kaute Caroline an einem Hotdog herum. Selbst mit Hilfe von Ketch-up war es schwer, so etwas wie eine Andeutung von Geschmack herbeizuzaubern. Wie kamen die Leute hier nur mit diesem Essen zurecht? Saure Nierchen, Rahmschnitzel mit Pilzen, eine richtige Portion Bratkartoffeln, gedünstete Tomaten fielen ihr ein. Ganz zu schweigen von französischer Küche, wie man sie in den kleinsten Restaurants der Provinzen fand. Pâté à la maison, den richtigen Wein dazu . . . Im nächsten Jahr wollte sie mit Roman wieder in das Tal der Loire fahren, Schlösser besichtigen, durch die dichten Wälder laufen und am Abend bei einem Liebesmahl schwelgen.

Roman – ihr schien es, als seien sie bereits seit Wochen getrennt. Machte er sich überhaupt noch Gedanken um seine verirrte, verwirrte Frau?

»Ist es kompliziert, nach Deutschland durchzurufen?«

erkundigte sie sich bei Columbo, dem es zu schmecken schien.

»Manchmal ja, manchmal nein. Versuche einfach dein Glück.« Er öffnete eine Whiskyflasche und nahm den ersten Probeschluck. »Heimweh nach zuhause?«

Sie zuckte mit den Achseln. »Ein bißchen schon. Weißt du, irgendwie bin ich es nicht gewohnt, ohne meinen Mann zu sein.«

Im Halbdunkel wirkte sein Gesicht verträumt und fast weich. Caroline erinnerte sich daran, daß er sich als Kinderarzt vorgestellt hatte, dieser Job als Reiseleiter war nur eine Ferienbeschäftigung. »Dann beginn dich recht schnell daran zu gewöhnen. Heute ist das für eine Frau wichtiger als früher. Willst du auch einen Schluck?«

Zumindest spülte er den undefinierbaren Geschmack des Hotdogs hinunter. Und gab Mut. Und ein wenig Auftrieb. Und verstärkte die Sehnsucht nach Kolja.

Dreimal versuchte sie Roman zu erreichen. Vergeblich. Dann gab sie auf und stellte sich zehn Minuten unter die lauwarme Dusche. Sie fönte sich das Haar, verteilte ein wenig Gold auf den Wangen und zog eine Art Kaftan über den weißen Bikini. Falls gefordert wurde, gen Mitternacht ins Wasser zu springen – sie war bereit. Falls gefordert wurde, wuschelhaarige Mädchen und einen Botticelli-Engel in den Schatten zu stellen – sie war gewappnet. Das hing unter Umständen nur von der Anzahl der Gin-tonics oder Whisky-Sodas ab.

Trude hatte die Party wohl mit einer Opernpremiere verwechselt. Unter ihrem Nerzcape glitzerte ein silberbesticktes Abendkleid. Paul repräsentierte in einem Nadelstreifenanzug. Heftig winkten sie Caroline zu sich heran. »Wir haben Sie vermißt.« Paul stellte ihr mit einer kleinen Verbeugung seinen eigenen Stuhl zur Verfügung. »Besonders Herr Vassilou.«

»Wer?« Caroline sah ihn verständnislos an.

»Nun, der griechische Kollege. Sie wissen schon. Übrigens ein witziger Kopf und sehr begabt, seinen Skizzen nach zu schließen.«

Auch Trude schien von Kolja begeistert zu sein. Es mußte ein amüsantes Dinner gewesen sein, in einem chinesischen Lokal mit Unmengen von Reiswein. Herbert allerdings hatte nur Tee getrunken und den Besitzer wegen seiner Peking-Ente beleidigt.

»Dann waren Sie also zu viert?« versuchte Caroline herauszubekommen.

»Nein, nein, viel mehr, drei Hostessen saßen mit am Tisch und dann noch ein paar junge Paare.« Trude zupfte an ihrem Abendkleid herum. »Wenn ich mich so umsehe, muß ich feststellen, daß ich die vollkommen falsche Garderobe mit auf die Reise genommen habe. Zu wenige Hosen und T-shirts und viel zuviele Kleider. Vielleicht kommt das daher, daß ich einfach zu bürgerlich bin und im Grund nicht in einen Künstlerkreis passe. Was meinen Sie?« Sie wirkte niedergeschlagen und eroberte damit Carolines Herz im Sturm. Wenn diese etwas nicht leiden konnte, so waren es Arroganz und übertriebenes Selbstbewußtsein (obwohl sie manchmal selbst zum einen oder zum anderen neigte). Hilfe, noch dazu bescheiden vorgetragen, hatte sie niemals verweigert.

»Ach was, für mich sind Sie die sympathischste Person der ganzen Gruppe. Jeder soll sich so anziehen, wie er es für richtig hält. Ein Malerkittel statt eines normalen Hemdes macht bei Gott noch zu keinem zweiten Michelangelo. Bei Vernissagen wundere ich mich oft...« Da sie aus den Augenwinkeln heraus Kolja erspäht hatte, sprach sie mit betonter Lebhaftigkeit, warf den Kopf so heftig in den Nacken, daß die frischgewaschene Haarflut kupferfarben den schmalen Hals herunterrieselte. Um alles in der Welt durfte er nicht auf den Gedanken kommen, sie sei etwa einsam.

Später konnte sie sich an all den Unsinn, den sie über die aufmerksam zuhörende Trude ergoß, nicht mehr erinnern. Das einzige, was zählte, war die Nähe von Kolja. Er trug einen Kimono-Bademantel und nahm mit einem sanften Lächeln neben Caroline Platz.

An diesem Abend gab er sich überhaupt recht sanft. War die sanfte Luft daran schuld, gesüßt mit einem Schwall exotischer Blüten, die sanfte Sichel des Mondes, das sanfte Gekräusel der Wasserfläche? Trotzdem war die südliche Märchenkulisse nicht perfekt. Nur dreißig Meter weiter dröhnte ein Wagen nach dem anderen über die Autobahn, manchmal war der Lärm so laut, daß man sich kaum unterhalten konnte.

Columbo klatschte in die Hände. Die Bar, das Buffet war geöffnet. »Was darf ich Ihnen holen?« Kolja beugte sich zu Caroline herüber. Herbert, der zur gleichen Runde gehörte, beobachtete sie beide genau. Nach dem Abendessen schien es ihm besser zu gehen. In seinem frischgestärkten Hemd wirkte er verdächtig eroberungslustig.

»Champagner gibt es nicht, dann also einen Whisky. Wollen Sie nicht auch Martha bedienen?«

Das Mädchen saß in einem einfachen Leinenkleid inmitten ihrer Kollegen und leuchtete wie eine Rosenknospe. Nichts von einem aufreizenden Bikini oder ähnlich spärlicher Bekleidung, ihre Jugend und Schönheit sprachen für sich. Caroline seufzte. Die Zeiten der Rivalitäten lagen doch eigentlich längst hinter ihr. So hatte sie zumindest gedacht.

Als Trost trank sie zwei große Whiskies hintereinander. Kolja erhöhte sein Quantum auf drei. Noch immer spielte er den Sanften, sprach sehr höflich mit Caroline, warf nicht einen Blick auf Martha herüber. Als Herbert ihn auf die bezaubernde Erscheinung des Mädchens aufmerksam machte, zuckte er desinteressiert mit den Achseln. Die Welt schien für ihn an diesem Abend nur aus Caroline zu bestehen. Sie genoß es, ja, floß vor Seligkeit fast dahin, blühte von Minute zu Minute wie eine Nachtblume auf. Geschickt teilte sie ihr Interesse zwischen den einzelnen Personen der Tischrunde, plauderte mit dem Ehepaar Langsam, das sich wegen seines feinen Aufzugs noch immer ein bißchen genierte, kabbelte sich mit Kilian um nichts und wieder nichts, schwenkte ihre Haarwoge in Richtung Kolja. Einmal griff er in ihr Dekolleté und nahm den silbernen Fisch, der zwischen ihren kleinen Brüsten ruhte, zwischen die Finger.

»He, he«, meinte Herbert und trat unruhig von einem Fuß auf den anderen. »Ist das hier eine Sexparty?«

Kolja ließ sich nicht stören. »Hübsch, sehr hübsch. Ein Geschenk Ihres Mannes?«

»Meiner Tante«, sagte sie wahrheitsgetreu. Dabei zitterte sie am ganzen Körper. Hoffentlich merkte er nichts von ihrer Nervosität. »Ich glaube, ich müßte dich doch einmal auf die griechischen Inseln mitnehmen.« Sterne funkelten in seinen Augen, als er den Anhänger wieder auf ihre Haut zurückgleiten ließ. »Ist es nicht ehrlicher, wenn wir uns duzen?«

Ehe sie sich dazu äußern konnte, hatte er sie auf die Lippen geküßt. Alle hatten es beobachtet, alle, Trude und Paul, Herbert und Kilian, Columbo und Reegan und natürlich auch Martha. Sie rührte sich nicht, wohl aus Angst, ihre Schönheit könne an Makellosigkeit verlieren.

»Ich muß . . . ich muß rasch mal telefonieren.« Caroline stürzte davon und meldete in ihrem Zimmer ein Gespräch nach Deutschland an. Diesmal klappte die Verbindung.

Roman war gerade nach Hause gekommen und schlug sich mit einem Haferflockenbrei herum.

»Wieviel Milch muß man nehmen?« brüllte er in den Apparat hinein.

»Nach Gefühl.« Carolines Sehnsucht kühlte rasch ab. Man hatte sie geküßt, sie wollte ihrem Mann ihre durch nichts zu erschütternde Zuneigung dokumentieren – er konfrontierte sie mit Banalitäten.

»Hast du Sehnsucht nach mir?« Sie bettelte geradezu um ein liebes Wort.

»Was für eine Frage!« Er spielte den Oberlehrer, nein – so korrigierte sie sich selbst –, den in Routine und Erfolglosigkeit erstarrten Lektor. »Sag mal ehrlich, wieviel hast du getrunken?«

»Ach, Roman!« Noch einmal versuchte sie ihre ganze widersprüchliche Zuneigung, die ganze Unruhe ihrer Gefühle, in die Stimme zu legen. Konnte er sich nicht vorstellen, daß sie vielleicht ohne ihn in Gefahr schwebte?

Gott sei Dank biß er an. »Ich denke oft an dich. Sei brav und genieße die paar Tage. Du hast in der letzten Zeit zuviel gearbeitet. Achtung, da zischt bereits die Milch...!«

»Ich lege auf. Tschüs. Bussi. Bussi.« Mit heißen Wangen eilte sie an den Swimming-pool zurück.

Columbo hatte Erfolg. Das Eis war gebrochen. Bereits plätscherten ein paar Mädchen im Wasser herum und ließen sich ihre Getränke auch dorthin servieren. Herbert spielte den Kellner, bemühte sich, nackte Haut zu berühren, hatte die Sandalen abgestreift...

»Was ist mit Ihnen?« Caroline schien ihn an diesem Abend besonders zu reizen. »Daß Sie malen können, haben mir einige Kollegen bestätigt. Jetzt möchten wir noch wissen, wie es mit Ihrer Figur im Bikini steht?«

»Schlecht, sehr schlecht.« Sie reckte und streckte sich, viel Alkohol im Blut. Oh, sie verspürte Lust, die Männer herauszufordern und in Verwirrung zu bringen, sie wollte frivole Dialoge führen und alles Feuer, was in ihr glühte, in die Augen legen. Dann wollte sie... Ja, was? Irgend etwas Verbotenes tun, mit einem Mann, einem Unbekannten, nein, natürlich nur mit Kolja. Da saß er in seinem gebundenen Bademantel, die Kette auf der Brust, und starrte in den Mond. Begehrte sie ihn nun oder begehrte sie ihn nicht? Von Sekunde zu Sekunde fiel die Antwort verschieden aus.

»Willst du heute nacht griechischen Wein mit mir trinken?« Er wich nicht von seinem Ziel ab, trotz ihrer Zurückhaltung, trotz ihrer gestrigen Absage, trotz der vielen Leute um sie herum.

»Nein«, sie sah ihm dabei nicht in die Augen. »Nein und nochmals nein. Oder ja, vielleicht. Erst einmal muß ich mir aber einen kühlen Kopf holen.«

Und sie streifte den Kaftan über das Haar und ließ sich langsam ins Wasser gleiten. Herbert geriet außer Rand und Band.

»Unsere schöne Caroline«, er goß Whisky über ihre Schultern, tänzelte wie ein Clown am Beckenrand hin und her, »schöner als erwartet, nein, wirklich eine Sensation. Kolja, hast du gesehen...?«

Dieser nippte schweigend an seinem Glas, ließ aber keinen Blick von den schimmernden Armen Carolines. Das Ehepaar Langsam versuchte ein paar harmlose Scherze. Wie es zu dem unerwarteten Strip-tease ihrer jungen Freundin stand, war nicht ersichtlich. Nur noch vereinzelt drang der Lärm eines Autos zu ihnen herüber. Martha hatte eine Blume aus ihrem Haar gelöst und kaute daran.

Vielleicht hatte Kolja diese halbe Zusage vergessen. Caroline hoffte fast darauf. Doch er fing sie vor ihrer Zimmertür ab, legte ihr den Arm um die Taille und betonte, sie in fünf Minuten bei sich zu erwarten.

»Aber nur zum Weintrinken«, wiederholte sie etwas kindlich und hielt sich an der Klinke fest. Hilfe, die ganze Welt drehte sich vor ihren Augen.

»Gut, wenn du willst, dann eben nur zum Weintrinken.« Kolja wandte sich ab. Sie sah ihm nach, als er durch die Dunkelheit ging. Er war zu klein für sie, zu durchschnittlich, ein richtiger Strand- und Straßen-Casanova. Weshalb sprach er mit ihr nicht über seine Malerei? Interessierte sie ihn einzig und allein als Frau? Das war schmeichelhaft, verlockend, im gleichen Atemzug degradierend und erbärmlich.

»Ich will nicht, ich will nicht«, sagte sie sich immer wieder vor, als sie gegen seine Tür klopfte. Und dann stand sie auf einmal in Koljas Zimmer. Es war mustergültig aufgeräumt, kein Schuh, kein Handtuch lag auf dem Boden herum. Die Flasche war bereits geöffnet, zwei Gläser standen daneben.

Nach dem ersten Schluck versuchte er sie zu küssen. Sie wandte den Kopf ab und stemmte sich mit beiden Händen gegen seine Brust. Er gab nicht auf und probierte kurze Zeit später wieder sein Glück. Jetzt wurde sie langsam wütend. Nicht nur auf ihn – o nein, schließlich war er ein Mann –, sondern auf die Tatsache, daß sie in eine derart primitive Falle getappt war. Außerdem vermißte sie bei sich jedes Anzeichen von Erregung. Sie fühlte nichts, höchstens Langeweile.

»Können wir uns nicht über ein anderes, ganz normales Thema unterhalten?« schlug sie vor und wechselte von seiner Bettkante auf einen Stuhl über.

»Du meinst, über deinen Mann oder über meine Frau?« Er gab sich nicht einmal Mühe, seinen verletzten Stolz zu verbergen. »Mich interessiert das eine nicht und dich kaum das andere. Noch ein Glas?«

Wollte er sie mit Alkohol gefügig machen? Irgendwie hatte diese Szene einen billigen Anstrich. Als junges Mädchen hatte sie Ähnliches erlebt, teils ihrer Neugier, teils ihrer Naivität wegen, heute fühlte sie sich zu alt für ein solches Schmierentheater.

Aus heiterem Himmel heraus begann er sie zu beschimpfen. Wie sie überhaupt dazu käme, sich über ihn lustig zu machen?! In seiner Heimat läge man noch Wert auf männliche Ehre. Sie begehre ihn und er sie ebenso. Weshalb also dieses alberne Spiel...?

»Ich gehe jetzt.« Eigentlich schwankte sie mehr als sie ging. Diesen Wein hätte sie sich wirklich schenken können. »Gute Nacht – trotz allem.«

Er antwortete nicht, sondern drehte mit verdrossener Miene an seinem Fernsehapparat herum. Sie hatte ihm mehr Würde zugetraut.

Ein verlorener Abend. Schade. Mehr noch – ein häßlicher Abend.

Georgia. Das war Erinnerung an die bezaubernde Scarlet O'Hara, grünäugig (wie Caroline), voller Energie (wie Caroline) und häufig von falschen Männern umgeben (wie Caroline). Außerdem Erdnußfelder und flockig blühende Baumwolle, Negermamies und dunkle Sehnsucht nach einem lichten Paradies. Caroline preßte sich an der Autobusscheibe die Nase wund. Wo sangen die Arbeiter auf dem Feld, den Strohhut in den Nacken geschoben, wo ritten die kleinen Herren auf ihren Ponies über rote Erde?

Die Ausbeute war mager. Maschinen hatten auch hier die Menschen ersetzt. Doch protzte jedes Haus mit ein paar weißen Säulen, wiegte sich auf jeder Terrasse melancholisch ein Schaukelstuhl. Die Luft duftete süß, seiden und sinnlich. Auch die Menschen schienen nur Frieden im Sinn zu haben. Georgia bestach durch

Charme. Und Savannah, seine Hafenstadt, war geradezu der Inbegriff davon.

Der hübscheste Flecken, den Caroline bisher in den Staaten gesehen hatte. Hinter Bäumen mit tiefhängenden Zweigen versteckten sich die weißen Häuser im Kolonialstil, unter einem tiefblauen Himmel herrschte bunte freundliche Betriebsamkeit.

»Hier läßt man selbst nachts die Haustür offen«, verkündete Columbo durch das Mikrofon. »Obwohl der Verdienst der meisten Einwohner alles andere als hoch ist, kann man hier mehr damit anfangen als beispielsweise in New York und ist nicht auf Verbrechen angewiesen.«

Sie aßen in einem Morrison-»Self Service«. Kolja, der sich ein bißchen mit den wuschelhaarigen Mädchen angefreundet hatte, mied Carolines Nähe. Sie trug es mit Fassung und lachte mit Trude herum. Eine patente Frau, lebensklug, tüchtig und nicht nur – wie die meisten Kollegen hier – auf die eigene Person konzentriert. »Was nehmen Sie? Ich kann diesem Curry-Huhn nicht widerstehen, davor vielleicht einen Nußsalat und hinterher diese Verführung aus Schokoladencreme? Kommst du zurecht, Paul?«

Er wählte überbackene Nudeln, Caroline bildete sich zwei Scheiben Schinken ein. Sie waren süßlich glasiert und hätten Roman wieder einmal verbittert. Seine Frau schluckte tapfer und tröstete sich dann mit einem Kokosnußkuchen. Zu dritt saßen sie an einem runden Tisch, von dunkelhäutigen Kellnern in pfefferminzgrünen Anzügen bedient. Kühl und erfrischend wie die Eiswürfel in der Glaskaraffe wirkte der ganze Raum, mit mimosengelben Baldachinen und Bambusstangen dekoriert.

Der dicke Neger schenkte Kaffee nach. Kolja hatte sich eine Zigarre angezündet. Ziemlich gelangweilt hockte er neben den Mädchen herum, eines von ihnen trug ein Spitzenhemd, unter dem sich exakt die Brüste abzeichneten. Das andere hatte sich eine Fliege um den Hals geknüpft.

»Red wine please.« Caroline winkte dem Kellner. Savannah, südliche Sonne, sinnliche Schwüle, grinsende Gebisse, rosa Schleifen in schwarzen Zöpfen, der ein wenig künstliche Duft von grünen Äpfeln in allen Räumen, Johnny Cash und seine Gitarre, Satchmo's Räuspern, süße Karotten und süße Kartoffeln – darauf mußte getrunken werden! Ein Glas, zwei, drei – Trude und Paul lächelten verständnisvoll. Dann ein Spaziergang durch die Straßen. Hundert Impressionen, die danach verlangten, in Aquarellfarben niedergetupft zu werden. So dieser Blütenstaub, puderfarben auf schiefergrauem Pflaster, ein Kutschwagen, der darüberrollte. Was meinte Kolja zu den spitzen Brüsten unter diesem Spitzenhemd? Warum gab er sich Caroline gegenüber derart vulgär und nicht so höflich wie zu den anderen? Forderte sie seine niedrigsten Instinkte heraus? Dort leuchtete ein Shirt, orange-weiß gestreift wie das seine vom heutigen Tag. Es war ein Neger – Enttäuschung oder Erleichterung? –, der seinen Hund den Gartenweg entlang führte.

Auch das Hotel hatte Charme, um den herzförmigen Swimming-pool gruppierten sich Sitzmöbel aus Korb. Ein schnauzbärtiger Hüne tauchte wie eine Robbe.

Man konnte sich Drinks mit langen bunten Plastikhalmen bestellen.

Caroline quälte sich durch ihren Rotweinrausch – genauer gesagt, der Rausch war so gut wie verflogen; was sie jetzt heimsuchte, war eine wahre Sturmflut an Depressionen. Und niemand war da, dem sie ihre Gedanken hätte ausbreiten können. Da war das Problem mit Roman, der etwas gegen Karrieren hatte, nicht nur gegen seine eigene, nein, auch gegen ihre. Friede, ein paar Freunde, Mittelmäßigkeit – so stellte er sich das Leben vor. Wie würde er sich in der Zukunft bewähren? Seine Frau verlassen, falls ihre verzweifelten Sprünge nach oben immer rascher, immer weiter wurden? Was hatte Mike während seiner Abwesenheit gegen ihn ausgeheckt? Bestand das ganze Unternehmen eines Tages nur noch aus Mike und Varenius? Weshalb hatte sie, Caroline, eigentlich niemals an Kinder gedacht? War es jetzt bereits zu spät? Weshalb war die Kleinlein neidisch und konnte man ihr zutrauen, Carolines Umschlagentwurf als eigene Produktion anzubieten? Hatte sie, Caroline, das Recht, ihren geheimen Wünschen nachzugehen? Wie urteilten andere Frauen darüber und wie stand Roman dazu? Warum war Bimbo gestorben, ohne sie noch einmal zu erkennen? Wie würde die Wohnung bei Carolines Rückkehr aussehen? Was würde Roman zu berichten haben? Wie immer nichts oder kaum etwas oder alles andere als Erfreuliches? Warum ... weshalb ... wie ... was ... wo ...?

Einen kurzen Augenblick lang glaubte Caroline den Verstand zu verlieren. Dann ließ sie sich kurzentschlossen ins Wasser fallen, tauchte bis auf den Grund hinab. Es half nur wenig. Sie mußte schlafen, lange schlafen... Irgendwo lauerte die Lösung für all ihre Probleme. Sie ahnte sie, wagte sie nicht in Worte, nicht einmal in Gedanken zu fassen. Man mußte Caroline gewähren lassen, ihren Körper, ihre Hände, ihren Mund. Wenn es nur nicht dieses Gewissen gäbe! Wie fing man es an, die Stimmungen, Mahnungen zu besänftigen? Und was war mit ihrem Stolz? Hatte sie sich nicht immer und immer wieder geschworen...?

Unter einem blühenden Baum saß Kolja, die Hemdärmel aufgerollt, und tauchte den Pinsel in Farben. Als Caroline um die Ecke bog, trat er ihr mit einem schwermütigen und ziemlich ernsthaften Gesichtsausdruck entgegen.

»Schläfst du heute mit mir?« fragte er als Begrüßung. Sie wunderte sich nicht, hatte wohl nichts anderes erwartet.

»Ja«, sagte sie langsam, »ja, ich glaube, ja.«

Die Wohnung war kalt, die Küche war kalt, das Bett war kalt. Gewiß – Caroline hatte auch nichts anderes tun können, als die Heizung aufzudrehen, am Herd war sie niemals eine Meisterin gewesen, im Bett beanspruchte sie die ganze Decke für sich. Trotzdem – sie fehlte Roman. So sehr, daß er sich an seinen Arbeitstisch setzte, den Kopf in beide Hände stützte und sich dieser Sehnsucht hingab. Warum nur war er nicht ihrem Rat gefolgt, sie bis zum Ende der Reise zu begleiten? Immer sein verdammtes Pflichtgefühl.

Vielleicht war auch Müdigkeit schuld an seinem miesen Zustand. Erst einmal galt es, den Zeitunterschied zu überwinden, dann würden frische Semmeln und Kaffee für ein wohliges Gefühl in seinem Magen sorgen – dem Essen im Flugzeug hatte noch Eisschrank-Kühle angehaftet. Was war inzwischen an Post gekommen?

Für ihn – wie meistens – fast nichts. Für Caroline dagegen mancherlei. Zwei Briefe mit persönlicher Handschrift, die er nicht zu öffnen wagte, dann die Aufforderung, sich wieder an einer Ausstellung zu beteiligen. Sie machte Fortschritte. Er gönnte es ihr, stellte sich das Glück in ihren Augen vor, das endlich einmal entspannte Gesicht, hinter dem sich meistens ein kleines Drama abspielte. Gleichzeitig wurde er sich seines eigenen Versagens bewußt. Hoffentlich hatte sich nichts bei Varenius verändert. Morgen würde er mehr darüber wissen.

Er badete heiß und türkisfarben. Auch dies ein langweiliges Vergnügen ohne seine Frau. Zwar war ihm endlich einmal der bessere Platz vergönnt, nicht das unbequeme Herumrutschen auf dem Stöpsel – trotzdem, er vermißte ihren mit Schaum und Duft gekrönten Körper.

Um irgend etwas zu tun, rief er Irmela an. Schließlich mußte er sich ja für den – freilich ziemlich überflüssigen – Anruf in New York revanchieren. Sie meldete sich sofort – wo auch hätte sie sich sonst aufhalten sollen? Heute regte ihn ihre temperamentlose Stimme auf. Vielleicht hatte Caroline mit ihrem gnadenlosen Urteil wirklich nicht so unrecht? Doch durfte er das arme Mädchen deshalb nicht hängen lassen.

»Wie hat es dir gefallen? Ich bin so gespannt auf deine Erzählungen.« Wenigstens jemand, der ihm zuhörte, wenn er seine Eindrücke in einer bilderreichen Sprache auszudrücken versuchte. Caroline fehlte meistens die Geduld dazu.

Sie verabredeten sich für den nächsten Abend. Roman schlug ein Lokal vor, da es ihm unpassend erschien, Irmela während der Abwesenheit seiner Frau in ihrer gemeinsamen Wohnung zu empfangen.

Mit einem Kribbeln im Magen betrat er am nächsten Morgen das Büro. Varenius empfing ihn mit abwesendem Gesichtsausdruck, wahrscheinlich brütete er wieder einmal eine Überraschung aus.

»Hallo, wie geht's?« Er blätterte in seiner Postmappe herum. »Nicht in diesem finsteren Land überfallen

worden? Was macht die Frau Gemahlin? Hier gibt es
viel Arbeit. Das Stück von Sepp Krause haben wir an
zwei Provinzbühnen verkauft. Gut, nicht wahr? Jetzt
schwebt mir etwas Neues vor. Mike wird Ihnen in
Ruhe darüber berichten.«

Weshalb Mike, weshalb nicht der Chef? Bedeutete dies
bereits die erste Degradierung? Wie sollte er sich verhalten? Caroline hätte Rat gewußt. Lustlos begann er
auf seinem Schreibtisch Ordnung zu machen.

Mike erschien erst gegen elf. In einem Parka – draußen
vermischte sich Nebel mit Regen –, ein Sandwich in der
Hand, aus dem Fleischsalat tropfte. Eine Freundin
schien ihn dazu überredet zu haben, sich einen See-
mannsbart wachsen zu lassen. Seine ganze Erscheinung
widerte Roman an.

»Hi!« Er gab sich amerikanisch und versuchte ein ver-
trauliches Grinsen. »Aus dem Land der Hamburger zurückgekehrt? Über den Broadway brauchen Sie mir
nichts zu berichten, wir stellen uns unter aktuellem
Theater etwas ganz anderes vor. Die Probleme eines
Sternheim, eines Wedekind – das ist es, was die Leute
jetzt sehen wollen, Küchenmilieu und eine Abtreibung
auf offener Bühne lockt keinen Hund mehr hinter dem
Ofen hervor. Höchste Zeit, daß sich dieser Laden endlich profiliert.«

Eine Rüge für Roman, der hier ja immerhin eine ganze
Reihe von Jahren abgesessen hatte. Mußte er sich das
gefallen lassen? Von so einem Tagedieb, dem jeder vernünftige Chef nicht einmal die Telefonzentrale anvertraut hätte? Diese zum Himmel schreienden Verhältnisse waren in der Tat nicht länger zu ertragen. Besser

sich woanders nochmals nach oben dienen, als Stufe für Stufe abwärts zu steigen.

Nach der Mittagszeit, die Mike auf zwei Stunden ausdehnte, rückte er mit den neuen Verlagsplänen heraus. Varenius wollte Lyrik veröffentlichen. Natürlich nicht Goethe oder Hölderlin, auch nicht Benn oder die Huch, nein, er sah seine Aufgabe darin, unbekannten Künstlern, die das heutige Lebensgefühl in eine neue Sprache zu kleiden versuchten, eine Chance zu geben. Sehr lobenswert. Nur – wie sollte der Verlag auf diese Weise jemals zu einem rentablen Unternehmen werden? Roman äußerte seine Gedanken nicht laut. Mike gingen sie nichts an, Varenius hatte im Augenblick gewiß kein Ohr dafür. Fast wurde ihm Angst bei dem Gedanken, Caroline von diesem Lyrik-Programm zu unterrichten. Sie hatte ein so ausgeprägtes Gefühl dafür, mit welchen Dingen man Geld machen konnte und mit welchen nicht. Caroline, Cara Lina, manchmal hatte sie wie Scott Fitzgerald's Daisy den gewissen harten Dollar-Blick.

Irmela dagegen verbreitete blaßblaue Milde. Es war lange her, daß Roman sich mit ihr allein in einem Restaurant gezeigt hatte. Mit Caroline im Gefolge, die den Kupferkopf herausfordernd in den Nacken legte, die Schultern angriffslustig spannte, erntete er eine Menge erwartungsvoller Blicke. Die Frauen machten sich Gedanken – mißgünstiger Art –, die Männer machten sich Gedanken – dieser Art und jener Art. Über Irmela machte sich kein Mensch Gedanken. Nun, die meisten seiner Geschlechtsgenossen mußten wohl mit einem solchen Schatten an ihrer Seite zufrieden sein.

Es war ein österreichisches Lokal mit kulinarischen Spezialitäten der K. und K. Monarchie. Dazu gab es Heurigenwein. Roman, ausgehungert nach europäischer Kost, gab sich mit soviel Genuß seinem Szegediner Gulasch hin, daß er kaum dazu kam, etwas zu erzählen. Irmela wartete geduldig. Dieser Abend schien für sie der Höhepunkt des Monats zu sein.

»Ah – ehe ich es vergesse, hier ein Souvenir von Caroline«, er überreichte ihr den Frisierumhang, »und das da ist von mir.« Ein Paar grüne, mit roten Äpfeln geschmückte Kniestrümpfe folgten (Caroline hätte die Augen aufgerissen und etwas von Geschmacksverirrung gemurmelt). »Eine Erinnerung an ›big apple‹ New York.«

Irmela sparte nicht mit Bewunderung. Sie genoß es sichtlich, von dem Ober respektvoll behandelt zu werden, und ließ sich sogar zu einem Nachtisch überreden. Von dem Wein allerdings nippte sie wie ein Spatz.

»Fühlt Caroline sich nicht furchtbar allein ohne dich?«

Sie betupfte ihren Mund mit einer Serviette.

»Ich hoffe.« Roman zuckte mit den Achseln. Irgendwie fühlte er sich nicht in der Lage, diese Frage wahrheitsgetreu zu beantworten. Was dachte Caroline wirklich? An der Bewunderung fremder Männer würde es sicherlich nicht fehlen.

»Bitte, entschuldige mich einen Augenblick.« Er hatte vergessen, Jürgen anzurufen. Morgen abend wollten sie sich ja gemeinsam mit seiner Eisenbahnanlage beschäftigen.

Die Telefonzelle befand sich neben der Garderobe. Zwei Männer und eine Frau waren damit beschäftigt, ihre Mäntel abzulegen. Die Frau war sehr blond, sehr weiblich. Eine cremefarbene Bluse, auf fast altmodische Art hochgetürmtes Haar . . .

»Guten Abend«, er mußte mehrmals schlucken. Was für ein Zufall! »Verzeihung, aber erinnern Sie sich noch an mich?« Die Männer waren mit der Garderobiere in ein Gespräch verwickelt.

Sie legte die Stirn in nachdenkliche Falten. Dann brach sie in silbernes Gelächter aus, das hübscheste Lachen, das Roman jemals gehört hatte. Ihm rauschten die Ohren. »Aber natürlich, der Abend in der Villa. Die Sterne und das Muschelragout. Ihre Frau in schwarzen Pagenhosen. Ja, ja. Am liebsten hätte ich mir sogar eines ihrer Käferbilder gekauft.«

»Sie ist jetzt in Amerika«, sagte Roman sehr schnell. Gleich darauf bereute er diese Bemerkung: sie schien ihm zu privat, forderte zu Vertraulichkeit auf. Würde sie ihn mißverstehen?

»Können wir gehen, Mücke?« Einer der Männer griff nach dem Arm der blonden Frau. Er schien ein paar Jahre jünger zu sein als sie, war übertrieben modisch gekleidet und bewegte seinen Kopf geziert hin und her. Sie wollte die Männer miteinander bekannt machen, doch Roman zog sich vorsichtig zurück und deutete eine unverbindliche Verbeugung an. Mücke. Sicher ein Spitzname. Vielleicht Marion, Maria, Marietta. Und wie weiter?

Irgendwie wollte er nicht den Schauplatz verlassen, ohne ihren Namen erfahren zu haben. Auch sie zögerte, fuhr sich noch einmal mit dem Kamm durch das Haar. Ihre Haut leuchtete wie rosa Perlmutt, die Augen waren von tiefstem Blau. Keine Amazone wie Caroline, nicht Willen und Kampf gegen sich selbst, nein, mütterliche Weichheit strahlte sie aus. Ihre Bewegungen wirkten schläfrig, wie zufällig, in jedem Fall faszinierend.

Ihre Begleiter schienen arglos zu sein. Ohne noch einmal den Kopf zu wenden, gingen sie voran. Roman spielte mit seinen zwei Zehnpfennigstücken herum. Jetzt oder nie.

»Mücke, Mücke... Wollen Sie mir nicht weiterhelfen?« Unruhig trat er von einen Fuß auf den anderen. Wenn sie ihm jetzt den Ball nicht zurückwarf...

Sie lachte mit ihren schönen weißen Zähnen, hatte ihn verstanden.

»Weikl, ganz einfach, österreichisch, wissen Sie? Also ohne ein e vor dem l. Ich stehe im Telefonbuch. Tschüs, gute Nacht.«

Und sie war verschwunden.

Er rief Jürgen nicht an. Was interessierten ihn jetzt Männergespräche und eine Eisenbahnanlage? War nicht damals im Garten bei Regen von Marillenknödeln die Rede gewesen? Er durfte die Sache nicht auf sich beruhen lassen, schon um seinetwillen nicht. Wußte man denn, wen Caroline mit ihrer Seidenhaut, in Zimt getaucht, inzwischen zu verführen suchte? Schluß mit den Träumen, da war ja auch noch Irmela. Sie wartete mit artig gefalteten Händen, ein paar Zuckerkrümel auf den Lippen. Nein, auf sie mußte Caroline nicht eifersüchtig sein. Sein Gefühl für sie hieß Mitleid, nichts als Mitleid.

Keine Fragen, weshalb er sie so lange allein gelassen,

kein Protest, daß man noch einen Gast an ihren Tisch plaziert hatte.

Sie war zufrieden, mit ihrer alten Liebe einen Abend in einem hübschen Restaurant zu verleben. Irgendwie stachelte ihre Demut heute seine Reizbarkeit an.

»Immer noch keinen Wein?« Aus Protest leerte er die Flasche. Und was erwartete sie jetzt von ihm? Der Abschluß in einem Nachtcabaret kam bei ihr wohl nicht in Frage. Er hatte auch keine Lust dazu. Genauso wenig, die sterile Luft ihres sauber aufgeräumten Apartments zu atmen.

Er schützte Müdigkeit vor, den noch immer nicht überwundenen Zeitunterschied; sie entschuldigte sich daraufhin, ihn einen Abend lang belästigt zu haben, und bat ihn, sie rasch nach Hause zu fahren.

In dieser Nacht fehlte ihm Caroline weniger. Im Gegenteil – fast genoß er es, seine Schuhe durch das Zimmer zu schleudern, die Haare im Kamm stecken zu lassen, die Zahnpastaspritzer nicht vom Spiegel zu wischen. Sein Eisenbahnmanuskript glotzte ihn an, er verbannte es in die hinterste Ecke des Schranks.

»Siehst du«, hätte Caroline gesagt, »dir mangelt es eben doch an Ehrgeiz. Jetzt hast du einmal die Wohnung für dich, keine Frau, die dich mit ihren Launen, ihren Putzorgien stört. Was machst du daraus? Du bummelst herum. Aus dir wird niemals ein echter Künstler.«

Und wenn schon! An Phantasie mangelte es ihm jedenfalls nicht. Er träumte von einem Lockentuff in der Farbe eines Weizenfeldes, ein paar silbrige Fäden dazwischen, von rundlichen Armen, mit cremefarbener Seide umhüllt. Sie schien viel Muße zu haben, jedenfalls machte sie den Eindruck. Welch eine Wohltat – eine Frau, die nicht nach den unerbittlichen Gesetzen des Uhrzeigers lebte. Caroline könnte von ihr lernen. Damals hatte sie die Augenbrauen hochgezogen, als sie ihren Mann mit Mücke unter dem Sternenhimmel sah. Ob sie wohl eifersüchtig war? Mit diesem Problem hatte er sie bisher kaum konfrontiert, doch konnte er sich ihre Reaktion lebhaft ausmalen. Kein stilles Leiden, kein bitterer Verzicht – nein, Caroline würde mit Messern werfen.

Mit einem Kribbeln im Magen erwachte er, Angst vor dem Verlag? Zum Lachen, Mike würde ihn heute mit seiner Dummheit nicht erschüttern können. Etwas anderes lag in der Luft, ein süßes, sehr weibliches Parfum, das sich bis an das Herz herantastete. Sollte er bereits am Vormittag anrufen? Vielleicht war Mücke – so nannte er sie in Gedanken – ebenfalls berufstätig und eine Putzfrau meldete sich. Bei ihrer ersten Unterhaltung hatte sie von einem Sohn und einem Hasen gesprochen – über einen Ehemann schwieg sie sich aus. Und die beiden Begleiter gestern abend? Ein Verlobter von ihr, mit Freund vielleicht. Zwar hatte er ihr einen besseren Geschmack zugetraut, doch waren Wünsche, Vorstellungen meist meilenweit von der Realität entfernt.

»Caroline, ich liebe dich, ich liebe dich.« So lautete sein ständiger Monolog – vielleicht sprach auch das schlechte Gewissen aus ihm. Kurz nach dem Abendessen – zwei ins Wasser geworfene Würstchen, dazu frisches Brot und ein paar späte Tomaten – wagte er sich ans Telefon. Die Nummer kannte er bereits auswendig.

Maria – sein Gefühl hatte nicht getrogen – Maria Weikl. Das bedeutete: kein Ehemann – zumindest nicht im Augenblick. Ein letzter Schluck Bier – dann wagte er den Coup.

»Valentin Weikl«, meldete sich eine Kinderstimme. Roman räusperte sich. Mit Kindern hatte er wenig Erfahrung. Paßten sie nicht immer eifersüchtig auf ihre Eltern auf?

»Ich möchte gern Ihre . . . deine Mutter sprechen. Hier ist . . . ja, ich sage es deiner Mutter selbst.« Er ballte die Fäuste zusammen, schämte sich dieser Kumpanei, hätte am liebsten aufgehängt, erinnerte sich an seinen Status als verheirateter Mann.

»Hallo, ja, bitte?« Sie war es, mit einer Stimme wie Kirschkonfitüre, schüchtern, bescheiden, vielleicht auch voller Erwartung.

»Ich bin es, der Sternengucker, der Mann aus der Garderobe.« Auf einmal sprach er flüssig, konnte es gar nicht erwarten, mehr von ihrer Stimme zu hören.

Sie freute sich, ja, sie schien nichts anderes im Kopf zu haben, als auf seinen Anruf zu warten, ungeschickte und doch so ernstgemeinte Komplimente entgegenzunehmen.

Wenn er sich später zu erinnern versuchte, worüber sie sprachen, fiel ihm dazu nichts ein. Sie plauderten wie zwei alte Bekannte, lachten, alberten herum – endlich faßte er den Mut, sie zu einem Wiedersehen aufzufordern.

»Morgen vielleicht? Morgen nachmittag?« Er würde einen Arztbesuch vorschützen, Varenius, Mike kamen auch ohne ihn aus.

»Nachmittags? Ja, da paßt es. Valentin geht zu einem Freund, und ich habe den arbeitsreichen Vormittag hinter mich gebracht. Wollen Sie mich abholen?«

Sie nannte die Straße und die Hausnummer. Überflüssig – er hatte sich alles längst eingeprägt. Vielleicht schien morgen die Sonne, eine pralle Oktobersonne, dann könnten sie am See spazieren gehen, Weinblätter pflücken, vielleicht irgendwo ein Glas trinken. Auf einmal glaubte er, die Stunden bis morgen zählen zu müssen. Wie stand es mit seiner Frisur, kleidete ihn der blaue Anzug besser als der braune? Caroline hätte Rat gewußt, irrte sich niemals in Geschmacksfragen – diese Sache ging sie – zum erstenmal in ihrer Ehe – überhaupt nichts an. Die Sonne schien nicht. Was für ein enttäuschender Herbst! Wie sollte man nach soviel Nebelgrau den Winter ertragen? Der Himmel öffnete eine Regenwolke nach der anderen, längst hatte die Erde ihren Durst gestillt.

Am liebsten hätte Roman den Ausflug verschoben. Gerade bei einer ersten Begegnung konnte Wetter und damit Stimmung so ausschlaggebend sein. Doch vielleicht hatte sie einen Tag später keine Zeit, dann kam ihm etwas dazwischen, wurde ihr Sohn krank ... Viel Zeit blieb ihnen nicht. Neun Tage noch, und eine braungebrannte Caroline stand vor der Tür.

Eitel schien Mücke nicht zu sein. Sie trug eine Cordhose, für die ihre Hüften ein wenig zu rundlich waren, darüber einen Walkjanker und um das Haar ein Tuch gebunden. Im Grunde genau das Richtige für dieses Wetter. Ihr Gesicht, das tiefblaue Strahlen ihrer Augen entschädigte für die unvorteilhaft betonte Figur. Sie ließ Roman eintreten und bot ihm einen Marillenschnaps an.

Natürlich hatte er sich in Gedanken damit beschäftigt, wie eine Frau wie sie wohl wohnen könnte. Er hatte an einen Bauernschrank gedacht mit ein paar Fächern voller Krimskrams, einer Madonna an der Wand und gemütlichen, bestimmt recht ramponierten Polstermöbeln (der Sohn, der Hase!). Die Impression stimmte (vielleicht war er doch so etwas wie ein Poet). Es war warm, es war gemütlich, es war lebendig. Am liebsten hätte man sich auf die Couch gelegt, die gehäkelte Decke bis über die Schultern gezogen und dem Ticken der buntbemalten Standuhr gelauscht – natürlich auch dem schleppenden Wiener Tonfall der Hausfrau. Wenigstens Roman konnte sich im Augenblick nichts Angenehmeres vorstellen. Doch war es dazu wohl noch zu früh.

»Entschuldigen Sie«, Mücke räumte im Vorbeigehen ein paar volle Aschenbecher, einen Wollknäuel, eine Plastikgarage mit Miniautos beiseite. »Ich bin eben erst nach Hause gekommen, und gestern abend wurde es spät. Was für eine schlechte Mutter! Jetzt treibt der Valentin sich schon wieder bei fremden Leuten herum.« Unbefangen leckte sie mit der Zungenspitze den letzten Schnapstropfen aus ihrem Glas.

»Wir hätten ihn doch mitnehmen können«, bot Roman an. Reine Höflichkeit – wie sollte er sich zu der Frage »Ist der Onkel verheiratet?« verhalten?

»Nein, nein, dann kämen wir zu überhaupt keinem Gespräch. Und unterhalten wollen wir uns doch, nicht wahr?« Ein Anflug von Koketterie lag in ihren Augen.

Er fühlte sich wohl, so wohl. Nur die Aussicht, sich ein paar Stunden lang die Kleider, das Gesicht mit Regen volltropfen zu lassen, trübte seine gute Laune. Doch wenn sie sich nicht abschrecken ließ . . . Er wollte ihre Nähe, das vor allem. Bei jedem Wetter, in jeder Szenerie.

Immer war es Caroline, die neben ihm im Auto saß (bis auf die wenigen Male, wenn er Irmela allein nach Hause fuhr). Oft gab es Streit, weil sie mit ihren Schuhen achtlos Laub und Grashalme in den Wagen schleppte, dann wieder schmiegte sie ihre dreieckigen Knie gegen die seinen, und er streichelte genußvoll ihre Jungenbeine. Hoffentlich rutschte ihm bei Mücke die Hand nicht aus. Allerdings gefiel ihm die weite Cordhose nur bedingt.

Während sie sich mit ziemlicher Selbstverständlichkeit in den Sitz hineinkuschelte, plauderte sie munter darauflos. Daß sie frische Luft liebe und Regen ganz besonders – »gut für Haut und Haar, eben für die Schönheit, wissen Sie?« –, daß sie vormittags bei einem Röntgenarzt arbeite – »aber nicht als seine rechte Hand mit viel Verantwortung und dienstlicher Miene, nein, ich tippe die Rechnungen und mahne, wenn sie in den Papierkorb geworfen werden« –, daß ihre Miete erhöht werden solle und der Vater von Valentin mit einer Blinddarmentzündung im Krankenhaus liege. Hier hakte Roman ein, das Thema interessierte ihn. Wie lang war sie geschieden und wie stand sie dazu? Da sie selbst so freimütig erzählte, hatte er nicht das Gefühl, indiskret zu sein. Allerdings lag ihm nichts daran, als Gegenleistung von seiner Ehe erzählen zu müssen. Das wäre ein Verrat an Caroline gewesen, viel mehr als dieser harmlose Spaziergang heute nachmittag.

Mücke streckte sich wie eine zufriedene Katze, ehe sie von Luis, ihrem geschiedenen Mann, zu erzählen begann. Er war Südamerikaner, und sie hatte ihn als sehr junges Mädchen kennengelernt. Neun Jahre lang lebten sie zusammen in Buenos Aires, wo auch Valentin geboren wurde. Dann verstanden sie sich von einem Tag auf den anderen nicht mehr. Vielleicht war auch die Schwiegermutter daran schuld, die sich in die Kindererziehung einzumischen versuchte und bei ihrem Sohn Unterstützung fand.

»Da habe ich meinen Kleinen und zwei Koffer genommen und bin eines Morgens nach Deutschland geflogen. Niemand wußte davon. Das gab natürlich ein Hallo und hundert Briefe vom Anwalt und nächtliche Anrufe von meinem Mann – egal, irgendwann war auch dieser Spuk vorüber und ich eine geschiedene Frau mit ein bißchen Unterhalt und einem anspruchsvollen Sohn.« Sie lachte vergnügt und fragte Roman, ob sie ihm eine Zigarette anstecken solle.

Ihre Einstellung gefiel ihm. Endlich einmal eine Frau, die aus ihrer Ehe kein Heiligtum machte und aus dem Scheitern dieser Ehe kein Drama, in dem auch nicht betroffene Personen auf ihren Auftritt fieberten. Sah sie das Leben stets von der unkomplizierten, heiteren Seite an? Und wie stand sie zur Karriere, dem Drang der meisten Frauen, ihren Freundinnen, ihren Ehemännern und sich selbst zu beweisen, daß sie zu irgend etwas Großem, Geheimnisvollen berufen waren, das meistens in einer Nervenkrise endete. O weh – Caroline

abend sehen. Ich rufe dich an, ja? Morgens bei deinem
Arzt oder später in der Wohnung? Wie paßt es dir besser? Mücke, Liebling, am liebsten würde ich aus dem
Fenster springen.« Er zog es vor, nach einem kräftigen
Niesen erschöpft auf das Sofa zurückzufallen. Warum
meinte es das Schicksal so hart mit ihm?
Sie sah seine Verzweiflung, und sie legte ihre Angora-
brust an seinen Arm, und sie tröstete ihn und steckte
ihm ein paar Medikamente zu, und sie war so lieb und
verständnisvoll, dazu ohne einen Anflug von Schärfe in
der Stimme oder gar im Blick, daß er . . . Ja, am liebsten
hätte er sie doch mitten auf den Mund geküßt, trotz
Knoblauch, trotz Depressionen, trotz tropfender
Nase.
Er unterließ es und schlich mit hängenden Schultern
davon. Was für ein Esel war er doch, unfähig, einer der
hübschesten Frauen dieser Stadt seine Verliebtheit zu
beweisen. Sie wartete nur darauf, ganz gewiß, dieser
Abend sollte die Entscheidung bringen. Weshalb sonst
hatte sie Valentin ins Bett verfrachtet und ihre Ohr-
läppchen mit einem besonders verführerischen Parfum
eingerieben? Es schien sie nicht zu stören, daß es eine
Caroline gab – welch ein Glück, und er machte nichts
daraus. Jetzt nichts wie in die Badewanne, einen von
Carolines Strümpfen um den Hals und eine kochend-
heiße Zitrone als Schlaftrunk. In der Nacht schwitzte
und träumte er gleich heftig. Am meisten beschäftigte
sich seine erhitzte Phantasie mit Valentin, der sich als
Torero verkleidet hatte und Roman mit einem Degen
gegenübertrat. Mücke schlug die Hände über dem
Kopf zusammen und weinte in ein Spitzentuch, da nä-

herte sich Caroline in ihrem weißen Bikini, reckte die schmalen Glieder und schüttete rohe Haferflocken über ihn aus. Er wollte Mücke umarmen, doch nirgends waren sie allein. Hand in Hand irrten sie durch ein Labyrinth, bogen von einem Raum in den nächsten, immer tauchten Bekannte auf, die ihnen zuwinkten und nach Caroline fragten. Roman schwitzte wie in der Sauna. Noch eine Ecke, dann hatten sie es geschafft. Nein, Albrecht lachte ihnen siegesgewiß entgegen, Albrecht mit Rudolf Valentino-Frisur und Moschusduft. Wieder nichts. Mücke zuckte mit den Achseln, Roman versuchte einen akrobatischen Sprung à la ballet russe – da wachte er auf. Zwanzig Minuten zu lange geschlafen, dafür mit sauberem Hals und leidlich klarem Kopf. Sein Wille hatte gesiegt.

Wem hatte er nun seine Erkältung aufgehängt? Hoffentlich nicht der falschen Person. Nein, der erste Blick in sein Büro heiterte seine Laune auf: Mike blinzelte ihm mit geröteten Augen entgegen. Der Schal um seinen Hals maß mindestens fünf Meter.

»Das tut mir aber leid.« Nur mühsam verbarg Roman seine Schadenfreude. Dann suchte er ein Nebenzimmer auf und wählte die für ihn augenblicklich kostbarste Nummer der Welt.

»Praxis Dr. Weimer.« Sie war selbst am Apparat, er erkannte ihre Stimme nach der ersten Silbe. Die österreichische Färbung war nicht zu überhören. Was für eine kleine, bescheidene Frau. Nahm die Anrufe entgegen, tippte Rechnungen, machte bestimmt auch die gesamte Ablage. »Ich habe es ja immer gesagt, eine bilanzsichere Buchhalterin paßt am besten zu dir« – das war Caroline, voll funkelnder Ironie, voll des Bewußtseins, es weitergebracht zu haben. Oh, es gab eine ganze Menge Dinge, die man ihr vorhalten konnte. Fing er bereits an, sein Gewissen zu beruhigen? Noch konnte er sich nichts vorwerfen, fast nichts...

Mücke schien sich über seinen Anruf zu freuen, obwohl sie ein bißchen kühl tat. Man wußte ja nicht, wer noch im Zimmer war. Sie verabredeten sich für den Abend, wieder bei ihr.

»Mach dir keine Mühe mit dem Essen, ich kümmere mich darum.« Roman wollte ihr nicht schon wieder auf der Tasche liegen, auf der anderen Seite zögerte er, sie in seine Wohnung einzuladen. Dort triumphierte Carolines Persönlichkeit, selbst in ihrer Abwesenheit. Und ein Restaurant? Er hatte Angst, Bekannte zu treffen, aus seinem und auch Mückes Kreis, nichts konnte er im Augenblick weniger gebrauchen als Komplikationen.

»Ciao, servus – ich freue mich.« Mit diesen einigermaßen tröstlichen Worten hängte sie ein. Roman sah einem sich endlos hinziehenden Nachmittag entgegen. Mike schnupfte, schluckte Pillen, stellte das erste Werk der Lyrikreihe zusammen. Es beschrieb die Gefühle eines sensiblen Menschen gegenüber Maschinen – Roman war froh, daß er einen Stapel unveröffentlichter Theaterstücke prüfen mußte. Einmal stutzte er – es handelte von einem jungen Mädchen aus anscheinend guter Familie, das aus heiterem Himmel Selbstmord beging. Wer war daran schuld, was hatte es so weit getrieben? Sein Jagdinstinkt regte sich, vielleicht war aus diesem Thema etwas zu machen.

Aber nicht heute – da wartete das Schicksal auf ihn. Er nahm sich vor, diesem neuen Abschnitt seines Lebens mit Noblesse entgegenzugehen. Als Herr von Welt.

Aus Büchern von Maupassant und Simenon, aus Filmen mit Jean Gabin hatte sich Roman die feine französische Lebensart angeeignet. Für sich persönlich bevorzugte er allerdings bewährtes Bürgertum aus heimatlichen Landen. Caroline fand das entsetzlich spießig, öffnete sie doch ihr Herz jeder Neuerung, setzte ausländisch mit außergewöhnlich gleich. Wie Mücke dazu stand, wußte er nicht. Immerhin war sie in Südamerika verheiratet gewesen, hatte einen Sohn, der wie ein spanischer Infant aussah ...

Also begab er sich in ein französisches Feinkostgeschäft, kaufte eine Flasche Chablis, Gänseleberpastete, blaue Trauben und ungesüßten Zwieback. Alles garantiert frei von Knoblauch und ungefährdet zu transportieren. Aus einem Wirtshaus heraus roch es nach Bohnen und Speck. Um wie vieles lieber hätte er mit Mücke ein solches Liebesmahl eingenommen – es nützte nicht, er mußte versuchen, ihr zu imponieren. Was wußte man, in welche Gourmet-Restaurants Albrecht sie schleppte?!

»Valentin übernachtet bei einem Freund.« Ihre Begrüßungsworte, und er legte das Netz auf den Fußboden nieder und zauste ihr Haar mit beiden Händen. Sie hatte Kämme hineingesteckt, die sich bei der heftigen Bewegung lockerten. Ohne weiter darauf zu achten, schüttelte sie sacht den Kopf hin und her und ließ den modischen Schmuck auf den Teppich scheppern. Dann stieß sie mit den Füßen danach.

Beide lachten und streckten sich die Arme entgegen. »Vorsicht«, Roman dämpfte seine Erregung, »der Wein. Erst einmal müssen wir ihn in den Eisschrank stellen. Oder ist der Balkon besser? Kühl ist es ja draußen.«

Sie bewunderte die Flasche, und sie bewunderte das Töpfchen mit der Pastete und aß gleich ein paar Trauben mit den Fingern und freute sich, daß er seine Erkältung eingedämmt hatte. Und dann führte sie ihn an den Schultern in das Zimmer hinein.

Dort war alles in Blau-Weiß-Rot gedeckt, kleine Fähnchen lehnten an den Tellern, die Kerzen waren rot gestreift, die Servietten zeigten blaues Küchenkaro. Ein würziger Duft lag in der Duft.

»Zwiebelsuppe«, sie legte den Zeigefinger an den Mund, »ist nicht so schlimm wie Knoblauch, nicht wahr?«

Also hatten sie beide in die gleiche Richtung gedacht. Das bewies ihre Verliebtheit und das bewies ihre Sensibilität.

Natürlich war die eine Weinflasche nicht genug. Er hätte daran denken sollen. Doch sie hatte Champagner im Vorrat. Valentin war weit und Caroline noch weiter entfernt... Als die andere, ihm gar nicht mehr fremde Frau in seinen Armen lag, erinnerte er sich einmal kurz an zwei grüne Augen, die manchmal ganz dunkel vor Sehnsucht wurden. Das eine hatte mit dem anderen gar nichts zu tun. Dies war sein Leben, und es fand heute statt.

5

Als sie die Grenze nach Florida überschritten, fielen sie Caroline zum erstenmal ins Auge. Die Scheibe des »Greyhound« war mit einer Vielzahl schwarzer Punkte übersät; wenn man sie genauer betrachtete, konnte man winzige Flügel und krabbelnde Beinchen erkennen. Caroline fragte Columbo danach.

»Das sind Liebeskäfer.« Die Erklärung schien ihm Spaß zu machen. »Insekten, die immer auf der Suche nach einem Partner sind. Sieh mal, jeweils zwei Käfer sind eng miteinander verbunden. Und wenn einer von ihnen abhanden kommt, sieht sich der andere sofort nach einem Ersatzmännchen oder -weibchen um. Ihr Leben – ein ewiges Liebesspiel. Beneidenswert, nicht?«

Caroline war nicht die Frau, auf derartige Bemerkungen frivol einzugehen, prüde wollte sie allerdings auch nicht erscheinen. So lächelte sie ein wenig unbehaglich auf ihre Knie herunter. Columbo sollte sich bitteschön ein anderes Mädchen für seine Scherze suchen, diese ständige Aufmerksamkeit beunruhigte sie. Allerdings lenkte sie die Mitreisenden von ihrer Passion für einen schrecklichen Menschen namens Kolja ab.

Im Augenblick saß sie neben Herbert. Der Arme, auch er verfolgte sie – wenn es sein ständig schwankender Gesundheitszustand erlaubte – mit seiner Verehrung. Caroline war nicht sehr stolz darauf. Die Auswahl an

Mädchen erschien ihr dürftig, die meisten von ihnen legten in ihrer äußeren Erscheinung mehr Wert darauf, ein Typ zu sein als eine Schönheit. Bis auf Martha – natürlich. Ihre engelhafte Makellosigkeit leuchtete taufrisch wie am ersten Tag. Doch zeigte sie den meisten Männern die kalte Schulter und unterhielt sich am liebsten mit Reegan, außerdem war sie von ihren Hostess-Pflichten ziemlich in Anspruch genommen.

Der Graukopf – so nannte Caroline ihn heimlich – fühlte sich demnach nicht ausgelastet und richtete seine Neugierde auf die Kombination Kolja-Caroline. Irgend etwas schien dort im Gange zu sein, die vertraulichen Blicke, das gelegentliche, wie zufällige Streifen aneinander . . . Auf der anderen Seite war Caroline verheiratet, sie betonte das oft genug; konnte sie so leichtsinnig sein, ihre Ehe wegen dieses griechisch-russischen Vagabunden aufs Spiel zu setzen? Mit ihm, Herbert, wäre das eine andere Sache, ein reifer Mann, nicht ohne Verantwortung. Die Ungewißheit quälte ihn. Doch jetzt hatte er Caroline neben sich und genoß es, ihre bloße Haut mit seinen Armen zu berühren.

Heute sah sie besonders entzückend aus. Grüne Feuer glimmten in ihren Augen, der nur mit etwas Lippenglanz betupfte Mund lächelte unaufhörlich. Auf ihrem weißen Pullover prangte in orangefarbenen Riesenlettern: »Florida – the sunshine state«. Dazu kaute sie stilgerecht an einer Orange.

»Kolja«, sie wandte sich nach hinten und vertiefte die grünen Feuer. »Kolja, hast du gehört? Die Liebeskäfer. Kleine Wesen, die nie allein sein können. Für ihre Leidenschaft sterben sie sogar. Siehst du, die meisten auf der Scheibe sind nicht mehr lebendig, zumindest ein großer Teil davon. Mitten im ›faire l'amour‹ wurden sie gegen das Glas gepreßt. Und die übriggebliebenen Partner krabbeln schon wieder auf ein neues Liebesobjekt zu.«

»Ja«, eine müde Antwort.

»Sag mal, erlaubst du dir zu schlafen, während wir gerade in Florida einziehen?« Sie rüttelte ihn am Arm.

»So ein bißchen. Und das mit den Käfern mußt du mir später nochmal erklären. Columbo, bitte eine Cola.«

Ein Anflug von Ärger mischte sich in Carolines Euphorie. Während sie es auf der einen Seite genoß, ihrem Liebhaber gegenüber die selbständige, von seinen Wünschen und Launen unabhängige Frau zu spielen, war es andererseits eben nur eine einstudierte Rolle. Sie war verliebt und durfte es nicht zeigen. Weder den übrigen Kollegen noch Kolja selbst. So genau wußte sie seinen Typ inzwischen einzuordnen, um zu wissen, daß er blinde Ergebenheit rücksichtslos ausnützen würde. Sie hatte einen »lover«, ja, ihre Wahl war nicht die glücklichste gewesen.

Und Roman? Ihm gegenüber fühlte sie eine neue Zärtlichkeit, sehnte sich danach, sein Haar, die eckigen Schultern zu streicheln – allerdings mußte das nicht sofort sein, er lief ihr ja nicht weg. Oder wollte Kolja die Liaison zu Hause fortsetzen? Sie war dagegen – redete sie sich ein –, hatte weder Zeit noch Nerven dazu – redete sie sich ein –, konnte das ihrem Mann nicht zumuten – redete sie sich ein –, wartete auf eine Äußerung Koljas in dieser Richtung: und darin allein bestand die Wahrheit.

Kolja schlürfte seine Cola, Herbert hantierte mit seinem Fotoapparat herum. Wenigstens war er ansprechbar.

»Und was ist unser nächstes Ziel?« Sie reckte und streckte sich. Die Nacht war eine kurze gewesen.

»St. Augustin mit der ältesten Schule der USA.« Herbert hatte seine Lektion gut gelernt.

»St. Augustin?« Hatte nicht Hanna, eine Freundin aus der Schule, dorthin geheiratet? Ein paarmal hörte man noch etwas von ihr, dann war sie wohl im »American way of life« untergegangen. Mrs. Wilson hieß sie, ja, Mrs. Vaux Wilson. Nicht uninteressant, sie vielleicht einmal wiederzusehen . . .

Doch im Augenblick gab es andere Probleme. Noch immer hatte Caroline für heute abend keine nähere Verabredung mit Kolja getroffen. Erwartete er, daß sie nach dem Dinner einfach in sein Zimmer kam, wie ein Dienstmädchen, das den Anordnungen des gnädigen Herrn Folge leistete? Er würde sich wundern – so lautete ihre Abmachung nicht. Es war eine Liebschaft auf freiwilliger Basis, heute paßte sie ihr, morgen vielleicht weniger. Schließlich war sie eine glücklich verheiratete Frau – mit gelegentlichem Appetit auf ein bißchen außerehelichen Sex. Das war alles. Dreimal sagte sie sich diesen kühnen Satz vor, dann glaubte sie fast selbst daran. Daß ihre Sehnsucht darin bestand, Kolja bis über beide Ohren in sie verliebt zu machen, wollte sie sich nicht eingestehen. Nur ihre grün glimmenden Augen wußten davon – weshalb tanzten sie sonst derart fiebrig in der Gegend herum? Herbert mißverstand die Absicht und begann ihr Profil zu fotografieren.

Ankunft in St. Augustin. Wieder eines der Bungalow-Hotels mit Coffee-shop, Swimming-pool, ein paar Automaten mit eisgekühlten Getränken. Als die Koffer ausgeladen wurden, hielt sich Caroline dabei ein wenig länger auf als gewöhnlich. Langsams wollten mit ihr zum Essen gehen; wenn sie dadurch Kolja verpaßte, was dann?

Kein dunkler Schopf und kein schwarzes Hemd weit und breit. Er hatte bereits die Flucht ergriffen? Vor ihr vielleicht? Schon begannen die Qualen. Wäre sie nur gestern standhaft geblieben, schuld daran war die Hitze und der Alkohol. Nun, sie würde ihm bestimmt nicht nachlaufen.

Eine halbe Stunde später. Sie saß auf ihrem Bett, die unausgepackten Koffer um sich herum verstreut. Aus dem Nachbarzimmer tönte Lachen, eine Tür knallte zu, dann rauschte das Wasser in der Duschkabine. Dort gab es noch fröhliche Menschen, die eine solche Reise genossen. Sie aber, sonst überlegen und beherrscht bis ins Herz hinein, starrte einsam zur Decke hinauf und litt um einen Idioten. Warum läutete das Telefon nicht? Schließlich konnte man sich ja bei der Reception nach ihrer Nummer erkundigen. Weshalb, um Gottes willen, kamen nur Frauen auf derartige Ideen?

Nach zwanzig Minuten weiterer Wartezeit war sie butterweich. Lieber einmal den Stolz verlieren als vor Schmerz die Wände hinaufkriechen. Einmal, ein einziges Mal nur. Sie könnte sich ja entschuldigen, sagen, sie hatte sich verwählt. Was dachte er sich nur? Natürlich war es falsch gewesen, ihm so schnell nachzugeben; er gehörte zu den Männern, die eine Frau nach der ersten

Nacht kaltblütig von ihrer Liste strichen. Jetzt kam die nächste an die Reihe. Bestimmt das hübschere der kraushaarigen Mädchen. Heute beim Frühstück hatte er ihr herausfordernd zugeblinzelt, und dem unschuldigen Kind schmeichelte sein Interesse. Vielleicht lagen die Zimmer der beiden nebeneinander, und man feierte bereits eine Party zu zweit, während sie hier schmorte – trotz auf Höchststufe eingestellter Klimaanlage.

Entschlossen nahm sie den Hörer in die Hand und wählte die Zentrale. Als sich eine freundliche Frauenstimme meldete, biß sie auf ihren Fingerknöcheln herum und legte wieder auf. Zwei Sekunden später läutete das Telefon. Kolja. Der Himmel hatte sie beschützt – wie durch ein Wunder war sie ihm nicht zuvorgekommen. Sie tat erstaunt, fast gelangweilt.

»Was machst du jetzt?« Im Hintergrund dröhnte sein Fernsehapparat.

»Ich? Das Übliche. Auspacken und duschen und . . .«

»Das könntest du auch bei mir.«

Ein verlockendes Angebot. Doch wollte sie sich nicht gerade häuslich bei ihm einnisten. Zu zweit duschen, zu zweit baden – das war ein Vorrecht, das nur Roman in Anspruch nehmen durfte. Irgendein Privileg mußte ihm ja bleiben. Der Arme. Gleich nachher wollte sie ihm einen langen Brief schreiben.

»Keine Lust. Übrigens möchten die Langsams mit mir zum Essen gehen. Und vorher habe ich in der Stadt etwas zu erledigen.«

»In St. Augustin?« Heute war er gesprächiger als gewöhnlich. So ganz gleichgültig konnte sie ihm also doch nicht sein.

»In St. Augustin.«

»Ich begleite dich in die Stadt, und ich begleite dich und die Langsams zum Essen. In zehn Minuten vor dem Coffee-shop.«

Er trug eine Sonnenbrille mit dünnen Goldbügeln und war jetzt ganz in Schwarz gekleidet. Ein griechischer Fischer, stadtfein gemacht – Caroline brachte es nicht fertig, ihre kritischen Gedanken abzuschalten. Und so etwas hatte sie als ihren Liebhaber ausgewählt... Ein feiner Geschmack!

Da sie sich für Ballerinenschuhe entschieden hatte, fiel der Größenunterschied nicht weiter auf. Sofia Loren war mit einem kleinen Mann verheiratet. Veruschka, die Supergiraffe, bevorzugte nicht einmal mittelgroße mediterrane Typen als Begleiter – weshalb also sollte Caroline nicht mit diesem Problem fertigwerden? Als er ihr Kinn in beide Hände nahm, begann sie zu zittern.

»Geht es dir gut?«

»Ja, ja, recht gut. Und jetzt müssen wir uns auf die Sokken machen. Am besten wohl erst einmal die Hauptstraße entlang.«

Während sie nebeneinander herschlenderten, erzählte sie ihm von Hanna und ihrem amerikanischen Ehemann. Sie hatte ihn gleich nach dem Abitur in einem PX-Laden kennengelernt. Er war in Deutschland stationiert und angeblich Sohn reicher Eltern. Hannas spätere Briefe waren dürftig gewesen. Vielleicht würde sie sich über das Wiedersehen mit einer alten Schulfreundin freuen? Daisy Road war die Adresse gewesen, die Hausnummer mußte man erfragen.

Kolja hörte Carolines Ausführungen genau zu, stellte

Fragen, gab Kommentare ab, die überaus treffend und witzig waren. Wie wenig sie doch von ihm wußte! Nicht ein einziges Mal hatten sie sich bisher über ihre gemeinsame Passion, das Malen, unterhalten? Erschienen ihm Frauen nicht die geeigneten Partner für eine sachliche Diskussion?

Noch immer waren sie weit vom Stadtkern entfernt. Dort mußten sich, einem Prospekt nach, die historischen Sehenswürdigkeiten befinden: das Schulhaus, das Gefängnis, eine altertümliche Mühle. Straßen mit Blumennamen gab es da jedenfalls nicht. Also wäre es wohl falsch, diesen Vorort zu verlassen. In einem Souvenir-shop unter einer Zeltplane erkundigten sie sich nach der Daisy Road.

»Just straight away.« Die zerknitterte Frau in pfirsichfarbenen Bermudas stapelte halbzerbrochene Muscheln aufeinander. Zwischendurch griff sie einem Plastikhai ins Gebiß, rückte einen zähnefletschenden King-Kong zurecht, kratzte sich mit einer Gummischlange am Arm. Die Ansammlung von allerschlimmstem, allerscheußlichstem Kitsch war derart phänomenal, daß Caroline fast der Atem wegblieb. Und überall der Hinweis auf Miami: eine grinsende Sonne, die einen sonst normalen Teller verunstaltete, blaue Wellen, die über ein Salz-und-Pfeffer-Set schwappten. Florida konnte zum Alptraum werden.

»Vor allen Dingen – wer kauft denn das Zeug?« Caroline spielte mit ein paar künstlichen Zitronenschnitzen herum. Da sie mit Glitzerpuder bestreut waren, klebten sie an den Fingern fest.

Kolja blieb gleichmütig. Litt sein künstlerisches Auge

nicht beim Anblick eines derartigen Schunds? »Da wird es schon genug Touristen geben, oder glaubst du, Madame in ihren Bermudas legt sich diese Sammlung zu ihrem eigenen Vergnügen zu? Komm, ich tue der Alten einen Gefallen und kaufe ihr etwas ab. Besorg uns inzwischen ein Eis da drüben.«

Sie war gespannt, wofür er sich entschieden hatte. Es waren zwei Paar Boxershorts, weiß mit blauen Streifen über der Hüfte, ein paar schmale für sie und ein paar weite für ihn.

»Partner-Look.« Sie freute sich wirklich. »Da wird Herbert aber Augen machen. Im Moment kennt er sich mit uns beiden gar nicht mehr aus.«

»Muß er das denn?« Seine Augen verhängten sich, er musterte sie von oben bis unten und blieb mit seinem Blick an ihren muskulösen geraden Beinen hängen. Ihr Herz klopfte schneller. Es war schön gewesen gestern nacht, sehr schön.

In den exotischen Bäumen saßen exotische Vögel und stießen exotische Schreie aus. Die Abendluft, blau und süßduftend, lag schwer auf den Schultern, Sand staubte auf den Wegen, weißlich und fein wie Mehl. Hier schien die Welt zu Ende zu sein. Kein einziges neues Haus, nur alte Bretterhütten, im Kolonialstil zwar, mit Säulen und Holzterrasse, doch für den langsamen Verfall prädestiniert. Ein paar Neger sprengten den dürftigen Rasen, ein schnauzbärtiger Pensionär schnitt im Schneckentempo an einer Hecke herum.

»Und hier ist also meine Freundin gelandet. Hanna, die Schwarze, die Wilde«, wunderte sich Caroline. »Auch eine Art amerikanisches Wunder oder – besser gesagt, eine Tragödie deutscher Fräuleinnaivität. Excuse me please«, sie wandte sich an den Heckenschneider.

»Do you know Mr. Vaux Wilson?«

Er kannte ihn, nannte sogar die Hausnummer, wenn er auch längere Zeit dazu brauchte. Es war das Haus am Ende der Straße. Caroline, jetzt doch ein bißchen nervös geworden – was würde ihre Freundin zu einem solchen Überfall sagen? –, begann zu laufen, Kolja bummelte gelassen mit Eistüten hinterher.

Das Grundstück war quadratisch, dicht mit Unkraut überwuchert und durch einen Baum mit fächerförmigem Blattgewirr beschirmt. Brachte man das Kunststück fertig, das Häuschen mit den Augen sentimentalen Wohlwollens zu betrachten, bezauberte es durch seinen altertümlichen Charme, ein einziger nüchterner Blick aber erstarrte angesichts der abgetakelten Fassade, schön gleichmäßig mit einem Netz von Spinnweben überzogen. Rings herum stapelten sich Berge rostiger Blechbüchsen und abgeschlagener Zweige, irgendwo im Hintergrund zerrte ein Hund an seiner Kette.

»Daisy Road Nummer 19.« Caroline mußte sich an dem Verandageländer festhalten. »Eigentum von Vaux Wilson, der Cricketstar an der Columbia University war. Wahrscheinlich ein ebensolcher Schwindel wie die Mär vom Juniorchef, auf den ein riesenhafter Fertigsuppenkonzern wartete. Arme Hanna. Und sie deckte sich vor ihrer Hochzeit noch mit einer ganzen Serie von Abendkleidern ein. Am liebsten möchte ich ihr gar nicht begegnen. Was meinst du?«

Keine Antwort. Kolja hatte inzwischen ein Stück Papier und einen Bleistift hervorgezogen. Mit den gespreizten Fingern vor dem Gesicht versuchte er den für ihn bestmöglichen Bildausschnitt zu finden. Fast wirkte er aufgeregt.

»Das ist schön, sehr schön«, hörte Caroline ihn murmeln. »Geradezu phantastisch, phänomenal. So wird es noch besser, nein, so . . . Ich schaffe es, ich weiß es genau. Bitte, Mädchen, laß mich nur eine Sekunde in Frieden.«

»Was tue ich denn?« Caroline fühlte sich zur Seite gedrängt, versuchte aber Verständnis zu zeigen. Wenn man ein bißchen an der Fensterscheibe wischte, konnte man einen Blick in das Hausinnere werfen. Zerbrochene Möbel, wohin man sah, schmutziges Geschirr, schmutzige Wäsche, zwischen all dem die helle flimmernde Scheibe eines Fernsehapparats. Tennessee Williams fiel ihr ein. Wer weiß, vielleicht spielte sich hier eine Tragödie à la Blanche Dubois ab, das sich nicht mehr Zurechtfinden in der Wirklichkeit, unterstützt durch eine Batterie von Whiskyflaschen oder Tablettenröhrchen. Jetzt wollte sie dem Geheimnis doch auf die Spur kommen. Vorsichtig ließ sie sich in dem Schaukelstuhl nieder. Er knarrte bei jeder Bewegung.

»Bleib so sitzen, Vögelchen, du eignest dich ja wahrhaftig als Modell!« Blitzschnell hatte sich Kolja auf den Rasen niedergekniet und zückte seinen Bleistift. »Soll ich dich nackt zeichnen oder in den Jeans?«

Sie fuhr hoch. »Bist du verrückt geworden? Ich verbiete dir jeden schmutzigen Gedanken.«

Er grinste. »Da kennst du meine Phantasie aber schlecht. Nein, so stimmt das nicht. Dein Busen ist kleiner, fast der einer Minderjährigen. Die Linie deiner

Hüfte dagegen verspricht die Erfahrungen einer reifen Frau.« Er skizzierte hastig und mit festen Strichen.

»Kolja, das erlaube ich nicht. Hör auf...« Mit einer unerwarteten Flanke hatte sie die Verandabrüstung überwunden und versuchte nun, einen Blick über seine Schulter zu werfen. Gewandt drehte er sich zur Seite, ein Griff – und er hatte ihr den Arm auf den Rücken gedreht.

»Flehe um Gnade, mein Täubchen, flehe dir das Herz aus dem Leib und versprich mir, heute nacht deine Tür offenzulassen. Wenn das Käuzchen dreimal schreit, komme ich mit dem dreiarmigen Leuchter in der Hand. Wir wollen Hochzeit feiern, sechsunddreißig Stunden lang. Gefällt dir die Vorstellung, hohe Frau?« Jetzt schnurrte er wie ein Kater.

»Laß mich los, bitte, du tust mir weh!« Fast gelang es ihr, sich zu befreien, da verlor sie das Gleichgewicht und fiel der Länge nach auf den Rasen nieder. Als sie den Kopf hob, sah sie jemanden auf der Terrasse stehen. Es war eine alte Frau, mit zahnlosem Mund und erloschenen Augen. Ihr einstmal wohl schwarzes Kleid, jetzt mit Flecken übersät, zipfelte bis zu den Pantoffeln hinunter, das ungekämmte Haar war mit einer Schleife im Nacken zusammengebunden.

»Excuse me, please, excuse me.« Caroline zuckte hilflos mit den Achseln. »I am looking for my girl-friend Hanna...«

»Wenn sie das nicht bereits ist«, kommentierte Kolja gleichmütig. Keine Falte rührte sich in dem blassen Gesicht. Die Frau schien weder zu hören noch zu sehen. Dann drehte sie wie eine Marionette den Kopf nach

hinten, klatschte in die Hände und rief mit überraschend hoher Stimme: »Hanna, Hanna, my darling.«
»Nein«, wehrte Caroline instinktiv ab, doch es war bereits zu spät. An der Terrassentür tauchte etwas Rotes, Fettes auf. Erst glaubte Caroline einen lebendigen Buddha vor sich zu haben, bis sie in den verquollenen Zügen Spuren einstiger weiblicher Schönheit entdeckte. Ja, das war die feingeschwungene Nase, die weitauseinanderstehenden Augen, das war die alte Freundin.
»Hanna«, rief sie leise und ihre Stimme schwankte. »Wie freue ich mich . . .«
Dabei war sich Caroline der Peinlichkeit dieses Wiedersehens durchaus bewußt. Hier stand sie, rank und zäh, bis auf einen gewissen angestrengten Zug im Gesicht rein äußerlich nicht weit von der Abiturientin Karlinchen entfernt, während Hanna . . . Man konnte sie für mindestens fünfzig halten.
Die Freundin schien das nicht weiter zu stören. War die Schwüle des Abends daran schuld, die Tristesse dieser ganzen abgetakelten Umgebung oder auch nur der Alkoholgeruch, der sie umnebelte? Die alte Frau war inzwischen im Haus verschwunden.
»Hallo, Caro«, es gelang Hanna, ein Lächeln hervorzukramen. Sie schien darin nicht sehr in Übung zu sein. »Was machst du denn hier? Einfach so unterwegs in Amerika?« Sie sprach mit einem starken Akzent.
»Ja, sozusagen.« Caroline hob entschuldigend die Hände. Eine Pause entstand. Wie sollte sie auch der anscheinend ziemlich heruntergekommenen Freundin erklären, daß sie jetzt malte, daß man sie aus diesem Grund zu einer Studienreise aufgefordert hatte, daß sie

diese einmalige Gelegenheit mehr zu Liebeszwecken denn künstlerischen nutzte . . .?

Es gab so vieles zu erzählen und auch wieder nichts.

»Wo ist Vaux?« erkundigte sie sich schließlich und gab dem Schaukelstuhl einen sanften Fußtritt. Eine reine Höflichkeitsfrage. Daß er wohl nicht gerade eine neue Marktstrategie für Fertigsuppen entwarf, lag auf der Hand. Wahrscheinlich bestand die einzige Verbindung zu diesem Industriezweig darin, rostige Blechbüchsen auf seinem Grundstück anzuhäufen.

»Vaux? Ach . . .« Das Thema schien Hanna nicht mehr als das Wetter von gestern zu interessieren. Mit zerstreuten Bewegungen ordnete sie die roten Falten um sich herum. »Und du? Ist dieser da dein Mann?«

Sie wies auf Kolja, der breitbeinig am Verandageländer lehnte und an einem Zweig herumbiß.

»Ja«, sagte er rasch. In seinen Augen knisterte es.

Das schien auch Hanna zu merken, denn sie warf herausfordernd den Kopf in den Nacken.

»Freut mich, freut mich sehr. Hast schon immer Glück bei den Männern gehabt, Karlinchen. Wollt ihr nicht hereinkommen, ihr beide? Zu trinken habe ich immer etwas im Haus. Man freut sich auch über ein bißchen Abwechslung.«

Sie sprach nur in Richtung Kolja. Caroline fühlte eine Welle von Mitleid in sich aufsteigen. Ja, wäre Hanna noch neunzehn, das Bild eines Zigeunermädchens mit der Grazie einer Gazelle – sie hätte die beiden nicht aus den Augen gelassen. So aber . . . nur ein Gedanke beherrschte sie: nichts wie weg, und zwar auf der Stelle.

»Zu gern, Hanna, aber wir haben uns schon gewaltig

verspätet. Es war nämlich gar nicht so leicht, dein Haus zu finden.« Immer wenn Caroline schwindelte, begann sie mit den Füßen zu scharren. Selbst wenn es sich um ein so abgetakeltes Wrack wie ihre Freundin handelte. Schließlich hatte man sich ja früher gegenseitig Turnentschuldigungen unterschrieben, Hanna war auch beim Einsagen stets großzügig gewesen . . . »Vielleicht kommst du bald mal nach Europa?«

»Vielleicht«, wiederholte Hanna. Es klang nicht überzeugt. Sie schien sich mit ihrer persönlichen amerikanischen Tragödie abgefunden zu haben. »Gut, wenn ihr nicht wollt . . .« Das Bedauern schien ausschließlich Kolja zu gelten. Oder aber dem Whisky, für den sie jedoch einen anderen Grund finden würde.

»Bye, bye.« Und Caroline griff nach Koljas Hand und marschierte davon. Einmal drehte sie sich höflichkeitshalber noch um. Hanna starrte ihnen mit leeren Augen nach. Sie schien in ihre Hölle zurückgekehrt.

»Gräßlich, gräßlich.« Caroline schüttelte sich. »Wohin einen das Leben so treiben kann . . .«

»Beispielsweise in meine Arme«, vervollständigte Kolja.

»Sag mal, kannst du nicht einen Augenblick lang ernst sein? Hier geht es schließlich um das Schicksal meiner Freundin.« Caroline versuchte die Wütende zu spielen, obwohl ihr sein »Ja« auf Hannas Frage nach ihrem Mann noch wie Geigenmusik in den Ohren klang.

»Nennst du das Freundin? Am liebsten hätte sie mich doch gleich in ihrem Schaukelstuhl vergewaltigt.«

»Bist du immer so mitleidslos? Ich hasse unbarmherzige Männer. Das ist kein Zeichen von Männlichkeit.«

»Und ich hasse sentimentale Weiber. Das ist kein Zeichen von Weiblichkeit.«

»Du mußt es ja wissen.«

»Da kannst du sicher sein.«

»Ich biege jetzt links ab, weil du mir auf die Nerven gehst.«

»Und ich folge dir, obwohl du mir auch auf die Nerven gehst.«

»Mein Mann . . .«

»Dein Mann?«

»Ach, nichts, seine Person ist mir zu kostbar, um sie in diesem Zusammenhang zu erwähnen.«

»Vielleicht auch zu uninteressant?«

»Das hättest du wohl gern.«

»Wie könnte ich! Hallo, mein wildes Teufelchen . . .«

»Ich heiße Caroline.«

»Für mich bist du mein Teufelchen. Voller Feuer und Höllenglut.«

»Du scheinst mich zu verwechseln.«

»Bestimmt nicht. Außerdem werde ich heute nacht Gelegenheit haben, mein Gedächtnis wieder aufzufrischen.«

»Irrtum, mein Lieber.«

»Kein Irrtum, meine Liebe.«

Und er packte sie so fest an der Schulter, daß sie stehenblieb und ihm wütend in die Augen sah. Sein Blick, verheißungsvoll, frech und ungehörigerweise auch siegesgewiß, ließ jeden Vorsatz dahinschmelzen. Sie würde kommen – er wußte es und sie – leider – auch. Das Abendessen verlief in explosiver Atmosphäre. Herbert, der während der letzten Stunden nach Caroline gesucht hatte, fühlte sich ungerecht behandelt und sparte nicht mit anzüglichen Bemerkungen. Wären sie nur zu dritt gewesen, hätte Caroline die Unterhaltung in den Griff bekommen, so mußte sie auf das Ehepaar Langsam Rücksicht nehmen. Sie wunderten sich über Herberts Benehmen und schoben seine miserable Laune auf das schlecht durchgebratene Steak. Trude war wirklich eine reizende Person, ohne Eifersucht auf die viel hübschere Caroline, dankbar für das Erlebnis dieser Amerikareise. Weshalb hatte Roman nicht eine solche Frau geheiratet? Um ihr Gewissen zu beruhigen, brachte Caroline ständig die Rede auf ihn.

»Wie wird er denn fertig mit seinem temperamentvollen Weib?« Schon wieder Herbert, der mit einem grämlichen Zug um den Mund Sodawasser trank.

»Hervorragend. Außerdem führt *er* zu Hause das große Wort.« Caroline hatte nicht vor, sich irritieren zu lassen.

»Und wie sieht das bei dir aus, Kolja?« Herbert wollte Unfrieden säen.

»Sprechen wir doch erst einmal von dir, mein lieber Freund. Ich möchte mich in Ruhe meinem Maissalat widmen. Weißt du, wir sind heute nachmittag der roten Witwe begegnet.«

»Ihr beide zusammen? Daher also konnte ich Caroline nicht finden. Martha lag inzwischen einsam in der Sonne, ich habe mir erlaubt, ihr Gesellschaft zu leisten.« Dieser Hieb saß. Kolja sah kurz auf. Verriet sein Blick Ärger? Caroline war nicht ganz sicher. Die Langsams lächelten freundlich und vergruben sich in ihre Eiscreme. Mit Eifersüchteleien wußten sie nichts anzufangen.

Was für ein beneidenswert normales Paar. Bisher hatte die Reise fast nur aus langen Busfahrten bestanden. Ab morgen sollte es nun anders werden. Drei Tage Rast auf einer richtigen Ranch standen auf dem Programm. Zeit zum Ausruhen, zum Eindrückesammeln, zum Malen. Caroline nahm sich vor, auch den Kontakt zu den übrigen Kollegen ein wenig zu vertiefen. Damit meinte sie nicht Eleonore und nicht die beiden kraushaarigen Mädchen und ganz bestimmt nicht Martha (die allerdings nur Hostess war), doch gab es bestimmt noch ein paar Männer, mit denen sie Erfahrungen austauschen und ihre Pläne für die Zukunft besprechen konnte. Kolja hatte an ihr ja nur Interesse als Frau, als Künstlerin schien sie ihn kalt zu lassen.

Es gelang ihr, als eine der ersten in den Bus zu steigen und den Platz neben sich frei zu halten. Würde sich Kolja dazusetzen? Wenn nicht, ginge deshalb bei Gott die Welt nicht unter. Ihre Liaison sollte unter dem Zeichen der Unverbindlichkeit stehen. Sie fand, daß sie ihre Rolle ausgezeichnet beherrschte.

Er überlegte einen Augenblick, ehe er sich neben sie niederließ. Ärger keimte in ihr auf, dann erst kam die Gelassenheit. Vielleicht sollte sie heute abend Kopfschmerzen vorschützen... Wo war Columbo? Sie hatte lange kein Wort mit ihm gewechselt. Da kam er den Gang entlang, ein Eimer mit Eiswürfeln in der Hand, grüßte in alle Richtungen und zählte seine Schafe.

»Hi«, sie winkte ihm zu, »werden wir richtige Cowboys sehen?«

Er grinste schläfrig. »Nicht nur das, auch Cowgirls, einen Saloon, eine Schlägerei. Ist die Reihe hinter euch frei?«

Kolja nickte und begann, in einer fremden Sprache auf ihn einzureden. Das mußte Griechisch sein. Columbo antwortete ebenso fließend, spielte mit Händen und Schultern, lachte, kniff das getrübte Auge zusammen. Wie fremd ihr die beiden Männer auf einmal waren. Besonders Kolja, der bei ihrem gestrigen Spaziergang Sonne erwischt hatte und heute auffallend dunkel wirkte. Schwarz kräuselte sich das Haar auf seinen Armen, seine Wangen waren schlecht rasiert – er wollte sich doch keinen Bart stehen lassen? Ein Ziegenhirt, ein griechischer Ziegenhirt, mit künstlerischen Ambitionen zwar, doch ohne den mitteleuropäischen Schliff der Erziehung – das war der Mann, mit dem sie Roman betrogen hatte. Sie hoffte, er würde in einem ähnlichen Fall mehr Geschmack beweisen.

Jetzt stand Kolja ohne ein Wort der Entschuldigung auf und setzte sich neben seinen Gesprächspartner. Die Unterhaltung schien kein Ende zu nehmen, sie rückten näher zusammen, Columbo griff in die Brieftasche, zog ein paar Bilder hervor. Kolja suchte nach einem Bleistift, schrieb etwas auf eine Karte nieder. Dann nahmen sie beide einen tiefen Schluck Whisky aus der Flasche. Zwei Freunde hatten sich gefunden – Caroline und die übrigen Frauen mußten draußen bleiben. Eine seltsame Welt, die der Männer.

»Welcome.« Sie hatten den Eingang der Ranch erreicht. Zwei Cowboys auf Pferden schwangen grüßend die breitrandigen Hüte und gaben ein paar Salutschüsse in Richtung Himmel ab. Dann galoppierten sie voran, um

Reegan den Weg zu zeigen. Caroline preßte die Nase gegen die Scheibe. Es war gut, für ein paar Tage dem Bus zu entkommen, sie wollte viel schlafen, sich eine hübsche Ecke zum Skizzieren suchen. Wenn ihr nur Kolja mit seinen Capricen keinen Strich durch die Rechnung machte.

Im Waschbecken ihres Zimmers lag ein Klumpen toten Ungeziefers, überall auf dem Fußboden schien es zu krabbeln. Man durfte erst nach dem Lichtschalter tasten, wenn die Tür bereits abgeschlossen war – sonst kam man in den schwarzen Schwärmen fast um. Roman hätte ihr bei der Bekämpfung geholfen, hysterisch zwar und mit vor Aufregung hoher Stimme, trotzdem . . . Kolja ließ sich wieder einmal nicht blicken. Vielleicht übte er sich mit Columbo inzwischen in russischer Konversation.

Am Abend sollte ein Rodeo stattfinden, an dem die besten Cowboys der Umgebung teilnahmen. Da Caroline argwöhnte, die ganze Damenwelt würde sich in dunkelblaue Jeans und karierte Blusen werfen, außerdem eine Filmszene mit der bezaubernden Marilyn Monroe als Rodeo-Zuschauerin vor Augen hatte, versuchte sie, ihren allerdings mehr knabenhaften Sex durch ein enganliegendes Strickkleid zu unterstreichen. Weshalb konnte sie nicht üppiger sein? Nur ein Ästhet vermochte ihren Amazonenreiz zu erkennen, ein Mann aus dem Volk wie Kolja verlangte wohl mehr nach den ungebremsten Formen einer Stallmagd.

Auf hohen Absätzen schaukelte sie zur Arena. Am fast schwarzen Himmel hatten sich Sterne wie goldene Sandförmchen eingeprägt. Es roch nach Leder, Stall und nach scharfen Getränken. Kälber drängten sich in einem Holzgatter zusammen, geblendet vom unregelmäßig aufstrahlenden Scheinwerferlicht. Die Cowboys hatten sich ihre Sättel über die Schultern gehängt, halbwüchsige Kinder führten Pferde über das niedergetrampelte Gras.

Trude, in dunkelblauen Jeans und karierter Bluse, alles sehr sauber gebügelt, winkte. Neben ihr saß Paul, ebenfalls in gepflegtem Dunkelblau-Karo-Look, auf der anderen Seite Eleonore, trotz dunkelblauer Jeans und karierter Bluse mit der gewohnten Depression in den Augen. Sie lächelte süßsauer, als Caroline ihr die Hand reichte.

»Kolja versucht zu filmen«, erklärte Paul und entfernte einen Erdklumpen von seinem Stadtschuh.

»Ungewöhnlich günstig in dieser Dunkelheit«. Caroline umschlang ihre Knie mit den Armen und legte das Kinn darauf. Sie hatte Martha entdeckt, heute an der Seite von Kilian und – leider – nicht in blaukarierter Kombination. Man durfte diese blutjungen Mädchen um Himmels willen nicht unterschätzen, für ihre äußere Erscheinung opferten sie Unmengen von Zeit und Phantasie. Während Caroline – nun, im Augenblick versuchte sie die bunte Szene der Nacht wie eine Fotografie in ihr Gedächtnis zu bannen, wer weiß, vielleicht würde eines Tages ein Aquarell daraus. Immer nur Käfer und Bienen und ab und zu eine tropische Blume oder ein Farn – manchmal konnte sie ihre eigenen Bilder nicht mehr sehen. Roman mit seiner uneingeschränkten Bewunderung für alles, was sie auf die Leinwand brachte, war nicht der geeignete Kritiker für sie. Um ehrlich zu sein: oft hörte sie nicht einmal zu, wenn er sich recht weitschweifig in gutgemeinten Lobeshymnen erging.

Viel interessanter wäre es, von Kolja zu erfahren, was er denn so von ihren Werken hielt. Bestimmt verurteilte er sie als zu naiv, zu kindlich verspielt, trotzdem sollte man ihn dazu bringen, sich ein ganz klein wenig in ihre Psyche zu versetzen. Eventuell zwischen zwei Umarmungen, wenn ihm sonst keine Zeit blieb für sie.

Durch einen Lautsprecher begrüßte man die Gäste, dann wurden die Namen der Teilnehmer – Männer wie Pferde – sowie die Disziplinen und Spielregeln bekanntgegeben. Musik prasselte durch die Nacht, eine Holztür schob sich auf, und der erste Cowboy versuchte sein Glück auf einem ungesattelten Hengst.

»Wenn du ein Rodeo gesehen hast, hast du alle gesehen.« Caroline erinnerte sich eines Wildwestfilms, in dem ein Tramp diesen harten Urteilsspruch gefällt hatte. Im Augenblick empfand sie ähnlich, und sie schnippte ungeduldig mit den Fingern. Und wer war wieder einmal an ihrer schlechten Laune schuld? Kolja natürlich. Tauchte er doch an den unmöglichsten Orten mit seiner Kamera auf, meistens in der Nähe hübscher Mädchen (in dunkelblauen Jeans und karierten Blusen), hin und wieder auch bei den Cowboys, die mit der Zigarette im Mundwinkel auf ihren Auftritt warteten. Langsam wurde es Caroline ganz schwindlig vom ewigen Nach-rechts-sehen, Nach-links-sehen, Über-die-Schulter-blinzeln. Jetzt war Kolja wieder einmal gänzlich verschwunden. Und wo befand Martha sich? Oh, man hatte ihr unrecht getan, noch immer saß sie wie eine Götterstatue auf ihrer Bank und strich sich soeben aufreizend langsam eine Locke aus der Stirn. Was aber war mit Kolja, diesem Vagabunden ohne Manieren, mit seinen zu kurzen Beinen und den Boxerschultern? Sollte sich diese langersehnte, schwererkämpfte Reise darin erschöpfen, sich nach einem nicht mehr als durchschnittlichen Mann die Augen auszuschauen? Kolja, gestehe, wen hast du jetzt wieder am Wickel? Einen Freund oder eine neue Flamme? Kolja, wir haben uns für heute nacht noch nicht verabredet. Kolja, nur sechs Tage noch. Kolja!

»Guten Abend, mein Täubchen.« Eine kräftige Hand drückte die ihre, Wange berührte Wange. Trude machte erstaunte Augen. Eleonore versank in neue Depressionen. Oh, all ihr Männer und Mädchen in euren dunkelblauen Jeans und karierten Hemden, laßt euch nicht von diesem unmöglichen Liebespaar ablenken, genießt dieses Rodeo. Kolja ist wieder da. Und nun ist auch Caroline endlich bereit, sich dem nächtlichen Schauspiel ohne wundem Herzen hinzugeben.

Sie preßten sich dicht aneinander und atmeten begierig die gegenseitige Wärme. Ihre augenblickliche Welt war ganz klein, nur er und sie. Wer weiß, vielleicht schlug Amor die übrigen Zuschauer mit momentaner Blindheit, brachte vielleicht auch Kolja dazu, zu sagen: »Ich liebe dich . . .« Jeder andere Mann hätte es inzwischen ausgesprochen! Immerhin hatte er sich vorübergehend zu der Rolle des Ehemannes bekannt.

Dem Reiten auf ungezähmten Pferden folgte das »bull fighting«, dann begann die Lassojagd auf jämmerlich blökende Kälber, die nur wenige der Cowboys erfolgreich absolvierten. Nun wurden auch Damen auf den Kampfplatz gelassen. Ihr offenes Haar wehte, als sie im Galopp ein paar aufgestellte Tonnen zu umrunden versuchten; von der klassischen europäischen Reitschule war nicht viel zu merken, hier stellte man sich einfach in die Bügel, drückte die Schenkel zusammen und vertraute seinem Glück.

Die Tür zum »Saloon« stand weit offen, drinnen war es vor Hitze kaum auszuhalten. Die Cowboys gingen ihrem Wochenendvergnügen nach: über Pferde reden, über Frauen reden, Whisky trinken. Die Pferde hatten sie draußen gelassen, die Frauen drängten sich an Tischen zusammen, der Whisky floß an der Bar. Und überall war Musik, keine einfache Melodie von dem Reiter, der sich nicht einsperren lassen will, dem Herz der Mutter und dem Mädchen von nebenan, sondern das internationale dumpfe Dröhnen aus dem Untergrund. Kolja und Caroline tanzten zusammen, es war das erstemal, und sie ging in die Knie, um ihn nicht zu überragen (die Stöckelschuhe hatte sie bereits unter ihrem Stuhl abgestreift). Trotz Hitze und Lärm und viel zu vielen Menschen – sie fühlte sich zufrieden und er wohl auch, denn er küßte ihren Hals und fragte, ob sie hier noch lange verweilen wollten.

Die nächsten zwei Tage gehörten zu den schönsten in Carolines zweiter Lebenshälfte (die erste hatte sie nach eigenem Ermessen mit Romans Abflug in New York abgeschlossen). Ohne große Mißverständnisse verbrachten sie und Kolja viel Zeit miteinander, manchmal waren auch die Langsams dabei oder Herbert, der in Liebesdingen noch immer nicht zum Zug gekommen war. Allmählich begann er sich damit abzufinden, machte sogar seine Witze darüber. Caroline traute ihm trotzdem nicht über den Weg. Ein Wink von ihr und er würde tollkühn jede Hürde überspringen. So flirtete sie gelegentlich ein bißchen mit ihm, um ihre Vertrautheit mit Kolja in einem unverbindlicheren Licht erscheinen zu lassen. Herbert flirtete zurück und hörte auf, ihnen nachzuspionieren.

Auf der Ranch gab es einen Golfcourse, einen Karpfenteich, einen Flugplatz und eine Tennisanlage. Da Kolja und Caroline an diesen sportlichen Institutionen nicht weiter interessiert waren, mieteten sie sich Fahrräder und kurvten in ihren Boxershorts durch das Gelände. Es duftete nach Farn und wilden Kräutern, eine schwarze Schlange ringelte sich über den Weg, in der Ferne weidete friedlich eine Pferdeherde. Die Sonne brannte sich in ihre bloßen Arme und Beine ein (leider hatte Caroline am Abend auch eine rote Nase). Kolja schlug eine Rast unter einem mindestens hundert Jahre alten Baum vor. Dort nahm er sie in die Arme und trank sich in ihren leuchtenden Augen fest. Sie wollte etwas sagen, doch er legte ihr einen Finger auf den Mund, und dann fragte er sie, ob sie sich nicht zu Hause in Deutschland hin und wieder treffen wollten.

Das kam unerwartet und war fast zuviel. Caroline zählte bis fünf, um keinen Unsinn zu reden, dann zuckte sie mit den Achseln und meinte: »Jaaaaa, viiiiiieeeeeleicht«, und gleich darauf warf sie das sonnenwarme Kupfer ihres Haares in den Nacken und stellte fest, daß sie nicht unter einem, sondern unter zwei sich kräftig umarmenden Bäumen saßen. »Liebende wie wir es sind«, lächelte Kolja und umspannte ihren Hals mit seinen Händen.

Und dann – ja, dann passierte etwas geradezu Phantastisches. Das spielte sich am nächsten Tag ab. Herbert war mit einem Skizzenblock verschwunden, und Paul hatte neben dem Hundezwinger seine Staffelei aufgestellt, und die beiden kraushaarigen Mädchen mischten mit wichtigen Gesichtern ihre Farben und strichen die Pinsel an ihren – dunkelblauen – Jeans ab, nur Caroline wußte nicht so recht, was sie wollte, und zweifelte ein bißchen an ihrem künstlerischen Ehrgeiz. Kaum tauchte ein Mann auf, kam ihre Karriere ins Wanken. Eine feine Malerin! Auf der einen Seite wollte sie ja gern wieder einmal einen Stift zwischen die Finger nehmen, auf der anderen überwog das ständige Verlangen nach Kolja. Und er? Was war mit ihm? Oh, er klopfte sogar gegen ihre Tür.

Es war das erstemal, daß er ihr Zimmer betrat, und im Grunde wollte sie das gar nicht, obwohl sie wie die Sonne strahlte. Nur hatte sie sich das Versprechen auferlegt, ihre Intimsphäre mit ihm nicht zu teilen. Dazu gehörte beispielsweise, die Nacht bei ihm bis zum Morgen zu verbringen. Zwar bat er sie darum, mehrmals sogar, doch sie schüttelte den Kopf und ließ sich nicht erweichen. Vielleicht hatte sie Angst vor dem Gefühl, an seiner Seite aufzuwachen, zu glauben, es sei Roman und sich dann – unausgeschlafen und daher ungeschützt – den Qualen des schlechten Gewissens auszuliefern. Ihre Reue hatte Zeit, mußte Zeit haben. Regelmäßig rief sie zu Hause an, versicherte ihrem Mann ihre Liebe, ihre Sehnsucht (beides war vorhanden); als er sich einmal nicht meldete, zürnte sie heftig. Wie sie ihm jemals wieder in die Augen sehen sollte, war ihr ein Rätsel; im Augenblick war die Zeit zu kostbar, um sich darüber Gedanken zu machen...

Jetzt stand Kolja also vor ihr, ein wenig gedrungen in seinen Shorts, doch für sie der Inbegriff männlicher Verführung. Zitternd raffte sie den Inhalt ihres Koffers zusammen, den sie soeben über die Bettdecke verstreut hatte. Ein grauenhaftes Chaos! Nicht einmal der großzügige Roman hätte für diese Unordnung Verständnis gehabt.

»Ganz schön bunt.« Unaufgefordert ließ er sich auf einem Hocker nieder. »Ein richtiger Jahrmarkt. Ketten und Kämme, Gürtel und Sonnencreme, Fußballschuhe und... Was soll das denn sein?« Mit spitzen Fingern griff er nach einem silbernen Gegenstand, schnupperte daran, ließ ihn auf ein Kissen rollen. »Eine neue Art von Feuerzeug?«

Seine Ignoranz ärgerte sie. Das war eine Pfeffermühle, noch dazu aus purem Silber, außerdem stammte sie von Tiffany's. Snobismus hin oder her – ein bißchen Ahnung durfte man von derlei Dingen schon haben...

»Tiffany's, Fifth Avenue«, schnappte sie zurück, »schon mal was davon gehört? Truman Capote machte sogar Literatur daraus. Es handelt sich in diesem Fall um eine Pfeffermühle, mein Lieber, und zwar um eine, die man in die Handtasche stecken kann. Kein gutes Essen ohne Pfeffer – als Grieche müßtest du das eigentlich wissen.«

»Ich verstehe mehr von Knoblauch.« Er streckte seine Beine über die Bettdecke und gähnte ausgiebig. »Von

Knoblauch und Zwiebeln. Und jetzt möchte ich malen, Prinzessin, allein oder meinetwegen auch mit dir, wenn du versprichst, erstens deinen Mund zu halten und zweitens diesen silbernen Schnickschnack zuunterst in deinem Koffer zu verstecken. Ich habe bei Gott kein Society-girl eingekauft.«

Sein Gesicht zeigte einen derart abfälligen Ausdruck, daß sie erschrak. Im Moment blieb ihr nichts anderes übrig, als diesen Ausbruch zu schlucken. Was konnte sie anderes erwarten? Er war nun einmal ein primitiver Mensch, gerade gut genug für eine Urlaubsliebe, für die anderen Dinge des Lebens blieb ihr immer noch Roman. Immerhin hatte er vom Malen gesprochen, vom M a l e n.

Sie radelten zu dem kleinen Schießstand, den sie gestern entdeckt hatten. Der Boden war mit Patronenhülsen bedeckt, die Bank hatte genau Platz für zwei Personen und sogar eine Lehne. Rechts vor ihnen lag hinter dichtem Buschwerk ein Weiher verborgen, die Wasserfläche fast zur Hälfte von einer hellgrünen Schlammhaut überzogen. Ein paar langhalsige Vögel badeten darin, über den Augen ein rotes Krönchen, das Gefieder grau und weiß gestreift. Die Luft zitterte zartblau und glasig, eine dunklere Wolke schob sich langsam über den Horizont.

Mit zusammengezogenen Augenbrauen begann Kolja seine Striche auf das Papier zu werfen. Er zeichnete rasch, kühn und sehr geübt – wie Caroline mit einem vorsichtigen Blick feststellen konnte. Was er wohl für Farben benutzte? Bestimmt andere als sie, die jeden lauten Ton fürchtete und Silber zu Pink stellte, Rosé zu

Orange, Türkis zu Beige, immer wieder die gleichen Kombinationen.

Was sollte sie tun? Ihm nacheifern, eingeschüchtert von seiner Nähe, gleichzeitig begierig auf ein Wort der Kritik, oder war es besser, mit offenen Augen durch den Septembertag zu träumen? Ein September mit der drückenden Schwüle des Augusts.

Längere Zeit sprach niemand ein Wort, Kolja schien sie einfach vergessen zu haben. Ohne ihr auch nur einen einzigen Blick zu schenken, riß er ein Stück Papier nach dem anderen von seinem Block, zerknüllte es wieder, warf es hinter sich, begann von neuem. Der Anhänger auf seiner offenen Hemdbrust – übrigens ein Krebs, wie sie inzwischen festgestellt hatte – tanzte hin und her. Auf einmal packte sie die Ungeduld, vielleicht war es auch Zorn. Was war sie nun eigentlich – Kollegin oder eine zufällig über den Weg gelaufene Geliebte? Er sollte schon noch merken, wen er vor sich hatte. Sie faßte die majestätischen Vögel näher ins Auge. Ihre Form reizte sie, daraus ließe sich etwas machen. Gold – das war der Farbton, der sie seit längerem lockte. Weshalb also nicht der Versuch eines goldenen Ovals, darin ein Vogel mit gebogenem Schwanenhals? Vielleicht eine Anlehnung an den Jugendstil, doch besaß Caroline Persönlichkeit genug, um dem Bild ihren eigenen Stempel aufzuprägen.

Die Sonne brannte wie Feuer, stach in die Beine. Ein letztesmal noch, dann hatte sich der Himmel von einer Sekunde zur nächsten zugezogen. Nicht einmal ein plötzlicher Wind hatte den Umschwung angekündigt. Schwer und dicht wie bei einem Sommergewitter prasselte der Regen aus schwärzlicher Dunkelheit. Nur die Vögel blieben unbeeindruckt, senkten nicht einen Augenblick ihre zierlichen Kronen.

»Verdammt nochmal!« Kolja wußte nicht, wohin mit seinen Blättern. Daß es Caroline ähnlich gehen könnte, schien ihn nicht zu kümmern. Immerhin war sie es, die sich an einen Unterstand erinnerte, kaum hundert Meter von ihnen entfernt. Sie nickte ihm zu, und sie begannen zu laufen. Barfuß in ihren Boxershorts, die Zeichnungen unter den Baumwollhemden auf die nackte Haut gepreßt.

»Das wäre geschafft!« Kolja rieb sich mit einem Taschentuch die Haare trocken. »Gott sei Dank! Was für ein tückisches Wetter für einen angeblichen Sonnenstaat. Komm mit mir auf meine griechische Insel, da kann dir so etwas kaum passieren.«

»Und was passiert dafür?« Sie rückte dichter an ihn heran. Der Regen schien alles Mögliche zu kühlen, ihre Leidenschaft war davon nicht betroffen.

Er legte die eine Hand auf ihre Schulter, die andere fand, wie selbstverständlich, zwischen ihren kleinen Brüsten Platz. Seine Wimpern klebten büschelweise zusammen, über seine Nase rollte langsam ein Regentropfen.

»Oh, eine ganze Menge. Da liegt man im Sand und spielt mit den Füßen im Wasser und trinkt goldgelben Wein und schnalzt mit den Fingern zur Musik. Oder man trifft Freunde, die man gestern noch gar nicht kannte und die am nächsten Morgen wieder weiterziehen. Man unterhält sich und lacht und liebt. Liebt, hörst du, mein Täubchen? Klingt das nicht verlockend für dich? So sollte das Leben sein, genauso und nicht wie bei euch, wo jeder nur nach Profit und Sicherheit strebt.« Was er sagte, war ohne Zweifel verführerisch. Einen Urlaub lang, vielleicht auch einen zweiten – dann würde es Caroline vor Ungeduld in den Fingern jukken. Die süßen Zeiten der Träumerei lagen längst hinter ihr. Heute wollte sie zupacken und Ergebnisse sehen und sich Aufgaben stellen und höchstens einmal einen Regennachmittag wie diesen hier nutzlos vertändeln. War sie viel zu schnell viel zu alt geworden? Oder lag es an Roman, der sie mit seiner Bürgerlichkeit bremste und hemmte, ohne davon eine Ahnung zu haben?

»Schön«, meinte sie vorsichtig, »sehr schön. Und wie geht es dann weiter?«

Er schüttelte ungeduldig den Kopf, irgend etwas schien ihm heute nicht an ihr zu passen. »Wie soll es schon weitergehen?! Da kommt ein neuer Tag und danach noch einer und noch einer und noch einer, und irgendwann dazwischen kapiert man vielleicht einmal, wohin der Weg geht und wer einen dabei begleiten könnte. Ich hasse dieses jämmerliche Einerlei dieser gottverdammten Zivilisation, ich hasse es, heute zu wissen, was morgen sein wird. Ich hasse es . . . Hallo, Mädchen, hörst du mir überhaupt zu?«

Sie starrte ihn aus großen leeren Augen an und betete, er würde endlich den Mund halten und sie in seine Arme nehmen. Wenn sie schon seine Lebensauffassung nicht teilen konnte, dann sollte es wenigstens die Leidenschaft sein. Während der Regen gleichmäßig niederrauschte, begehrte sie ihn stärker als jemals zuvor.

»Komm, zeig mir mal deine Zeichnungen.« Ehe sie sich

dagegen wehren konnte, hatte er die Blätter entrollt, hielt sie weit von sich und musterte sie mit zusammengebissenen Lippen.

»Gar nicht so schlecht«, meinte er dann langsam, »jedenfalls weit besser, als ich es von dir erwartet habe. Aber das Feuer, das Fieber vermisse ich. Weißt du, was du seit langem gebraucht hast?«

»Nein.« Sie versuchte, gleichgültig zu bleiben.

»Einen Mann wie mich. Ja, genau das.« Er brach in heftiges Lachen aus, rieb sich die Augen, streichelte ihre Beine. »Caroline, Täubchen, gib doch zu, daß du sehnsüchtig auf mich gewartet hast.«

»Wohl kaum.« Sie zeigte ihm eine nasse Schulter. Was für ein feinfühliger Liebhaber, was für ein Gentleman! Hätte er nicht Verse rezitieren, sein Herz entblößen, Zukunftsvisionen entwickeln können? Statt dessen führte er sich auf wie ein ... ja, wie ein drittklassiger Landsknecht.

Gott sei Dank befaßte er sich jetzt wieder mit ihren Bildern, bemühte sich sogar bei ihrer Beurteilung um eine gewisse Sachlichkeit. »Du bist begabt, ja, ehrgeizig, ja, zielstrebig ohnehin. Zu einem Erfolg könnte es reichen, aber es bleibt eben nur ein mittlerer Erfolg. Mehr ist da nicht drin. Verstehst du, weshalb? Nicht auf Grund deines Könnens, nein, deine Lebensweise, diese verdammt konventionelle Einstellung zu allem und jedem ist es, die deiner Karriere im Wege steht. Ich habe ja deinen Mann gesehen. Korrekter Scheitel, gestärkter Hemdkragen ...«

»Ich verbiete dir jedes weitere Wort.« Wie ein kleines Mädchen hielt sie sich die Ohren zu. Weshalb nahm ihr

Verlangen nach diesem schrecklichen Menschen noch immer nicht ab? »Meine Arbeit hat mit Roman überhaupt nichts zu tun.«

»Doch alles, mein Liebling, oder sagen wir besser, fast alles.«

Er bedeckte ihr Gesicht mit Küssen, kleinen, unerwartet sanften Küssen. »Warum, glaubst du, habe ich meine Frau sonst im Stich gelassen?«

Also war er gar nicht mehr richtig verheiratet. Dieser alberne Herbert mit seiner ständigen Stichelei! Was würde Kolja und sie demnach hindern, ihre Beziehung zu Hause fortzusetzen? Vielleicht konnte er ihrer Karriere wirklich nützlich sein, sie in die richtigen Bahnen lenken . . .

»Kolja.« Sie liebkoste seinen Namen mit der Zunge wie ein Praliné.

»Ja . . .?« Sein Interesse flammte ab, wandte sich wieder seinen Blättern zu, an denen er mit einem Bleistift herumkorrigierte. Inzwischen war der Regen dünner geworden, bläßlich wagte sich die Sonne hinter den Bäumen hervor.

»Kolja.« Jetzt stand sie ganz nahe hinter ihm, zählte die flaumigen Härchen in seinem Nacken, die längst hätten rasiert werden müssen.

»Ja, mein Bürgerprinzeßchen?« Er sah nicht einmal auf.

»Kolja, Kolja, Kolja.« Immer wieder nannte sie seinen Namen, mußte es einfach. Warum, um Gottes willen, war er so anders als sie? Warum, um Gottes willen, fühlte sie sich niemals völlig entspannt in seiner Gegenwart, spielte immer ein bißchen Theater? Warum . . . Jetzt bequemte er sich sogar zu einer Antwort, endlich! Begierig las sie ihm jedes Wort von den Lippen ab.

»Wollen wir nicht in mein Zimmer gehen und uns lieben und Mann und Frau und Hab und Gut vergessen, Carolinchen, Schöne, Kleine?« Mit festen Strichen malte er an seinem Baum herum.

Und sie sagte »ja«, atmete tief auf und sagte »ja«. Hand in Hand liefen sie zu ihren Rädern und schoben sie hotelwärts durch das feuchte Gras. Bis sie vor seiner Tür angekommen waren, sprach keiner ein Wort. Wohl auch besser so, endete ihre Unterhaltung doch meistens in einem ziemlichen Chaos, das ihrer Liebe nicht gerade förderlich war. Um so mehr genoß sie die Behutsamkeit der Geste, mit der er jedes ihrer Blätter auf dem Boden seines Zimmers ausbreitete, als ob es sich um wertvolle Kunstwerke handelte. Weshalb konnte er nicht immer so zartfühlend sein?

Am nächsten Tag herrschte tropische Hitze. Die meisten blieben in ihren Zimmern oder verlangten an der Bar nach einem kühlen Drink oder gingen zum See hinunter, wo Boote lagen. Caroline aber wollte endlich einmal amerikanischen Swimming-pool-Glamour genießen, in ihrem weißen Bikini, Kolja zur Seite. Was meinte er dazu?

Überraschenderweise spielte er noch immer den Sanftmütigen, deutete – zwar mit Ironie in den Mundwinkeln, aber trotzdem – an, kein höheres Glück zu kennen, als ihre Hand zu halten. Sie redete sich jeden Zweifel an seinen Worten aus und küßte ihn dankbar. Die Hitze erfüllte sie nicht nur mit schläfrigem Glück, sondern stachelte gleichzeitig ihre Sinnlichkeit an. Konnte sie mit ihrem schmalen Körper, karamelfarben zwischen zwei satinglänzenden Stoffteilen, nicht durchaus noch zufrieden sein? Wohlig reckte und streckte sie sich nach allen Seiten. Kolja hatte sich auf den Bauch gelegt, hielt die dichtbehaarten Beine gespreizt und musterte sie unter halbgesenkten Lidern.

»Mein Gott, diese schrecklichen Quälgeister.« Wütend schlug sie sich auf Bauch und Arme. »Was tut man gegen derart lästige Insekten? Sich mit noch mehr Öl einreiben?«

»Das sind die Liebeskäfer, Caroline, wieder einmal die Liebeskäfer.« Er zog jedes einzelne Wort wie ein Kaugummi auseinander. »Diese schlauen Tierchen, die aus ihrem ganzen Leben eine Sexorgie machen. Könnte dir das nicht auch gefallen?«

»Niemals.« Da kein Freund in der Nähe war, brauchte sie ihre Stimme nicht zu senken. »Wieder ein Beispiel, wie schlecht du mich kennst.«

»Aber allein kannst du auch nicht sein, und das ist fast dasselbe. Immer bist du auf der Suche nach irgendeinem Männchen, das du betäuben, an dich ziehen, mit sämtlichen Armen und Beinen umklammern kannst. Dabei gehst du zwar nicht gerade zugrunde wie diese stupiden Insekten hier, aber du stehst dir selbst im Weg. Auch nicht gerade eine berauschende Aussicht, oder?« Noch immer hielt er die Lider halb geschlossen. Wieder einmal hatte er einen Pfeil in ihre Richtung abgeschossen. Er zitterte eine Zeitlang in ihrem Herzen, dann nahm sie alle Kraft zusammen und riß ihn heraus. »Was also muß ich deiner Meinung nach tun?«

»Wie soll ich das denn wissen, ein Mann, der kaum mit Messer und Gabel umgehen kann?« Warum konnte er nicht sachlich bleiben? »Na, versuche beispielsweise mal allein zu leben, vielleicht ein halbes Jahr für den Anfang, ohne die Schulter eines Mannes in der Nähe, an der es sich immer so schön ausweinen läßt. Deiner Malerei tätest du damit bestimmt einen Gefallen.«
Was für ein grandioser Vorschlag! Wie maßgeschneidert für sie, die nichts so sehr fürchtete wie Einsamkeit. Hätte er beispielsweise vorgeschlagen: »Versuche doch mal mit mir zu leben, ein halbes Jahr für den Anfang...« – sie wäre nachdenklich geworden. Wie mußte die Frau beschaffen sein, die ihn länger als nur eine Woche zu fesseln vermochte? Wie sah seine Frau aus, und weshalb hatte er sie wirklich verlassen?
War sie vielleicht ein Typ wie dieses amerikanische Mädchen da mit dem dunklen Haar, das ihm glänzend und lang über die Ohren fiel? Wie andere ein Abendkleid, so präsentierte es sein T-shirt und die am Oberschenkelansatz abgeschnittenen und ausgefransten Jeans. Ein sexy girl, diese Daisy oder Jeannie oder Deborah oder Mary-Ann. Unter ihrem abenteuerlichen Aufzug mußte sie nackt sein. Lässig blinzelte sie in die Sonne, schlug mit den Füßen das Wasser. Dann schien sie dieser passiven Pose müde zu sein, denn sie richtete sich auf, holte tief Atem und setzte zu einem Kopfsprung an. Alle Männer der Umgebung ließen die Bücher, die Gläser, die Zeitungen sinken. Kolja äugte wie ein hungriger Fischadler über die glitzernde Fläche des Pools. Dreimal durchkraulte das Mädchen das Becken, ehe es sich tropfend und prustend die Leiter hinauf-

zog. Kein Bikini hätte verführerischer wirken können als der eng an den Körper geklatschte Stoff, kein Striptease aufreizender. Eine heftige Kopfbewegung, daß die Ohrreifen Alarm klingelten, ein paar ordnende Bewegungen mit den Fingern – und das Haar teilte sich artig in zwei feuchte Hälften. Ein Neger eilte herbei, bot Daisy oder Jeannie oder Deborah oder Mary-Ann eine Zigarette an. Sie nickte hoheitsvoll. Was für eine Königin!

Die Spannung am Swimming-pool, umflossen von einem Himmel wie verblichene Duchesse, zersprang erst, als Daisy oder Jeannie oder Deborah oder Mary-Ann in der Western-Bar verschwunden war. Nun wagte sich erst Caroline – von soviel amerikanischem Sex-appeal ziemlich eingeschüchtert – ins Wasser. Vielleicht auch eine Möglichkeit, diese lästigen Liebeskäfer loszuwerden. Mindestens hundert Pärchen hatte sie inzwischen totgeschlagen, davon ungerührt ließen sich die nächsten krabbelnd und zappelnd auf Armen, Beinen, Bauch oder Rücken nieder. Der Juckreiz, den sie dabei hervorriefen, war mehr lästig als lustvoll, mehr peinigend als prickelnd.

Langsam schwamm sie ein paar Runden, lockte Kolja in ihre Nähe, der schwerfällig wie ein Seehund paddelte. Dann aber packte sie der Ehrgeiz und sie kraulte davon. Nach zwei, drei Bahnen hatte sie ihre Spitzengeschwindigkeit erreicht, durchglitt wie ein braunsilberner Fisch das perlende Wasser, konnte nicht genug davon bekommen, eilte weiter.

»Ha!« Das war anstrengend gewesen, trotzdem spürte sie keine Müdigkeit. Ein Beweis dafür, daß sie sich noch immer auf dem Höhepunkt ihrer körperlichen Kraft befand, jeden Muskel wie eine Zwanzigjährige beherrschte. Schade, daß Daisy oder Jeannie oder Deborah oder Mary-Ann sie nicht sehen konnte. Und wo war Kolja, dieser nicht gerade sehr schwimmtüchtige griechische Fischerjunge, abgeblieben? Da saß er auf seinem Handtuch und schien die Wassertropfen auf ihrem Busenansatz zu zählen.

»Du bist schön, meine Freundin«, kommentierte er sachlich wie das Mitglied einer Schönheitsjury. »Wirklich, ziemlich schön. Irgendwann mußt du mir noch einmal Modell sitzen. Aber paß auf, daß deine Beine nicht so sehnig wie die eines Langstreckenläufers werden.«

Das sagte er – trotz griechischer Abstammung bei Zeus kein Apoll mit diesem unverzeihlichen Bauchansatz. Leider fiel ihr nicht gleich die entsprechende Bemerkung ein. So begnügte sie sich mit einem gemurmelten »Als nächsten Liebhaber nehme ich mir zur Abwechslung mal einen Gentleman«, fuhr ihm aber gleich darauf zärtlich über die Nasenspitze, um nur ja keine Mißstimmung aufkommen zu lassen.

Am Abend fand ein Barbecue statt – natürlich in dunkelblauen Jeans und karierten Hemden (hatten die Leute noch immer nichts dazugelernt?). Unter ein paar Bäumen grillten Cowboys mit dem Colt am Gürtel Steaks von der Größe einer mittleren Bratpfanne. Dazu gab es gebackene Bohnen, Kartoffeln in Silberfolie, Rotwein und Kaffee. Caroline konnte sich nicht erinnern, jemals so gut gegessen zu haben. Nur der Kuchen zum Nachtisch schmeckte zu cremig und zu süß.

»Wer kocht denn inzwischen für Ihren Mann?« erkundigte sich Trude (in frischgebügelter Bluse und ebensolchen Jeans). Gegen diese Frage war im Grunde nichts einzuwenden – Caroline zögerte trotzdem, sie in Koljas Gegenwart zu beantworten. Schließlich zuckte sie dann mit den Achseln und murmelte etwas von Schwestern und einer Mutter, die sich schon um Roman kümmern würden. Kolja aß schweigend sein Steak.

Trude ließ nicht locker. Sie war das Paradebeispiel einer Familienmutter und glaubte wohl, die einsame Freundin ein bißchen trösten zu müssen. So wollte sie wissen, wie Caroline die Hemden ihres Mannes stärkte, wann sie sich kennengelernt hatten, wohin sie zum Wintersport fuhren, wie seine Einstellung zu Kindern war. Vergeblich versuchte Caroline das Gespräch in eine andere Richtung zu lenken. Langsam sah es so aus, als wenn sie das Thema Roman mit Absicht vermied. Das war natürlich Unsinn. Zwei Gläser mit Rotwein – und sie hatte ihre Hemmungen abgelegt. Die Luft zitterte nur so von liebevoll hervorgestoßenen Worten wie »Bingo«, »unsere Wohnung«, »meine Ehe«, »die Fürsorge meines Mannes«. Caroline war jetzt dermaßen in Fahrt, daß sie sich abschließend noch zu der Bemerkung hinreißen ließ: »Bin ich vielleicht froh, wenn ich wieder zu Hause bin.«

Als sie den Kopf hob, war Kolja verschwunden. Nach einem ganzen Köcher verzweifelter Blicke entdeckte sie ihn endlich neben den Cowboys, die ihm einen Colt in die Hand gedrückt hatten.

»Ich höre so gern von glücklichen Ehen.« War es Trude, die das sagte? Caroline nickte mit abwesendem Gesichtsausdruck, dann erhob sie sich unauffällig. Als niemand sie mehr sehen konnte, begann sie zu laufen. Schuß folgte auf Schuß – Kolja schien seinen ganzen Zorn in die nachtblaue Luft hinauszufeuern, ohne Rücksicht auf die anderen Männer, die auch gern einmal das Gewicht einer Waffe in ihrer Hand gespürt hätten. Besonders Herbert, heute gut ausgeschlafen, trat unruhig von einem Fuß auf den anderen.

»Hallo, Mister Cowboy.« Caroline zupfte den Schießwütigen vorsichtig am Ärmel. Er ließ sich nicht stören.

»Hallo, hallo, Mister Cowboy.« Sie ließ nicht locker. Was sollte sie mit einem falschen Stolz, wenn er nichts brachte als einsame Nächte?

Die Antwort war ein besonders wütender Schuß – Gott sei Dank der letzte. Während Herbert ihm den Colt aus der Hand nahm, murmelte Kolja zwischen zusammengebissenen Zähnen: »Ist das Thema ›glückliches Heim‹ für diesen Abend beendet?«

Da mußte Caroline lachen und – oh Wunder! – er lachte auch. Schließlich legte er sogar den Arm um ihre Schultern und führte sie an den Tisch mit ihren Freunden zurück. Dort drückte er sie auf einen Stuhl, stellte sich hinter sie und verkündete laut, während er einem nach dem anderen fest in die Augen blickte: »Heute bin ich ein glücklicher Mann.«

Sie wußten nicht so recht, was sie mit diesem Geständnis anfangen sollten, brachten es auch nicht unbedingt mit Caroline in Zusammenhang. Dieser war im Augenblick alles egal, Hauptsache – Kolja blieb an ihrer Seite.

Deshalb äußerte sie sich auch nicht weiter, als Trude kurz zu ihr meinte: »Ein schwieriger Mensch, dieser Kolja, sehr künstlerisch, aber irgendwie mit sich selbst nicht im Reinen.«

Später wurde ein Feuer angezündet, und ein paar Neger spielten auf ihren Banjos. Natürlich stellte dieser ganze Abend eine typische Touristenattraktion dar, trotzdem wurde Carolines Sentimentalität kräftig angesprochen, und sie fühlte sich wie Lady Lilly, als sie Hand in Hand mit (Rancher?) Kolja zwischen den Stallungen spazieren ging. In ziemlich regelmäßigen Abständen küßte er sie, während immer mehr Sterne sich in den königsblauen Samt der Nacht vergruben. Ihr Herz klopfte stark. War ihr Liebhaber oder waren die drei Becher mit Kaffee daran schuld?

»Du bist eine richtige rothaarige Katze.« Er zupfte an ihrem Haar herum. »Eine Katze auf einer Pralinenschachtel. Bevorzugst du deshalb bei deiner Malerei immer diese süßlichen Farben?«

»Sie sind nicht süßlich«, verteidigte Caroline ihre Kunst. »Eher . . . nun, individuell.«

»Individuell?« Er schien sich zu amüsieren. »Dann müßtest du aber nach kräftigen Tönen greifen, Purpur vielleicht, das entspricht mehr deinem Temperament.«

»Ich habe eine zarte Seele.« Mußte man denn alles beim Namen nennen?

»Dafür sind deine Sinne um so kräftiger entwickelt.« Während er den Kopf in den Nacken legte, als gelte es die Sterne zu zählen, stellte er wie nebenbei die Frage: »Bleibst du heute die ganze Nacht bei mir?«

Gewiß, sie hatte das Gefühl, an ihm etwas gutmachen

zu müssen, trotzdem schreckte sie vor einer Zusage zurück. War es nicht Kolja, der sich geradezu ein Vergnügen daraus machte, den unverbindlichen Status ihres Verhältnisses zu betonen? Ein Abenteuer – nicht mehr. »Es geht nicht, wirklich.« Er sagte nichts, rückte aber merklich von ihr ab. Das tat weh . . . Vielleicht drängte er nicht stark genug. Wäre er vor ihr auf die Knie gefallen, hätte ihr sein Herz auf den ausgebreiteten Händen dargeboten – wer weiß. Irgendwann hätte sie dann wohl einmal nachgegeben, war ihr anfänglicher Widerstand gegen seine Begierde ja auch ziemlich rasch in sich zusammengebrochen. Von Frauen verstand dieser Kolja rein gar nichts.

»Wo sind die Liebeskäfer hingekommen?« unterbrach sie das Schweigen. »Ruhen sie sich wenigstens nachts vor ihrem ständigen ›faire l'amour‹ aus?«

»Wird wohl so sein.« Er öffnete eine Pferdebox und steckte den Kopf hinein. »Eigentlich eine gute Idee. Ich werde mich ihnen anschließen. Any comment, my darling?«

Ihre Augen brannten vor Enttäuschung, doch zwang sie sich, nicht die winzigste Andeutung von Schmerz zu zeigen. Also zuckte sie die Achseln und summte vor sich hin, und er klatschte in die Hände und summte ebenfalls vor sich hin. So schlenderten sie, weder glücklich noch gerade unglücklich, durch die wie für die Liebe geschaffene Nacht.

Für den nächsten Tag war Disney-time angesetzt. Schließlich befanden sie sich ganz in der Nähe von Orlando, wo Mickymaus regierte. Carolines Einstellung zu dieser amerikanischen Institution war eine recht zwiespältige. Auf der einen Seite bewunderte sie die meisterhaft gezeichneten Comic-strips und Trickfilme, andererseits fühlte sie sich einfach zu erwachsen für eine derart bunte, kitschige Welt. Herbert versuchte ihre Zweifel zu zerstreuen. Um Kolja für seine Gefühllosigkeit zu bestrafen, hatte sie neben dem Graukopf im Auto Platz genommen. Es war ein gemieteter Chevrolet – das komfortabelste Fahrzeug, das Caroline jemals bestiegen hatte. Man saß auf einer Art drehbarem Cocktailsessel, bestellte Musik nach Wahl durch einen Kopfhörer oder drückte, wenn einem die Laune danach stand, einen der Knöpfe des Fernsehers.

»Laß dich von dieser Wunderwelt überraschen.« Herbert legte einen belehrenden Finger auf ihre Knie. »Die Amerikaner mögen in mancherlei Beziehung kindisch sein, was sie jedoch dann daraus machen, das geschieht mit Perfektion. Ein paar Erdnüsse gefällig? Wenn auch nicht gerade gesund wegen des vielen Salzes.«

Kolja verhielt sich inzwischen schweigsam. Heute ganz in Weiß gekleidet, ähnelte er einem dieser argentinischen Tennisstars. Unentwegt machte er sich an seiner Kamera zu schaffen. Bis auf ein mürrisches »Guten Morgen« hatte er Caroline keinerlei Beachtung geschenkt. Na, wenn schon? Sie wollte ihm mit Bravour beweisen, daß auch sie ihren eigenen Kopf besaß. Wenn er auf Kühle beharrte, bitte sehr . . .

»Hello, here is Ed, your guide to Disneyworld.« Eine unsichtbare, sehr liebenswürdige Stimme durchsäuselte den Wagen. Alle – bis auf Kolja – lachten. Es herrschte erwartungsvolle Stimmung wie vor einer Weihnachtsbescherung.

Ed wurde von Butch abgelöst, und dann kam Jerry, der ein bißchen heiser war, sie jedoch mit zuverlässiger Geisterhand in die letzte Lücke eines gigantischen Parkplatzes dirigierte. Das Abenteuer konnte beginnen. Unter der Führung von Columbo wechselten sie in die Einschienenbahn über und rasten unter einem geradezu unverschämt blauen Himmel dem Land der tausend Überraschungen entgegen.

Überraschung Numero eins betraf Caroline ganz allein. Kolja war weg. Wieder einmal. Eigentlich hätte sie sich an diese seine absonderliche Neigung – vielleicht auf einen kräftigen Schuß Zigeunerblut zurückzuführen – längst gewöhnt haben müssen, trotzdem verdarb ihr die Entdeckung seiner plötzlichen Abwesenheit einigermaßen gründlich die Laune. Kein Wunder bei der Vielzahl bildhübscher Mädchen, die in Trägerhemden und Minishorts wie Libellen in der Gegend herumschwirrten. Mühsam versuchte sie sich an Herberts Seite bei den »pirates of the Caribbean Sea« abzulenken. Totenkopfflagge, goldene Schätze auf dem Meeresgrund, gröhlende Freibeuter, flüchtende Kreolinnen – alles schön und gut –, wo aber trieb sich Kolja herum. Und vor allem: mit wem?

»Fliegst du mit uns auf den Mars?« fragte Columbo und zerkrümelte Zigarettenasche über sein Hemd. Caroline signalisierte müde Zustimmung. Trotz wundem Herzen – irgendwie mußte der Tag ja überstanden werden. Und wann kam sie schon so schnell wieder nach Disneyworld?

Sie passierten eine Flughalle mit Blick in das Kontrollzentrum, wo der Wissenschaftler Mr. Morrow (ein Typ wie Herbert, doch aus Kunststoff) einer Hostess (fast so hübsch wie Martha und aus Fleisch und Blut) zu dem großen Flug ins All Rede und Antwort stand. Lämpchen leuchteten auf, Signale schrillten, Lautsprecherankündigungen erfüllten den Raum. Die Illusion war perfekt, so perfekt sogar, daß Carolines Schmerz hinter einer gewissen kindlichen Spannung verblaßte, als sie gemeinsam mit ihrer Gruppe endlich das Raumschiff betrat.

Der Kommandant gab das Zeichen zum Start. Es wurde dunkel. Ein paar Kinder begannen aus Angst laut zu schreien, am lautesten ein kleines Mädchen, an dessen schwarzen Rattenschwänzen maisgelbe Schmetterlinge schaukelten.

Das fing ja gut an. »Verwöhntes Balg«, murmelte Caroline – allerdings anderer Gründe wegen gereizt – vor sich hin. »Könnten denn da nicht die Eltern eingreifen?«

»Nein«, meinte eine Stimme mit ausländischem Akzent, und eine schwarzbehaarte Hand mit weißer Pullovermanschette streichelte behutsam die Schulter der Kleinen. »Wenn meine Tochter Nadja Angst hat, schreit sie eben. Die beste Methode, um sich vor späteren Depressionen zu schützen.« Und besagte Nadja riß die viel zu dichtbewimperten Augen Koljas auf und zeigte voller Stolz, was alles an Kraft in ihrer Stimme steckte.

Nadja – Kolja. Tochter – Vater. Eine nicht gerade alltägliche Eröffnung. Trotzdem – irgendwie hatte sich Caroline bei diesem Mann das Staunen abgewöhnt. Vielleicht entpuppte sich Martha noch als die getrennt lebende Ehefrau und Herbert ... nun, warum nicht als Onkel zweiten oder dritten Grades? Von Anfang an hatte es Kolja ja abgelehnt, sich von seiner Geliebten in die Karten sehen zu lassen. Mit der dürftigen Begründung, sie solle nicht so spießbürgerlich neugierig sein. Also gut, seine Tochter.

»Hi!« Das Lächeln galt Nadja. »Ich bin Caroline und fürchte mich auch ein bißchen vor dem Flug.«

Das schien die richtige Antwort zu sein – zumindest verstummte die Kleine. Nun begannen sich die Sitze in Bewegung zu setzen, vibrierten wie ein Massagebett, dabei bat eine Stimme, sich von nun an sorgfältig anzuschnallen. Caroline griff nach der kleinen Hand neben ihr, die feucht war vor Erregung und so weich, daß Caroline sie am liebsten wie einen Hefeteig geknetet hätte.

Kolja als Vater – was für eine Belastung für die Zukunft! Viel schlimmer noch als der Schock, mit der Erinnerung an einen Kolja als Liebhaber leben zu müssen.

Bei Tageslicht besehen war Nadja ein niedliches, wenn auch ungewöhnlich kräftiges Kind. (Zeigte sich nicht bereits ein leichter Ansatz zum Busen?) Zwischen den Schneidezähnen klaffte eine Lücke, die allerdings mehr reizvoll als entstellend wirkte. Auch der Silberblick reihte sie außerhalb des üblichen Schönheitsideals ein. Zehn Jahre noch – und die Tochter hatte die Anziehungskraft des Vaters mühelos überrundet.

»Darf ich jetzt einen ›moon-sandwich‹ haben?« löcherte sie Kolja und streckte die Hand nach einem Dollar aus.

»Darf ich Goofy durch die Stadt begleiten?« quengelte sie und zog den Hund an seinem Rock.

»Darf ich dann den ›space mountain‹ fahren?« Wie ein kleiner Affe schaukelte sie zwischen Carolines und Koljas Armen, den Mund mit Eiscreme und Ketch-up verschmiert.

»Darfst du, mein Schatz. Und wir beiden fahren mit dir.« Kolja war es, der derart milde Worte fand. Obwohl sich Caroline an Columbos Schilderung von dieser schrecklichsten aller Achterbahnen erinnerte, wagte sie keinen Widerspruch. Wenn Kolja wüßte, wie sie sich kürzlich erst auf dem Empire State Building aufgeführt hatte ...

»Endlich wieder allein.« Fest umschlang Kolja sie mit seinen starken Armen, als sie beide in einem Wägelchen Platz genommen hatten. Nadja flirtete hinter ihnen mit einem gleichaltrigen Indianerjungen. »Und dazu noch so eng beieinander. Wo, zum Teufel, hast du dich die ganze Zeit über herumgetrieben?«

Jede Antwort wäre zwecklos gewesen. Also schloß Caroline die Augen und versuchte sich ganz ihrem Wohlgefühl hinzugeben. Wollte er heute nacht wieder frühzeitig und wieder allein sein Bett aufsuchen? Nur wenige Tage noch, dann drohte der Rückflug. Bis dahin aber sollte man die Zeit nützen, jede Komplikation vermeiden, sich ganz seinen Gefühlen – den viel zu großen, viel zu unübersichtlichen – hingeben ...

Langsam, fast gemächlich ratterte der Wagen bergaufwärts. Im Grunde eine äußerst harmlose Angelegenheit – Nadja beispielsweise gähnte und fragte ihren Daddy, ob sie auf der Stelle einschlafen solle. Er zuckte mit den Achseln und versteckte seine Nase in dem Nacken von Caroline.

Fast wollte diese die Vorwarnungen Columbos verfluchen, da wurde es stockdunkel: der Weltenraum hatte seinen schwarzen Schlund geöffnet.

»Hoppla«, dachte Caroline und versuchte sich ein wenig gerader aufzusetzen. Sie kam nicht mehr dazu – die Höllenfahrt begann. In wahrhaft teuflischer Geschwindigkeit wurde der Wagen durch die Luft geschleudert, stand auf dem Kopf, kippte zur Seite, raste mit so unvorstellbaren Schwingungen in so unvorstellbare Tiefen, daß Caroline das Gesicht in den Armen versteckte. Niemals kam sie hier wieder lebend heraus, niemals!

»Ich sterbe, ich weiß es, ich kann nicht mehr. Kolja, hilf mir, bitte, Kolja!« japste sie, von Panik geschüttelt. Um sie herum blinkten bläuliche Sterne, glitt ab und zu ein Komet in Richtung Erde hinab. Und immer noch war diese satanische Rallye nicht zu Ende. Gerade richtete sie sich darauf ein, in den Armen ihres Liebhabers den Geist aufzugeben, da hielt der Wagen und ein dunkelhäutiger Liliom reichte ihr seine rettende Hand.

»Daddy, Daddy, ich will noch einmal«, bettelte Nadja, die bereits wieder Schokolade aß. Kolja lachte und wies auf Caroline, in deren Gesicht es grünlich schimmerte. Wie ein Spuk tanzte die ganze Minimärchenwelt vor ihren Augen herum.

»Gut, mein Liebling, nimm dir die Tante aber als Begleitung mit.«

»Ich? Nie wieder! Nie wieder, hörst du? Hätte ich nur auf Columbo gehört.« Erschöpft ließ sie sich auf eine Bank fallen.

Kolja schien sich über ihren Zustand prächtig zu amüsieren. Dann aber wurde er auf einmal ernst, beugte sich über sie und klemmte ihre Knie zwischen die seinen ein. Das tat erstens weh und wirkte zweitens obszön, doch war sie zu kraftlos, um dagegen aufzubegehren.

»Einmal hast du meinen Namen gerufen, Caroline.« Ein Anflug von Leidenschaft verdüsterte seinen ohnehin reichlich sündhaften Blick. »Meinen, hast du verstanden? Nicht den deines Mannes. Was das wohl bedeuten mag . . .«

»Darauf brauchst du nicht stolz zu sein.« Sie winkte müde ab. »Das war ein Alptraum, kein Liebestraum oder Ähnliches. Außerdem kann ich mich an nichts mehr erinnern. Und was habt ihr mir jetzt als nächste Horrorvorstellung zu bieten?«

Kolja wandte sich an Nadja. Und Nadja wollte eine Kappe mit Mickymausohren. In Giftgrün für sich selbst und in Silber für Caroline.

»Soll ich mich vielleicht lächerlich machen?« versuchte diese abzuwehren, doch Nadja hatte bereits ihren Willen durchgesetzt. Kein Wunder – bei diesem Vater. Eislutschend zogen sie durch das »magic kingdom«. Im Schatten des Dornröschenschlosses bestand Kolja darauf, die beiden Mickymäuse zu fotografieren. Wozu hatte er schließlich eine Kamera dabei?

»Dann hat Nadja ein Souvenir für ihre Mama und du –« er wandte sich an die silbernen Ohren, »– ja, du eines für deinen Mann. Schließlich wird es ihn ja interessieren, mit wem du dich hier in Amerika herumgetrieben hast.«

»Ich danke für die Fürsorge«, flüsterte Caroline und

stellte sich mit Nadja an der Seite in Positur. Als Kolja später zurückblieb, um Zigaretten zu besorgen, wagte sie den Versuch, das Kind ein bißchen über seine privaten Verhältnisse auszufragen. Hoffentlich hatte es nicht die Angewohnheit, alles seinem Vater zu erzählen. Diese Gefahr mußte eben in Kauf genommen werden.

»Wo wohnst du denn?« begann sie vorsichtig zu fragen.

»Warum?« Nadja schielte nach einem Stand mit Zukkerwatte.

»Naja, weil . . . weil du so gut Englisch sprichst.« Nun brachte dieses schreckliche Gör die gewiß nicht auf den Mund gefallene Caroline sogar noch in Verlegenheit.

»Das kann man in allen Ländern der Welt lernen, wenn man will«, wurde sie altklug belehrt. »Aber jetzt wirst du von meinem amerikanischen Akzent anfangen, und so verrate ich dir gleich, daß ich aus Tampa komme. Das liegt auch in Florida. Dort wohne ich mit meiner Mama und einem Freund.«

»Von dir?« entfuhr es Caroline. In dieser Familie war alles möglich.

»Nein, von Mama. Sie werden nicht heiraten, ich bin dagegen. Und du bist also Daddys Freundin. Thank you, sir.« Sie machte einen artigen Knicks vor einem weißhaarigen Herrn, der eben sein Portemonnaie wieder in die Tasche steckte. Da hatte es dieses kleine Luder doch fertiggebracht, einem Fremden durch ein paar halb flehende, halb kokette Blicke einen Ballen Zukkerwatte abzubetteln. Wenn Caroline da so an Romans Nichten dachte. Sie hätten mit Sicherheit nichts als eine Ohrfeige geerntet.

»Bekannte, mein Kind, oder sagen wir – Kollegin.« Ob

diese betont gleichgültig vorgetragene Erklärung Nadja hinters Licht führen konnte?

»Daddy hat keine Bekannten und keine Kolleginnen.« Wie ein kleiner Kobold sprang sie von einem Bein auf das andere. »Nur richtige Freundinnen, ich habe sie fast alle kennengelernt. Aber so alt wie Sie war bisher keine.«

Im Grunde keine überwältigende Offenbarung – trotzdem hätte Caroline die Mickymausohren am liebsten auf die Erde geworfen und wäre darauf herumgetrampelt. Welchen demütigenden Situationen setzte sie sich eigentlich noch aus?!

»Aber ziemlich hübsch sind Sie trotzdem«, tröstete das Kind und biß mit geschlossenen Augen in sein Wattegespinst.

»Nicht hübsch, Schäfchen, für mich ist sie schön.« Das war Kolja, in zartgrauen Zigarettendunst gehüllt, und mehr denn je die Kopie eines südamerikanischen Tennisprofis. »Man müßte sie auf einen Schimmel setzen, die trotzige kleine Nase zu den Wolken hinauf gereckt, die Lippen wie beim Liebesschrei geöffnet – das gäbe ein Bild. Ich hätte direkt Lust, es zu malen.«

»Warum tust du es nicht?« versuchte Caroline den Ball seiner überraschenden Liebenswürdigkeit zurückzuwerfen.

»Warum, warum? Weil du Kochrezepte austauschen und bei einem Laden wie Tiffany's oder wie er heißt einkaufen möchtest und weil du dir selbst gegenüber unaufrichtig bist und dich damit brüstest, treu zu sein, obwohl du vor Hitze fast vergehst. Und weil du dich gar nicht ändern willst und jeden auslachst, der dir dabei helfen will, und weil . . . Ach, Unsinn, wechseln wir das Thema.« Fast wütend trat er seine Zigarette aus.

»Ich lache niemanden aus«, sagte Caroline leise. »Weshalb nur bist du so ungerecht?« Sie versuchte seinen Arm zu berühren.

»Bin ich ungerecht, mein Täubchen? Ich, ausgerechnet ich? Jetzt bist du es aber, die mir falsche Vorwürfe macht. Dabei habe ich mir gerade eine Überraschung für euch beide ausgedacht. Ja, auch für dich, Caroline. Seht mal her.«

Es waren die vorhin aufgenommenen Bilder. In Windeseile hatte er den Film in dem märchenköniglichen Fotogeschäft entwickeln und ein paar Abzüge anfertigen lassen, sogar der Stempel »magic kingdom« fehlte nicht.

Nachdem Nadja jedes Bild mit ein paar klebrigen Fingerabdrücken versehen hatte, teilte sie den kleinen Stoß genau durch drei und überreichte Caroline höflich ihren Anteil. Diese warf einen flüchtigen Blick darauf. »Danke«, sagte sie dann und verstaute die Fotos in ihrer Tasche. »Durch die Brille der Liebe hast du mich ja beim Abdrücken nicht gerade gesehen, trotzdem besten Dank. Und jetzt, meine Lieben, jetzt gehen wir flippern. Schade, daß man sich hier auf Spielmarken beschränken muß und nicht das ganz große Geld machen kann.«

»Kommst du mit nach Las Vegas?« flüsterte ihr Kolja beim Weitergehen ins Ohr. »Statt diesem langweiligen Miami? Wir nehmen das Flugzeug, einen Tag hin, den nächsten zurück.«

Solche Pläne hatte man Caroline niemals vorgelegt. Sie

war gewöhnt, zu rechnen und zu planen, alles im Hinblick darauf, was vernünftig war und auch nicht zu kostspielig. Außerdem rief Roman vielleicht an, machte sich seine Gedanken . . .

»Mein Mann . . .« begann sie zögernd. Der Vorschlag kam einfach zu schnell.

»Schon gut, schon gut, ich weiß Bescheid.« Die Sache war für Kolja erledigt. Er war nicht einmal beleidigt, nein, nahm seine Tochter auf den Arm und schwenkte sie wie wild im Kreis herum.

»Wer ist der allerbeste Daddy?«

»Du, du, du.« Nadja ließ die Augen funkeln. Die Kappe mit den Ohren lag bereits am Boden.

»Und wer ist das allerbeste kleine Mädchen?«

»Ich, ich, ich.« Beide brachen sie erschöpft zusammen, stopften sich den Mund voll mit Bonbons, konnten sich nicht mehr halten vor Lachen. Caroline schien für sie nicht mehr zu existieren.

In der Nacht aber überschüttete Kolja sie mit soviel Zärtlichkeit, daß sie einen Moment lang glaubte, jetzt liebe er sie wirklich.

6

Weshalb nur verlor Mücke nicht ein einziges böses Wort über Caroline? Wäre die Situation umgekehrt gewesen – oh, die energische Amazone hätte nicht mit Giftpfeilen gespart, süßsaure Bemerkungen verstreut (»Wie alt warst du eigentlich, als es deiner Frau gelang, dich einzufangen?« oder »Amerika ist weit und die Amerikaner sollen ausnehmend verführerisch sein«) oder aber die Konkurrentin beharrlich totgeschwiegen. Mücke aber tat, als sei Caroline eine gemeinsame Freundin, der sie beide ein besonders herzliches Gefühl entgegenbrachten. Wäre sie nur nicht ein solcher Engel – Roman hätte sich wohler gefühlt.

Dabei ging es ihm gut, so gut wie seit vielen Jahren nicht mehr: er war über beide Ohren verliebt. Das Gefühl hatte ihn überrumpelt, von seiner Seele, seinem Herzen, seinem Körper Besitz ergriffen, ohne daß er auch nur einmal versuchsweise »Stop!« sagen konnte. Jetzt saß er in der Falle, glücklich zwar, doch ohne Ahnung, wie er sich daraus jemals wieder befreien sollte. Da war Caroline, seine Caroline, die Süße, die Zornige, die Gutherzige, die Ungeduldige. Wenn er an sie dachte – und das kam sehr häufig vor –, wurde er fast böse auf sie. Ihre Veränderung in der letzten Zeit, ihr Ziel, die Jahre besser nützen, das eigene Talent voll ausschöpfen zu müssen, waren schuld daran, daß er jetzt dabei war, ihre Ehe in Gefahr zu bringen. So oft er sich auch vorsagte, daß sie andererseits eben durch ihren Fleiß mehr als die Hälfte zu ihrem gemeinsamen Lebensunterhalt beitrug (von der Amerikareise ganz zu schweigen), so oft er sich ihre Arbeitswut, Zuverlässigkeit und Härte gegen sich selbst ins Gedächtnis zurückrief – die neue Liebe konnte er sich nicht aus dem Herzen reißen. Das Beste war wohl, im Moment alle lästigen Gedanken von sich zu schieben, seinen Gefühlen nachzugeben und die Augen vor den möglicherweise drohenden Konsequenzen zu verschließen. Und Mücke? Na, sie war ein durch und durch unkompliziertes Wesen, ein Schmetterling, nichtsahnend durch den Duft des Sommers schaukelnd. Weshalb viel Aufwand, wenn es auch auf die bequeme Art ging? Für einen Mann wie Roman ein Schatz von einer Frau. War Albrecht der gleichen Meinung? Mehrmals versuchte Roman die Sprache auf ihn zu bringen.

»Was willst du nur? Er ist ein guter Freund, wie man viele hat.« Mehr sagte sie nicht, und er begann nun erst recht zu grübeln. Was bedeutete ihr ein guter Freund? Wo endete eine solche Freundschaft? An der Haustür oder vor dem Bett ihres rosaroten Schlafzimmers? Seine Fingerspitzen kribbelten, wenn er sich vorstellte, daß sie einen anderen Mann umarmte. Dabei erlaubte es ihm seine eigene Situation bei Gott nicht, Fragen zu stellen. Mücke schien sich so gut wie keine Gedanken zu machen. Weder um sich noch um Caroline noch um ihn.

Jeden Abend verbrachten sie jetzt miteinander, mißtrauisch beäugt von Valentin, der nicht immer bei

Freunden unterzubringen war. Da er es nicht wagte, Roman gegenüber offene Feindschaft zu zeigen, verwickelte er ihn mehr und mehr in Schulprobleme. Auf einmal befaßte sich Roman wieder mit den Bodenschätzen Südafrikas, repetierte die zehn Heldentaten des Herkules, deklinierte unregelmäßige französische Verben. Valentin, den Arm um seine Mutter gelegt, lauerte auf jeden Fehler. Dicht und flaumig fielen ihm die Ponyfransen in die Stirn. Stets war er von Kopf bis Fuß modisch gekleidet wie ein kleiner Herr. Dann aber fuhr er mit der Klasse für vier Tage in ein Landschulheim, und Roman atmete auf. Wie Mücke dazu stand, erfuhr man nicht. Sie war wohl zwischen der Anhänglichkeit an ihren Sohn und der Verliebtheit zu ihrem neuen »Freund« (Roman sah sich als mehr an, viel mehr) ständig hin- und hergerissen.

Am Abend vor Valentins Abreisetag überraschte er Mücke mit einer Dose Feigen und einer Flasche Wodka. Das war eine Erinnerung an die Studentenzeit, als er mit seinem Freund Jürgen das Zimmer teilte und sie ihren gemeinsamen Hunger durch verrückte Drinks zu dämpfen versuchten. Entweder Nikolaschka oder eben diese grünen Feigen. Ihr Saft schmeckte süffig, viel süffiger aber noch, wenn man ihn mit Wodka streckte.

Viel Spaß, viel Genuß, viel Reue – letzteres am nächsten Tag. So war es damals gewesen. Später hatte er sich das Trinken ganz abgewöhnt – er hatte ja eine Frau, die das für ihn erledigte. Heute wollte er wieder einmal unvernünftig sein.

Sie trug das Haar offen und frisch gelockt. Wenn sie

lachte, schimmerte hinten rechts ein bißchen Gold. In ihren Ohren steckten diesmal rosa Muscheln.

»Was gibt denn das?« fragte sie neugierig und schenkte ihm Suppe ein. »Willst du mich umbringen?«

»Nicht dich und nicht mich, denn wir brauchen uns noch.« In den letzten Tagen hatte er das Flirten gelernt, Caroline würde sich über seine lockeren Reden wundern. »Aber laß dir Zeit, wir mixen uns beides erst für das Dessert zusammen.«

Nach der Suppe gab es eine Piccata, und dann läutete das Telefon. Vielleicht Valentin, der seine gute Ankunft meldete?

Nein, sie sprach nicht in mütterlichem Tonfall, sondern lehnte sich zurück, senkte die Stimme und gurrte wie eine Taube.

»Albrecht«, sagte er, als sie zu Ende war, und sie nickte ohne eine Spur von Verlegenheit.

»Ich hatte vergessen, daß wir seit langem für heute abend verabredet sind.«

Da sie sein betroffenes Gesicht sah, fügte sie eilig hinzu: »Roman, ich kannte dich damals noch gar nicht.«

Schluß. Aus. Ein verpatzter Abend. Trübe schwammen die Feigen in ihrem eigenen Saft herum. Am liebsten hätte Roman die Wodkaflasche an die Lippen gesetzt und sich sinnlos betrunken. Sollte er jetzt wie ein abgewiesener Liebhaber nach Hause ziehen?

Mücke wußte Rat. Liebevollen Rat, wie immer.

»Komm, jetzt sei nicht fad.« Sie strich ihm die scharfen Falten von der Stirn. »Das ändert doch gar nichts zwischen uns. Wir essen unseren Nachtisch und werden recht lustig, und dann gehen wir gemeinsam mit Al-

brecht zu ›Rudolfo‹. Warst du schon einmal da?«
»Ist das nicht ein Treffpunkt für Homosexuelle?« Caroline hatte ihm davon erzählt, natürlich, irgendeiner ihrer Künstlerfreunde hatte sie in dieses Samtkabinett verschleppt.

»Klar, Albrecht fühlt sich ein wenig dahingezogen.« Sie lachte, und er lachte, denn damit hatte sich ja das Problem gelöst. »Alles in Ordnung?«

»Alles in Ordnung.« Und er durchtränkte die Feigen mit Wodka. Dazu aßen sie Biskuits und küßten sich immer wieder zwischendurch, bis alle vier Lippen brannten (vom Küssen und vom Wodka).

»Ich bin aber ziemlich bürgerlich angezogen«, meinte Roman, als sich Mücke später einen goldenen Spitzenschal um die Schultern schlang. »Mit Strickkrawatte und Weste.«

»Dann kommt wenigstens Albrecht zur Geltung. Vergiß bitte nicht, sein Parfum zu erwähnen. Er wechselt es öfter als eine Hollywooddiva.«

Das gleiche schien auf seine Haarfarbe zuzutreffen, denn Roman erinnerte sich an einen mittelblonden, gewellten Schopf. Diesmal aber war das blasse Gesicht von einem rötlichen Gelock umkraust, die graugrüne Augenfarbe durch Lidschattenpuder vertieft.

»Ein Antityp«, konstatierte Roman für sich selbst. Mücke mußte anderer Meinung sein. Bereitwillig ließ sie sich auf beide Wangen küssen und löste sich nicht einmal von Albrecht, als sie ihm Roman vorstellte.

Kein Zeichen von Enttäuschung oder gar Eifersucht – zumindest schien dieser eigenartige junge Mann ein Gentleman zu sein. Gott sei dank sah er bei Roman von einem Kuß ab und entschuldigte sich, daß er vorausging, um den Weg zu weisen. Anscheinend war er Stammgast in diesem Lokal.

Was angenehm auffiel, war die gedämpfte Lautstärke der Musik. Man spielte ein klassisches Violinkonzert, das an Mozartzöpfe und Kristallüster und silberne Rosen erinnerte und sich jedes laute Wort verbat.

»Warum ist das in Diskotheken nicht möglich?« flüsterte Roman Mücke ins Ohr. »Vielleicht kämen dann die jungen Leute auf weniger dumme Gedanken.«

»Vielleicht. Aber wünschst du dir einen Sohn wie diesen da?« Sie wies auf einen Orientalen, der, ganz in Rosa gekleidet, Wange an Wange mit einem Athletentyp tanzte. Normalerweise hätte sich Roman abgestoßen gefühlt, heute aber, durch den Einfluß von Wodka und Mücke, war er neugierig auf die jahrmarktsbunte Bühne dieser Art von Leben.

»Ist der Ecktisch recht so?« Albrecht spielte den vollendeten Gastgeber. Wenn man sich seine bizarre Frisur wegdachte, war sein Gesicht von zartmodellierter Schönheit, besonders edel die Linie zwischen Nase und Kinn. Roman kam sich recht durchschnittlich ihm gegenüber vor, der gleichen Ansicht schien der Kellner zu sein, der ihn nicht eines Blickes würdigte.

»Champagner, aber den besten.« Und Albrecht nahm Mückes rundliche Hand in die seine und begann artig mit ihr zu flirten. Wo sie ihren kleinen Prinzen gelassen hätte und was mit dem gemeinsamen Weihnachtsurlaub in den Bergen sei, daß er ihre Krautfleckerl nicht vergessen könne und ob ihr schon einmal jemand gesagt hätte, daß sie von Tag zu Tag jünger aussähe.

»Ja, ich«, mischte Roman sich ein. Albrecht deutete eine Verbeugung an und flirtete weiter. Wenn man sich erst einmal an seinen Anblick gewöhnt hatte, war er ein amüsanter Gesellschafter. Seine Schilderung einer Party in der Wohnung eines Freundes, die mit mehreren Nervenzusammenbrüchen geendet hatte, bewies Witz und eine gute Beobachtungsgabe. Er genierte sich nicht, die Schwächen von Pedro und Mucki und wie sie alle hießen aufs Korn zu nehmen, und schloß mit der lächelnden Bemerkung: »Ja, das kommt davon, wenn man sich wie ich so gern mit Homos umgibt.«

Mücke kam aus dem Lachen nicht heraus. Sie trank Champagner, spielte mit den Muscheln in ihren Ohren und erfüllte den nur durch rote Lämpchen erhellten Raum mit ihrer Heiterkeit. Bei Roman war sie niemals so ausgelassen. Lag es daran, daß er, wie es Caroline gelegentlich vorsichtig formulierte, seinen inneren Mißmut der Welt gegenüber zu deutlich zur Schau stellte?

»Trink, Roman, der ist gut. Unser Wodka wird sich schon mit dem Schampus vertragen. Und wenn nicht, dann machen wir eben beide morgen blau.« Unter dem Tisch preßte Mücke ein Bein gegen sein Knie. Ja, weshalb eigentlich nicht? Er hatte ja Urlaub, Urlaub von der Ehe, und im Verlag wurde er von Mike bestens vertreten. Wenigstens nach Ansicht von Egon Varenius. Das zweite Problem, das auf ihm lastete. Erst wollte er einmal sein privates (Caroline contra Mücke) lösen, dann kam das berufliche (Roman contra Mike) an die Reihe.

Sein vierzigster Geburtstag näherte sich. Hatte er sich nicht immer wieder vorgenommen, bis dahin seine Zukunft geregelt zu wissen? Irgendwann verlor man auch mal die Lust, sich tollkühn von Abenteuer zu Abenteuer zu stürzen.

»Womit verdient dein Freund eigentlich sein Geld?« Roman nützte die Gelegenheit, da Albrecht hinter der Bar verschwunden war. »Ich meine, daß er sich so einfach Champagner leisten kann. Gibt es da jemanden, der für ihn zahlt?«

Sie musterte ihn erstaunt. »Niemals, das käme für Albrecht nicht in Frage. Er leitet ein Architektenbüro mit neun Angestellten, alles in ganz großem Stil, weißt du. Wenn man es ihm auch nicht ansieht – Albrecht ist sehr tüchtig.«

Sollte Roman diese letzte Bemerkung als Vorwurf auffassen? Immerhin hatte er sich im Laufe seiner Ehe daran gewöhnen müssen, die Liebe einer Frau mehr durch Geduld und Gutartigkeit als durch geschäftliche Erfolge zu erringen. Hatte Mücke seine Schwächen bereits durchschaut? Wohl kaum, wenn man ihren freundlichen blauen Augen glauben wollte.

»Und er interessiert sich nur für Männer?« Gott sei Dank unterhielt sich Albrecht noch immer mit dem Barkeeper.

»Hast du eine Ahnung! Erstens ist er bereits verheiratet gewesen, und zweitens müßtest du einmal all die Bilder mit Widmung sehen, die in seiner Wohnung herumstehen. Bildschöne Frauen, kann ich dir sagen. Nein, Albrecht fühlt sich zu beiden Geschlechtern hingezogen.« Das sagte sie so dahin, als ob es sich um die natürlichste Sache der Welt handelte. War es vielleicht auch, wenn er, Roman, sich endlich von seinen überholten Anstandsbegriffen trennen könnte. Leute wie Mike und Sepp Krause schluckten eine solche Bemerkung bestimmt, ohne mit der Wimper zu zucken, während Caroline ... Ja, wie stand sie eigentlich zur totalen moralischen Freiheit? Manchmal konnte sie überraschend prüde sein.

Bilder mit Widmung. Also war Mücke in seiner Wohnung gewesen. Zusammen mit anderen oder allein? Albrecht war ein Freund von ihr – das zumindest hatte sie oft genug betont. Wie weit diese Freundschaft ging, war im Augenblick nicht zu klären. Und Albrecht mit seinem verrückten Leben fand anscheinend nichts dabei, seinen Nebenbuhler zu Champagner und Geigenmusik einzuladen. Vielleicht tat er das öfters, beäugte Mückes neue Eroberungen, um hinterher nicht mit spitzfindigen Bemerkungen zu sparen. Wie sehr hatte sich ihre gemeinsame Freundin – im Gegensatz zu Caroline kein besonders starker Charakter – von ihm und seiner Meinung abhängig gemacht?

»Macht es euch etwas aus, wenn wir die Runde vergrößern?« Neben Albrecht stand eine stattliche ältere Dame, begleitet von zwei jungen Burschen in Wildlederanzügen. »Das ist Serafina und das sind Ricky und Pierre – und hier, Roman und Mücke, zwei Freunde von mir.«

Die Gesellschaft nahm Platz, Serafina neben Roman. Ihr schwüles Parfum benebelte ihn derart, daß es hinter seiner Stirn zu pochen begann. Fasziniert betrachtete er ihre Hände, die mit blauen Adern und blauen Brillanten gleichmäßig übersät waren.

»Was trinken wir denn, Kinder?« Die tiefste Frauen-

stimme, die er je gehört hatte. Die Kinder wollten erst
einmal Whisky, natürlich eine ganze Flasche, für später
schlugen sie einen – gewiß nicht billigen – Naturcham-
pagner vor. Und Ricky würde die nächste halbe Stunde
nicht ohne ein Filet Mignon überstehen.

Serafina nickte, bestellte, bezahlte mit der größten
Selbstverständlichkeit. Die Kinder aßen, tranken, flirteten (natürlich nur miteinander) – alles ebenfalls mit
der größten Selbstverständlichkeit. Ganz kurz einmal
entdeckte Roman einen verwunderten Blick in den Augen der spendablen Gastgeberin.

»Waren Sie schon bei Mendez?« wandte sie sich an
Roman. Ehe er darüber nachdenken konnte, wer und
was Mendez war, sprach sie bereits weiter. Seine Antwort schien für sie unwichtig zu sein. »Wir kommen
gerade von ihm. Er hat heute Geburtstag und veranstal-
tete zu diesem Anlaß ein Dracula-Fest. Seine Maske
war fabelhaft, Samtanzug, Spitzenjabot, dazu an jedem
Zeigefinger einen Riesenrubin. Und sein Gebiß . . .
nein, haben wir uns totgelacht. Rann ihm doch über das
Kinn ein richtiger dünner Blutfaden herunter. Dazu in
allen Ecken Leuchteulen und zwischendurch Tonbän-
der, auf denen Sargdeckel knarrten. Als Dank für die
gelungene Überraschung habe ich der ganzen Gesellschaft erst einmal eine Witwe Cliquot spendiert.«

Also hatte sie auch da gezahlt, glücklich, an den alber-
nen Scherzen ebenso alberner Leute teilnehmen zu dürfen. Was für ein armseliges Leben! Und die jungen Burschen machten sich hinter ihrem leicht gekrümmten
Rücken lustig über sie. Um irgend etwas zu tun, stürzte
Roman seinen Champagner herunter. Nebenbei signa-

lisierte er Mücke, bald aufbrechen zu wollen. Natürlich nicht allein.

»Das geht nicht«, wisperte sie, »Albrecht ist ein Nachtmensch, und wir sind heute seine Gäste. Halt noch ein bißchen durch. Wollen wir inzwischen tanzen?«

Sie schmiegte sich eng an ihn, und er streichelte ihr Haar. Albrecht winkte ihnen freundlich zu, das ganze Leben schien für ihn ein einziges Arrangement zu sein. Nebenan legte sich Serafina in die schmalen Arme von Pierre. Gott sei Dank – doch kein so verlorener Abend für sie.

»Ich passe nicht hierher.« Roman machte eine unglückliche Miene. »Irgendwie fühle ich mich fehl am Platz. Mein Leben sieht einfach anders aus.«

»Jedes Leben ist anders.« Sie schien sein Problem nicht zu verstehen. »Das eine so, das andere so. Wäre es nicht traurig, wenn jeder das gleiche denken und fühlen würde?«

»Ja, schon.« Er zögerte. »Aber sprechen wir nicht von den anderen, sondern lieber von uns. Die Hauptsache ist doch, daß wir uns verstehen. Und das tun wir, nicht wahr?«

Sie rieb ihren Kopf an seiner Brust. »Natürlich, Roman, alles ist schon so recht, wie es ist. Aber mit Albrecht komme ich auch prima aus. Auf ihn kann man sich verlassen, weißt du. Niemals würde er einen Freund im Stich lassen, eine Freundin erst recht nicht.« Jetzt lächelte sie.

Hörte denn die Lobpreisung dieses bisexuellen Wunderknaben niemals auf? Es wäre besser, Mücke würde sich den Kopf darüber zerbrechen, was aus ihnen beiden ab nächster Woche werden sollte.

»Mücke.« Liebevoll preßte er ihre Hand.

»Ja, bald.« Sie verstand, was ihn bedrückte. »Ein bißchen noch.« Es war bereits vier Uhr, als sie gemeinsam ihre Wohnungstür aufschlossen. Gott sei Dank fühlte sich Roman viel zu beschwipst, um verärgert zu sein. Da mußte eben der morgige Arbeitstag daran glauben. Er fand es ganz natürlich, neben seiner Geliebten aufzuwachen. Der erste Eindruck im trüben Morgenlicht war zwar ein wenig befremdend – kein kastanienfarbener Haarschopf in den Kissen, keine unruhigen Jungenbeine, die gegen die seinen trommelten, nicht die ungeduldige Frage, wie spät es um Himmels willen sei –, dann hatte er sich auch schon zurechtgefunden. Es war zehn nach zehn, und Mücke schlief noch immer mit rosigen Wangen und hochgezogenen Knien. Später machte sie Kaffee – mit sehr viel mehr Liebe als Caroline, die bei jedem Handgriff seufzte und auf die Uhr schielte –, danach riefen sie beide in ihren Büros an und entschuldigten sich. Man wünschte ihnen gute Besserung, und sie bedankten sich ein bißchen verlegen dafür. Was aber fing man nun mit diesem geschenkten Vormittag an? Erst tranken sie einen stark gestreckten Whisky und legten ein russisches Klavierkonzert auf, dann sahen sie sich lächelnd in die Augen und schließlich seufzend auf die Fensterscheiben, an denen grauer Regen entlangrollte.

»Wir werden doch nicht an Langeweile ersticken«, ging es Roman durch den Sinn, und ein Anflug von Panik erfaßte ihn. »Ja, ja, es ist nichts schwerer zu ertragen als eine Reihe schöner Tage. Wie, um Himmels willen, wollen wir die nächsten Stunden verbringen? Immer nur Liebe? Blödsinn! Und Mücke wagt in meiner Gegenwart kaum nach ihrem Staubsauger zu greifen, obwohl es genaugenommen sogar ziemlich notwendig wäre. Wenn mir nur etwas einfallen würde, natürlich etwas Originelles.«

Verzweifelt drehte er am Radio herum. Da verkündete der Nachrichtensprecher nach mehreren drohenden politischen Meldungen herrliches Wetter jenseits der Alpen, während er für hier weiterhin Regenschauer meldete . . .

»Wir fahren weg.« Fast klatschte er vor Freude in die Hände. »Natürlich, wir setzen uns in Richtung Südtirol ab. Wie lange bleibt Valentin in seinem Landschulheim? Bis Dienstag? Na, herrlich, steigen wir also morgen am späten Nachmittag in mein Auto und kommen wir Sonntagabend zurück. Du wirst dich wundern, was man alles aus zwei Urlaubstagen herausholen kann.«

Sie überlegte nicht eine Sekunde. Was sollte auch gegen diesen Vorschlag sprechen? Alle ihre Freunde erzählten vom Törggelen und von Spaziergängen in den Weinbergen und den billigen Ledersachen, die man kaufen konnte. Aber vorher mußte sie sich noch eine Strickjacke besorgen, wenn möglich eine grüne.

Roman atmete erleichtert auf. Endlich begann Schwung in diesen verregneten Tag zu kommen.

»Die kaufen wir sofort. Oder fürchtest du, irgend jemand könnte uns beide Krankgeschriebenen in der Stadt überraschen? Und hinterher essen wir irgendwo einen Eintopf – es sei denn, du ziehst ›Rudolfo‹ vor.«

»Ist mittags leider geschlossen, mein Schatz.« Ihrem Gesicht war nicht anzusehen, ob sie diese Tatsache bedauerte oder im Moment auch genug hatte von Samt, süßen Schwulen und schalem Gesäusel über nichts und wieder nichts. Roman jedenfalls schwirrte noch der Kopf davon.

Eigentlich hatte er Caroline immer gern bei ihren Einkäufen begleitet. In der ersten Zeit ihrer Ehe ließ sie sich das widerspruchslos gefallen, später behauptete sie, einen eigenen Geschmack entwickelt zu haben und keinen Wert auf Bevormundung zu legen. Um ehrlich zu sein – es war nicht ganz einfach mit ihr. Wenn sie einen Mantel kaufen wollte, trieb sie sich fast ausschließlich bei Röcken und Hosen herum, stets mit der Ausrede, man müßte sich über das gesamte modische Angebot orientieren. Dann wieder ärgerte sie sich über das angeblich mürrische Gesicht der Verkäuferin, verließ ohne Ankündigung das Geschäft und beschimpfte hinterher Roman, ihr nicht zur Seite gestanden zu haben. Mit Mücke war das schon eine andere Sache. Im Grunde war ihr alles recht, wenn sie nur ausführlich mit dem Personal plaudern konnte. Zwar kostete das eine erhebliche Menge Zeit – die Caroline ihrer Meinung nach niemals besaß –, doch bekam sie dafür letztenendes genau das, was sie sich vorstellte. In diesem Fall ein Trachtenjäckchen aus lichtem Grün, über und über mit dunkelroten Rosenknospen bestickt. Caroline hätte bei seinem Anblick die Augen gen Himmel gerollt – Mücke sah zum Anbeißen aus. Allerdings war es mit ihrer problematischen Figur nicht leicht, das Passende zu finden. Nicht jeder besaß eine Pagenfigur . . .

Roman war von Mücke und dem Jäckchen derart entzückt, daß er automatisch die Brieftasche zückte. Sie wehrte im ersten Augenblick ab, ließ ihn dann aber gewähren.

»Dafür bekommst du ein Paar Socken, richtig handgestrickte.« Wie gut, daß Caroline weit, weit weg in Amerika war. So konnte sie nicht in Windeseile den Preisunterschied zwischen Jacke und Socken errechnen und ihn ihrem Mann triumphierend unter die Nase halten. Zu ihrer Rechtfertigung: er war nicht unbeträchtlich.

Nach weißen Bohnen und Hammelfleisch in einer Bierkneipe suchte Roman kurz seine Wohnung auf, um ein paar Sachen zusammenzupacken und nach der Post zu sehen. Dabei klingelte das Telefon. Es war Caroline, und sie beschwerte sich, gestern abend vergeblich angerufen zu haben.

»Ist die Katze aus dem Haus, tanzt die Maus«, zitierte sie einige Male ihren Lieblingsspruch. Dann behauptete sie, vor Sehnsucht nach Roman und ihrem Zuhause umzukommen, und berichtete von dem morgigen Ausflug nach Disneyworld.

»Übrigens habe ich in St. Augustin Hanna aufgestöbert. Du erinnerst dich? Meine hübsche Freundin, die den angeblich so reichen Amerikaner heiratete. Das reinste Horrorerlebnis. Eine Bruchbude mit nichts als Whiskyflaschen und einer Schwiegermutter, die einem Schloßgeist ähnelt. Dagegen ist meine eigene ja fast Gold.«

»Nimm dir doch die Zeit und schreibe Mama eine Karte«, redete er ihr zu, aber sie lenkte rasch vom Thema ab und deutete an, keine Zeit zu haben. Mißtrauen stieg in ihm auf. Oder war sein eigenes schlechtes Gewissen daran schuld?

»Bin ich deine Allerallereinzige?« Das sollte wohl die Abschlußfrage sein.

»Bist du, und nun leg auf, sonst kommst du mit deinem Geld nicht mehr bis nach Miami.«

»Ich? Hast du eine Ahnung! Bis jetzt finde ich noch immer einen Mann, der sich meines Elends annimmt. Trotz der versorgten Stirn, der verarbeiteten Hände. Tschüs, mein Süßer, und laß dich von Mutter, Schwestern und Irmela verwöhnen.« Typisch Caroline. Unwillkürlich mußte er während der ganzen Packerei über ihre Art, mit dem Leben fertig zu werden, lächeln.

Varenius behandelte ihn am nächsten Morgen recht kühl. Hatte er das gestrige Fehlen übelgenommen? Immerhin war er in dieser Hinsicht von Roman verwöhnt. Das kam davon, wenn man jedes Kratzen im Hals übersah und eine geschwollene Backe fast wie einen Orden mit sich herumtrug. Caroline hatte richtig erkannt: man behandelte ihn hier wie einen Lehrling, und wenn er nicht das letzte Restchen Selbstbewußtsein verlieren wollte, blieb ihm nichts anderes übrig, als baldmöglichst die Stellung zu wechseln.

Während der Fahrt nach Südtirol sprach er mit Mücke darüber. Sie lehnte in ihrer neuen Jacke und einem dazupassenden Stepprock an seiner Schulter und versuchte ein bißchen Schlaf nachzuholen. Dabei fütterte sie abwechselnd ihn und sich mit gebrannten Mandeln. »Du willst gehen? Das würde ich mir gut überlegen.« Sie bettete ihren Kopf bequemer zurecht. »Deinen Erzählungen nach gehörst du doch fast zum Interieur des Hauses und weißt genau, woran du bist. Heute ist es modern geworden, alle zwei Jahre seinen Job zu wechseln. Wem soll das etwas nützen, wenn ich fragen darf?« Jetzt sprach sie – vielleicht aus Müdigkeit, vielleicht auch aus Übermut – mit dem nicht sehr feinen Tonfall eines süßen Mädels aus der Wiener Vorstadt. Ihr goldblondes Haar schien in den tiefen Strahlen der Herbstsonne fast dahinzuschmelzen.

Am liebsten hätte Roman am Straßenrand angehalten und die ganze geliebte Person schweigend in seine Arme geschlossen. Er verschob den Gedanken auf später. Vielleicht sollte er jetzt dafür versuchen, ihr verständlich zu machen, daß sein Beruf mehr für ihn war als nur ein Job. Schließlich besaß er ein wirkliches Faible für die Literatur, glaubte, etwas davon zu verstehen. Doch war Mücke nicht der Typ für ein tiefschürfendes Gespräch mit leicht theatralischer Nuance. Weshalb amüsierte sie sich sonst so offensichtlich über die nichtssagenden Bonmots eines Mannes wie Albrecht? Zögernd begann Roman von seinem Eisenbahnbuch zu erzählen (das einzige Projekt, mit dem er ihr vielleicht imponieren konnte).

Sie war voller Bewunderung. »Was da für ein Fleiß dazugehört! Mir ist so etwas unmöglich.« Ihre Schultern senkten sich ergeben. Eigentlich hätte er jetzt gestehen müssen, daß es bisher über sechsundzwanzig Seiten nicht herausgekommen war, doch wäre Mücke (sie war ja nicht Caroline!) auch darüber begeistert. So lächelte er nur geschmeichelt und warf ein, daß dies gar nichts sei im Vergleich zu seiner Frau, die jeden, aber wirklich jeden Abend an ihrer Staffelei säße. Toll, nicht wahr? »Hörst du mich, Liebling?« hielt er stumme Zwiesprache mit seiner Amazone, die mit grünen Augen und braunem Körper ein paar tausend Meilen entfernt gewiß gerade irgend jemandem die Sinne verwirrte. Der Arme! Roman litt mit allen in weibliche Fallstricke geratenen Geschlechtsgenossen. »Die Liebe im Herzen, die bring' ich nicht los . . .«

»Was ist?« murmelte Mücke, die sich wieder ihrer so bezaubernden Schläfrigkeit ergeben hatte. »Was bringst du nicht los?«

Behutsam streichelte er ihre ineinander verschlungenen Hände.

»Die Liebe, meine Schönste, was sollte es sonst sein? Als junger Mann hatte ich ähnliche Probleme. Dabei ist ein Gedicht entstanden. Möchtest du es hören?«

Sie nickte mit geschlossenen Augen.

Ohne den Blick von der schnurgeraden Straße vor sich abzuwenden, rezitierte er mit vor Verlegenheit heiserer Stimme:

>»Ich schlürfe Regen
> und koste vom Schnee
> ich humple auf Wegen
> und spuck' in den See.

> Ich feßle Bäume
> und kneble den Strauch
> ich zerstöre Träume
> und blas' sie zu Rauch.

Ich ersinne Schmerzen
für Kopf, Hand und Schoß
die Liebe im Herzen
die bring' ich nicht los.«

Danach herrschte Schweigen, und Roman erinnerte
sich an Caroline, die es bereits im zweiten Jahr ihrer
Bekanntschaft abgelehnt hatte, sich am Sonntagnachmittag aus seinen frühen Dichtungen vorlesen zu lassen. Manchmal gab sie dann um des lieben Friedens willen nach, verlangte aber im Vorhinein zu wissen, wie
viele Seiten genau er vorzutragen gedachte.
»Damit ich mich zeitlich darauf einstellen kann, verstehst du?«
Natürlich verstand er nicht und fühlte sich gekränkt,
und natürlich brachte sie es dennoch nicht fertig, ihm
seine Ungeduld nicht zu zeigen. So war dann also in
Zukunft nur noch von *ihrer* Karriere, *ihren* Werken die
Rede.
»Lieb ist das, ja, bestimmt, ganz, ganz lieb.« Mücke
sagte das, und es war ihr anscheinend ernst damit. »Es
klingt fast wie ein Volkslied. Man müßte eine nette Me-
lodie dazu finden.«
Und sie begann zu singen, immer wieder die gleichen
Worte – es war der Gedichtanfang –, und Roman half
ihr dabei und stockte dann rechtzeitig, um ihre helle
Stimme allein wirken zu lassen... Sie sang fast so
hübsch wie sie lachte.
Hinter den Alpen war wahrhaftig jede Wolke vom
Himmel weggefegt. Die verkrüppelten Obstbäume zit-

terten unter der Last der überreifen Früchte und der Sonnenglut. Alle Menschen wirkten fröhlich, hatten die Ärmel hochgerollt und nahmen im Freien ihr Mittagessen ein. In der Ferne rauschte ein Fluß.

»Oh, das würde Valentin gut gefallen.« Mücke streckte sich ein letztes Mal. »Nächste Woche hat er übrigens Geburtstag. Dazu möchte er eine große Party mit Spare-ribs und argentinischem Rotwein geben.«

Ob Albrecht wohl käme, Albrecht, dessen Name der Junge so gern erwähnte? Und was war mit ihm selbst? Falls man ihn einlud – wie sollte er das Caroline gegenüber erklären? »Ein Kind hat mich zu seinem Geburtstag eingeladen . . .« Sie würde schallend lachen, ihn an seine Wutausbrüche erinnern, wenn ein paar Jungen im Garten Fußball spielten.

»Dich lädt man zu einem Kindergeburtstag ein? Dich, ausgerechnet dich? Wie heißt dieses unglückselige Geschöpf und wer sind seine Eltern?«

Das Herz wurde ihm schwer. Um sich abzulenken, erzählte er Mücke von dem Tag seines achten Geburtstags, den er mit seiner Familie bei Verwandten auf dem Land verbracht hatte. Ein Vetter von ihm, sein bester Freund, war genau einen Tag jünger als er. Als Romans Geburtstag kam, war er erstaunt über den nüchtern gedeckten Frühstückstisch. Keine Blumen, kein Kuchen, nichts. Und niemand, der ihm gratulierte. Bis zum Mittagessen drückte er sich verzweifelt im Haus herum, ging nicht mit auf die Felder, um die Bescherung nicht zu versäumen. Dann, kurz vor zwölf, hielt er es nicht mehr aus.

»Ich habe doch heute Geburtstag.« Schluchzend fiel er

seiner Mutter in die Arme. Sie strich ihm tröstend das Haar aus der Stirn und klärte ihn auf, daß man die Ehrentage der beiden Vettern am nächsten Tag gemeinsam feiern wollte.

Caroline fragte häufig nach der Geschichte, besonders dann, wenn sie sich gerade über ihre Schwiegermutter geärgert hatte (was recht häufig vorkam und – Roman wollte gerecht sein – ziemlich gleichmäßig die Schuld von beiden war). Hinterher behauptete sie, da sähe man es wieder einmal, wie armselig es mit der angeblich so überwältigenden Mutterliebe bestellt sei. Ganz anders Mücke. Sie genoß diese Geschichte wie einen köstlichen Sketch, schüttete sich aus vor Lachen und ergriff auf ihre diplomatische Art für niemanden Partei. Und eine Person wie sie war sich mit der eigenen Schwiegermutter in die Haare gekommen...?

Langsam begannen sie sich nach einem Hotel umzusehen. Es sollte etwas Besonderes sein, Roman wollte einmal nicht aufs Geld achten. Wer weiß, vielleicht zehrte er die nächsten zehn Jahre von diesem Wochenendausflug. Und dann fanden sie ein umgebautes Schloß, gerade recht für Romeo und Julia und deshalb auch für sie. Der Portier gab ihnen ein Zimmer mit einem Erker und einem Himmelbett, über dem das Porträt einer alten Gräfin mit ziemlich unfreundlichen Zügen schwebte.

»Muhme Friedelinde«, taufte Mücke sie, »sie hat bestimmt nie geheiratet und den jungen Ehefrauen das Leben schwer gemacht.«

Wie sie so am Erker stand, die Arme jetzt entblößt, das Gesicht in die volle Sonne getaucht, hätte er den geplanten Spaziergang am liebsten verschoben. Seltsam – er wagte diesen Wunsch nicht zu äußern, vielleicht aus Angst, sie würde ihm – gewiß sehr liebenswürdig, doch trotzdem – widersprechen. Wenn sie in diesem Augenblick nicht das gleiche empfand wie er . . . Aber nein, sie wollte durch die engen Sträßchen streifen und sich Lederwaren ansehen und dann irgendwo einen Viertel Roten trinken. Schließlich waren sie ja aus den verschiedensten Gründen so viele Kilometer weit gefahren.

Sie war die schönste Frau weit und breit. Das war allerdings nicht sehr schwer, da sie fast ausschließlich auf ältere Urlauber trafen, doch genoß er trotzdem die vielen anerkennenden Blicke, die ihr Haar und die feinen Gesichtszüge streiften. Bei Caroline war es die straffe, biegsame Figur, die Aufsehen erregte, ihr kühnes Profil kam erst dann zur Geltung, wenn sie sich dazu durchrang, zu lächeln und ihre Augen funkeln zu lassen. Mücke mußte man solche Zaubertricks nicht lehren. Sie war da, um zu gefallen, und das tat sie vierundzwanzig Stunden am Tag. Später stiegen sie zu den Weinbergen hinauf. Es ging steil nach oben, und sie schnauften beide heftig (besonders Roman, da sich Mücke mit ihrem ganzen, nicht unbeträchtlichen Gewicht an ihn lehnte und er sich nicht dagegen zu wehren wagte). In der Luft lag der Duft von Nüssen, sogar die Sonne duftete, doch war dies vielleicht die Haut, die sich bereits rot gefärbt hatte und – wenn man mit der Zunge darüber fuhr – salzig schmeckte. Das Weinlaub glühte wie purpurnes Feuer.

Romans Phantasie erwachte aus einem langen Winterschlaf. Fast fühlte er sich wie neugeboren. Während er den rechten Arm um Mückes Schultern gelegt hatte, pflückte er mit der linken Hand ein Blatt nach dem anderen und begann eine Geschichte zu erzählen. Sie handelte von einer stolzen Bäuerin, die hier ihr Haus auf einem Hügel hatte und in der ganzen Gegend wegen ihres hochfahrenden Wesens gefürchtet war. Man erzählte sich im Dorf, sie habe in ihrer Jugend einen Knecht geliebt, der auf dem Hof ihrer Eltern arbeitete. Ein einziges Mal nur gestand sie ihm ihre Leidenschaft – es war ein Tag wie dieser und die ganze Natur stand in Flammen –, danach schämte sie sich ihres nicht standesgemäßen Ausbruchs und richtete niemals wieder ein Wort an ihn. Er aber, verwirrt und ebenfalls voll der Liebe, suchte auf Schritt und Tritt ihre Nähe, lauerte ihr auf, um eine Erklärung zu verlangen. Als sie ihn schließlich von ihrem Hof treiben ließ, verschwand er in der Nacht auf Nimmerwiedersehen. Man munkelte, er sei nach Amerika gegangen. Zwanzig Jahre vergingen, die Bäuerin wies alle Verehrer ab. Dann, eines Tages, tauchte ein kräftiger, braungebrannter Mann in der Gegend auf. Es war wieder ein Tag wie heute, die Äpfel waren rot und schwer, in den Bäumen hockten schwarze Vögel . . .

Roman legte eine Pause ein. Das rasche Laufen, das rasche Phantasieren hatte ihn erschöpft. Andererseits schmeichelte ihm das Interesse einer so begehrenswerten Frau wie Mücke. Weshalb nur legte Caroline, sein ihm angetrautes Weib, es dauernd darauf an, ihren Mann anderen Leuten gegenüber als langweiligen alten Dummkopf hinzustellen?

»Da machte sich die Bäuerin auf«, spann Mücke den Faden weiter, »und traf unterwegs den kräftigen, braungebrannten Mann. Der trat ihr mit einem Stock in der Hand entgegen und . . .«

». . . hieb ihn ihr mit aller Wucht über den Kopf. Oder, was glaubst du?« Er pflückte eine vollerblühte Rose, die bereits nach Verwesung duftete, und steckte sie ihr an die Jacke. »Es kann aber auch ganz anders gewesen sein. Laß mich mal nachdenken.«

»Du erzählst mir heute abend die Geschichte zu Ende, ja?« Sie verließen den Weg und kletterten über Felsen und niedrige Büsche zu einer Burgruine hinauf. »Sag mal, du bist ja wirklich ein richtiger Dichter. Warum schreibst du nicht solche Sachen und läßt das Eisenbahnbuch beiseite?«

»Weil«, er deutete in das Tal hinunter und auf einen Zug, der sich wie eine silberne Zauberschlange durch die Landschaft wand, »weil mein Herz höher schlägt, wenn ich so etwas sehe. Das war bei mir schon als kleiner Junge der Fall und wird immer so bleiben. Im Moment gibt es allerdings noch etwas anderes, was mir Herzklopfen verursacht und das ist . . .«

Einen Wimpernschlag nur überlegte sie. Dann warf sie den Kopf in den Nacken und die Arme um seinen Hals. Langsam versank die Sonne hinter den Hügeln, es wurde empfindlich kühl.

Eine ganze Nacht lang heftete Muhme Friedelinde ihr strenges Auge auf das Liebespaar, das sich allerdings dadurch nicht stören ließ. Mücke schlief als erste ein. Roman versteckte ihre nackten Schultern unter der Decke und stellte sich dann an das Fenster, um nach den

Sternen zu schauen. Sie hingen tief und waren die größten, die er jemals gesehen hatte.

Am Morgen suchten sie nach einem Bauernhof, wo man Pferde mieten konnte. Leider gab es nur Haflinger, mit denen der langbeinige Roman einige Schwierigkeiten hatte. Nun, auch Mücke, die behauptete, in Südamerika öfters geritten zu sein, gab im Sattel nicht gerade eine ideale Figur ab. In ihren schlechtsitzenden Hosen, die Füße in Wanderschuhen, beugte sie sich bei jedem Schritt viel zu weit nach hinten. Caroline, die – allerdings nicht reitende – Amazone hätte kaum mit anzüglichen Kommentaren gespart. Roman lächelte nur gerührt.

Ein paar Kinder begleiteten die beiden. Ihnen merkte man an, daß sie sozusagen auf Pferden großgeworden waren. Scheu hielten sie sich im Hintergrund, im Umgang mit sogenannten Herrschaften wohl ein wenig ungeübt. So fragten sie vor jedem Gangartwechsel an, ob der »gnädige Herr« damit einverstanden sei. Trauten sie seinen körperlichen Kräften nicht? Oder hatten sie seine Resignation dieser dickköpfigen kleinen Pferdedame namens Cilly gegenüber längst registriert? Er betete zum Himmel, nicht die Balance zu verlieren. Weshalb mußten die verdammten Gäule beim Rückritt auch noch kräftig an Tempo zulegen?! Aha, der heimatliche Stallduft. Abgekämpft und ziemlich hin und her gerüttelt legten sie beide dem alten Bauern die Zügel in die Hand.

»Kommen die Herrschaften wieder?«

Roman sah Mücke fragend an. Wollte sie dem Mann nicht Antwort geben? Feige hielt er sich zurück.

»Wenn es sich gelegentlich einrichten läßt, gern«, meinte sie schließlich und bückte sich, um ein paar Strohhalme von ihrem Schuh zu pflücken.

»Warum kann die Zeit nicht manchmal stehen bleiben?« fragte er sie später, als sie in dem Garten eines kleinen Gasthofs Siesta hielten, Wein und Brot und Speck und geröstete Kastanien vor sich auf dem Tisch. »Verlangt man damit zuviel vom Schicksal?«

»Das tut man«, nickte sie, die Augen schwer vom Wein. »Und ich werde jetzt längere Zeit nicht mehr nach Südtirol fahren können.«

»Auch nicht wieder mit mir?« Diese Frage war ihm einfach so herausgerutscht. Es war ihm nicht wohl dabei, sah er doch noch immer nicht die Möglichkeit, ein endgültiges Bekenntnis seiner Liebe abzugeben. Trotzdem wartete er begierig auf eine Antwort. Sie fiel nichtssagend aus.

»Das geht doch nicht.« Mehr sagte sie nicht, und er zermarterte sich den Kopf, ob sie damit auf seine oder möglicherweise auch auf ihre eigene Situation anspielte. Wie sehr fühlte sie sich an Albrecht gebunden? Oder gab es einen anderen Mann, der – ähnlich wie Caroline – im Augenblick gerade verreist war?

»Noch einen halben Liter Wein.« Roman trank ihn wie Wasser, obwohl sie am gleichen Abend nach Hause fahren mußten und Mücke keinen Führerschein besaß. Am Steuer wunderte er sich selbst über seine Nüchternheit. War die kiloweise getankte Sonne daran schuld, die Seligkeit der gemeinsam verbrachten Stunden oder aber die Sorge um die Zukunft?

Die folgende Nacht schlief er in seiner Wohnung und

allein. Mücke hatte es so gewünscht, angeblich wollte sie sich auf die Rückkehr von Valentin vorbereiten. Gegen elf Uhr nachts hielt er es ohne sie nicht länger aus. Er hängte sich ans Telefon, spielte den Zerknirschten, als sie sich verschlafen meldete, und ging noch einmal in sämtlichen Einzelheiten die gemeinsam verlebten zwei Tage durch. Brannte ihr die Nase auch so heftig von dem Spaziergang durch die Weinberge? Wenn er jetzt zu ihr käme, könnte er ihr die Geschichte von der stolzen Bäuerin zu Ende erzählen. Vor lauter Zeitnot hatten sie beide nicht mehr daran gedacht.

»Laß mich schlafen, bitteschön.« Das klang freundlich und auch ein ganz klein wenig endgültig, und er entschuldigte sich und legte sich mit seinem verletzten Schulbubengesicht in die Kissen zurück.

Hilflos griff er nach der Karte, die ihm Caroline aus Florida geschrieben hatte. Statt Text hatte sie einen großen Kreis mit vielen strahlenförmigen Strichen darum herum gemalt. »Weißt du, was Liebeskäfer sind?« Das war die ganze Nachricht. Natürlich wußte er es nicht, und es interessierte ihn auch nicht sonderlich. Würde sie denn niemals erwachsen werden?

Mike, der das ganze Jahr hindurch kaum aus seiner Bude herauskam, hatte die Frechheit, sich über Romans gerötetes Gesicht lustig zu machen.

»Aha, in den Bergen gewesen! Etwa allein? Ihre Frau ist doch noch in den Staaten, wenn ich mich richtig erinnere.« Dabei rührte er in einem unappetitlichen Brei aus Joghurt, Milch und irgendwelchen Flocken herum. Sein Bart hing ihm jetzt fast bis zur Brust.

»Sie erinnern sich richtig.« Und Roman griff nach einem

Stoß mit Zeitungen. Lustlos durchblätterte er die An-
zeigen. Da wurde bei einer pharmazeutischen Fabrik
die Stelle des Pressechefs neu besetzt, eine Bibliothek
suchte einen literarisch versierten Mitarbeiter, eine
Kunstzeitschrift einen stellvertretenden Chefredak-
teur. Warum sollte er sich bei allen drei Annoncen nicht
bewerben? Ein Versuch konnte nicht schaden. Nur
schade, daß ihm Mücke etwas von seinem Schwung für
einen Berufsanfang genommen hatte. Außerdem –
herrschte in seinem Privatleben nicht gerade genug
Chaos?

Eine Anzeige unter der Rubrik »Tiermarkt« rührte ihn.
Da stand: »Junger Schäferhund sucht bereits seinen
dritten Herrn, muß sonst ins Tierheim.« Das wäre ein
Fall für Caroline, die wohl als erstes zum Telefonhörer
gegriffen und als zweites Bimbos verhaarte Decke heraus gekramt hätte. Bestimmt war sie eine bessere Her-
rin als Mücke, die manchen Pflichten erschreckend
gleichgültig gegenüberstand. Dazu Valentin mit seinen
Launen ... Trotzdem erwischte er sich bei der Überle-
gung, was ein Schäferhund wohl mit einem zahmen
Hasen anfangen würde.

Ihm stand ein trostloser Abend bevor. Valentin hatte
egoistische Ansprüche angemeldet und seine Mutter –
natürlich – nachgegeben. Fast nahm Roman ihr das übel
– vier Abende noch, dann stand er am Flugplatz und
nahm eine übermüdete, überdrehte Caroline entgegen.
Wie sollte er vorgehen? Ihr die bittere Wahrheit einer
neuen Liebe gleichsam als ersten Menügang über den
Teller gießen oder warten, bis sie mit ähnlichen Enthül-
lungen herausrückte? Die jedoch könnte er ihr kaum

verzeihen, schließlich hatte es ihr an nichts gefehlt. Welcher andere Mann wäre wohl bereit, sich derart nach ihren Wünschen, Zielen, Launen zu richten?! Sie würde sich wundern, gewaltig wundern. So einfach räumte er nicht seinen Platz. Wenn jemand ihre Ehe in Gefahr gebracht hatte, dann sie allein. Mücke war ein durchaus verständlicher Seitensprung. Was hieß Seitensprung – er wollte sie haben, vielleicht für immer.

Um seinem qualvollen Gedankenkarussell ein Ende zu machen, rief er Jürgen an. Sie hatten zusammen studiert, viele Jahre lang das Zimmer geteilt (einmal sogar die Freundin). Er war unverheiratet geblieben, ein ebenfalls nicht erfolgreicher Feuilletonredakteur, der seinen Hobbies lebte: Kanufahren, Langlauf, Modelleisenbahn.

Caroline gegenüber gab sich Jürgen immer ein bißchen gehemmt. Weder Roman noch sie wußten, weshalb, Caroline bemühte sich sogar um einen besonders herzlichen Ton. Es half nichts – Jürgen wagte ihr kaum in die Augen zu schauen. Wahrscheinlich schüchterte sie ihn durch ihren ungeheuren Tatendrang ein. Dazu wirkte sie manchmal auf Dritte wie ein verwöhntes Weibchen mit Appetit auf flüchtige Abenteuer. (Hatten die eine Ahnung, wie häufig sie sich abends mit Kopfschmerzen entschuldigte! Allerdings auch erst seit ein, zwei Jahren...)

Jürgen freute sich und schlug vor, neben neuen Prospekten von der Spielwarenmesse warme Hühner und ein paar Flaschen Bier mitzubringen. Roman wollte für den Nachtisch sorgen. Insgeheim war er froh, einen

Tag lang fast nichts ausgeben zu müssen. Die Reise nach Südtirol war ganz schön ins Geld gegangen. Nicht jede Frau zahlte wie Caroline von allem die Hälfte. Der Obstsalat war rasch zubereitet, die Gläser in fünf Minuten nachpoliert (Carolines wunder Punkt!). Viertel vor sieben. Jetzt saß Mücke ihrem Sohn wohl beim Abendessen gegenüber, er hatte sich für seine Rückkehr Paella gewünscht. Worüber unterhielten sie sich? Über Albrecht, über Roman, über die morgige Geometriearbeit? Konnte Valentin endlich eine Mittelsenkrechte konstruieren? Vielleicht sollte man anrufen, vorschlagen, rasch einmal vorbeizukommen? Nein, er brauchte sich nichts vorzumachen, an diesem Abend legte man keinen Wert auf seine Gesellschaft.

Bis eben auf Jürgen, der getreue Freund. Er erschien in Hausjacke und Cordhose und hatte als Überraschung eine Flasche Steinhäger unter dem Arm. Mit ihm war alles so unkompliziert. Während sie aßen und tranken und dabei die Ellbogen aufstützten, sprachen sie mit vollem Mund über dies und das, vor allem natürlich über Eisenbahnen. Dabei krümelte das Brot auf den Küchenboden und schäumte das Bier mehrmals über, doch keiner schimpfte und hantierte vorwurfsvoll mit Besen und Wischlappen herum. Typisch Männer unter sich, und Roman hatte sich immer wohl dabei gefühlt.

Heute auch, natürlich, warum auch nicht? – obwohl... Ja, was interessierte ihn eigentlich momentan das Modell eines Schweizer »wagon lits« in Miniformat und die naturgetreue Nachbildung des japanischen »Tsubame«? Hatte er nicht andere Sorgen im Kopf? Er war verheiratet und hatte sich trotzdem verliebt – so sah sein Problem aus.

Und Jürgen, der nicht verheiratet war und vielleicht auch nicht verliebt – was meinte er als Außenstehender zu dieser Sache?

Aus heiterem Himmel fing Roman mit dem Erzählen an. Es war das erstemal, daß er einem Dritten von seiner Ehe berichtete, und er wunderte sich selbst, wieviel Lobendes er über Caroline zu sagen wußte. Sie war ein so anständiges, ein so hübsches Mädchen ... Jürgen kannte sie ja selbst. Und doch – das war eben das Unbegreifliche – doch hatte ihm eine andere Frau den Kopf verdreht.

Jürgen hörte und rauchte und manchmal nickte er auch. Ihn schien das Bekenntnis nicht weiter zu erschüttern. »Und was ist das für ein Typ Frau?« wollte er schließlich wissen. »Ich tippe auf ein Heimchen am Herd, das einem Mann seinen Frieden läßt.«

Roman protestierte gegen das Heimchen, gab seinem Freund aber im übrigen recht (wenn er auch die Kritik an Caroline herauszuhören glaubte).

»Was soll ich also machen?«

»Laß die Sache laufen, bis sie sich von allein erledigt hat.« Ungerührt schenkte Jürgen zwei neue Steinhäger ein. »Gewaltsame Lösungen jedenfalls haben keinen Zweck. Neben deiner Seelenruhe kosten sie meistens eine gehörige Stange Geld. Nimm dir an mir ein Beispiel.«

Und ohne seine Pfeife aus dem Mund zu nehmen, erzählte er in aller Behaglichkeit von einer Freundin, die seit elf Jahren eine Tochter von ihm hatte.

»Von dir, diesem unmöglichen Menschen?« Roman glaubte nicht recht zu hören. »Armes Kind.«

Jürgen lachte. »Ja, vielleicht. Immerhin haben wir ein recht erträgliches Verhältnis zueinander. Auch die Mutter hat sich inzwischen mit den Tatsachen abgefunden. Obwohl es nicht ganz leicht war, sie davon zu überzeugen, daß mich nicht einmal eine Tochter zur Ehe zwingen kann. Über mein Leben möchte ich schon allein bestimmen dürfen.«

Also hatte auch er ein Schicksal, das er allerdings mit bewundernswerter Gelassenheit trug (manche, besonders Frauen, hätten auch das Wort Gefühlsrohheit benutzt). Warum mußte er, Roman, jede Kleinigkeit zu einem Drama ausweiten? Aber Caroline war eben bei Gott keine Kleinigkeit und Mücke auch nicht und die Liebe zu der einen wie zu der anderen im Grunde ein Geschenk des Himmels. Wenn auch ein bißchen zuviel Geschenk auf einmal . . .

Sie wechselten das Thema und kramten in alten Studententagen. Eine Erinnerung reihte sich an die andere, sie tranken und lachten – trotzdem wollte sich heute die alte Vertrautheit nicht so ohne weiteres einstellen. Wahrscheinlich war es ein Fehler gewesen, Jürgen den Lückenbüßer für Mücke spielen zu lassen, ein größerer noch, ihre Freundschaft durch intime Geständnisse zu belasten.

Als Jürgen endlich ging, fühlte sich Roman fast erleichtert und schleuderte die dreiviertelleere Steinhägerflasche in den Abfalleimer. Sein Spiegelbild zeigte ein fleckiges Gesicht mit grauen Schatten über den Wangenknochen. »Ein Typ wie Mel Ferrer« – so hatte ihn

Caroline manchmal charakterisiert. Davon war im Augenblick nicht viel zu merken. Wie gut, daß Mücke ihn so nicht sehen konnte.

Am nächsten Morgen aber überraschte er sie, die süß und schlafselig in ihrem Hausmantel am Türpfosten lehnte, bereits um sieben Uhr dreißig mit einer einzelnen roten Rose.

7

Fast war sie ein Stück Paradies: diese Hotelanlage »King Arthur« in Miami Beach. Nicht gerade das Hotel selbst – einer der mit Klimaanlagen, cheese cake-Freundlichkeit und schlecht kopiertem altenglischem Zierat überladenen Kästen –, sondern der dazugehörige Swimming-pool mit buntglitzernder Bar. Weißgekleidete Neger schüttelten die Mixbecher wie Rumbakugeln unter einem Palmendach, Plastikhalme in Schockfarben stachen in den indigoblauen Himmel hinein, schöne Mädchen räkelten sich auf den Frotteeliegen.
Eines davon war Caroline, ein anderes (allerdings nicht so schönes) Trude Langsam. Es war ungewöhnlich, Caroline in der Gesellschaft einer Frau zu sehen, solange es irgendeinen Mann in der Nähe gab, doch blieb ihr im Augenblick nicht viel anderes übrig. Der, den sie wollte, und nur ihn allein, war unauffindbar. Beziehungsweise: sie wußte sogar, wo er sich aufhielt. Nämlich an der Mole. Und auch mit wem. Nämlich mit seinem Malzeug und einem Mädchen.
Jesse, der langbeinigste und schmalhüftigste dieser weißgekleideten Neger, hatte ihr das mitgeteilt. Nachdem sie sich kurz nach Ankunft in Miami Beach wieder einmal die Augen nach Kolja ausgesehen und jeden, aber auch wirklich jeden mit immer mehr Panik in der Stimme nach ihm gefragt hatte, war Jesse, bei dem sie

schließlich mit schmerzlich verzogenem Mund einen Cuba libre bestellte, der einzige gewesen, der ihr helfen konnte.

»In this direction.« Er wies nach rechts und zeigte Zähne wie Elfenbein. »With a lot of paper and a sweet girl.«

»A girl«, wiederholte Caroline atemlos.

»A sweet girl.« Er wollte von seiner Formulierung nicht lassen. Nicht etwa, um Caroline zu verletzen, o nein. Doch liebte er die Frauen und hielt es für seine Pflicht als Gentleman, ihnen auch die gebührende Bewunderung zukommen zu lassen.

Martha, eine der beiden Wuschelköpfigen oder vielleicht gar eine Bikini-Nixe vom Swimming-pool? Wer weiß, vielleicht hatte er innerhalb von zehn Minuten ein naives amerikanisches Herz gebrochen, etwas von dem »Modell seines Lebens« gemurmelt und die Geschmeichelte dann gleich in Richtung Mole abgeschleppt. Inzwischen kannte Caroline ihn, seine Launen und wie Blitze aufzuckenden verrückten Ideen ja zur Genüge.

»Geht Ihnen irgend etwas Wichtiges ab?« forschte Herbert mit einem diabolischen Lächeln. Noch immer schien ihn der Gedanke zu peinigen, über das Verhältnis bzw. Nicht-Verhältnis Kolja – Caroline im Dunkeln zu tappen. »Vielleicht schwarzhaarig, mit zwei Beinen?«

Caroline sah ihn aus leeren Augen an. Während sie fühlte, wie sich langsam eine tückische Nadel nach der anderen in ihr Herz bohrte, arbeiteten ihre Gedanken fieberhaft. Wer sagte, daß es nicht beispielsweise Eleonore war, die Kolja begleitet hatte? Für ihn, Jesse, dem

Bronzefarbenen, war eine weiße Frau wohl so süß wie die andere. Wenn auch auf die depressive Eleonore jedes andere Adjektiv eher zutraf als ausgerechnet süß . . .

Erst einmal mußte sie Herbert die richtige Antwort verpassen. Zum Grübeln blieb ihr noch der ganze Nachmittag.

»Sie meinen Columbo?« Sie schlürfte geräuschvoll die letzten Tropfen aus ihrem Glas. »Der hat mit dem Ausflug in die Everglades zu tun. Nein, ehrlich gesagt, suche ich Sie. Wie wäre es mit einem gemeinsamen Strandspaziergang?«

Gegen Kolja kam man nur mit massiven Waffen an. Sollte er sie ruhig in der Gesellschaft eines anderen Mannes sehen, vielleicht verlor er dadurch am ehesten die Lust am Malen. Was fiel ihm ein, ein fremdes Mädchen zu porträtieren? Hatte er doch nicht einmal ihr Bild von der Terrasse des St. Augustiner Geisterhauses zu Ende gemalt. Oder benutzte er Farbe und Pinsel als Vorwand, um . . . Jetzt stach ihr bereits ein ganzes Bündel von Nadeln ins Herz.

»Später, meine Gnädigste, später«, wurde sie von Herbert vertröstet.

»Erst einmal muß ich versuchen, meinen ziemlich angeknacksten Kreislauf auf diese Treibhaustemperatur hier einzustellen.« Und er zählte ein paar Pillen zwischen den Fingern ab.

Da Paul sich ebenfalls von der Busfahrt erholen wollte, blieb für Caroline nur Trude übrig. Sich in Sekundenschnelle auf einen neuen Mann einzustellen, dazu fehlte ihr im Augenblick die Kraft und – ganz im Gegensatz zu Kolja – auch die Übung. So lagen also die beiden Frauen nebeneinander, dösten vor sich hin, blinzelten in die Sonne, wechselten nur ab und zu ein paar Worte miteinander. Wenn man das Kunststück fertigbrachte, die hintereinander gestapelten Betonklötze der Hotelbauten zu ignorieren, kam man sich fast wie auf einer Karibikinsel vor. Kein Windhauch kühlte die tropische Schwüle, kein Schatten schützte den Körper. Die Florida-Tiger schienen zu wissen, was sich dagegen am besten machen ließ. Entweder hielten sie ihre Nase permanent in ein mit Zucker beschlagenes Glas oder sie baumelten mit den Beinen im Swimming-pool. Hin und wieder hielten sie es dann für angebracht, die Aufmerksamkeit aller überdimensionaler Sonnenbrillen auf sich zu lenken. Also rückten sie sich die schockfarbenen Minislips zurecht, wiegten sich dem Sprungbrett entgegen und eröffneten die Wasserpantomime mit einem Salto.

Männer, alle um vieles attraktiver als der kurzbeinige Kolja. Trotzdem – Caroline biß sich verzweifelt in den Arm. Sie verfluchte ihn, sie verdammte ihn und – sie wünschte ihn sehnlichst herbei. Eben um ihn verfluchen und verdammen zu können. Wirklich nur deshalb? Nun, erst einmal würden ihre Augen Eissplitter sprühen, die Stimme Messerschärfe annehmen, ihr Rücken kühl wie die Polarnacht sein; später dann, falls er sich ihr zu Füßen werfen, jeden einzelnen der perlmuttfarbenen Nägel voller Reue küssen würde, könnte man sich ja die Sache anders überlegen. Die Miamiluft war nicht ohne Erotik . . .

Dabei war bis zum Ende ihres Ausflugs nach Disneyworld alles in Ordnung zwischen Caroline und Kolja gewesen. Nadja schien den Nachmittag genossen zu haben. Trotzdem war ihre Miene kaum mehr als freundschaftlich-kühl, als sie sich von ihrem Vater und der neugewonnenen Freundin (stand Caroline diese Bezeichnung vielleicht nicht zu, bei all der Mühe, die sie sich mit dem Kind gegeben hatte?) verabschiedete. Ein typisches Produkt amerikanischer Erziehung. Ein junges Mädchen nahm Nadja in Empfang, um sie wieder bei ihrer Mutter in Tampa abzuliefern. Wann sah Kolja seine Tochter wieder?

»Weiß ich nicht, es wird sich schon was ergeben.« Genauer äußern wollte er sich nicht. Vielleicht hielt er es auch für überflüssig, Caroline an seinen Familienverhältnissen teilnehmen zu lassen. Oder schämte er sich, Vatergefühle zu zeigen? Denn er hing an seiner Tochter, daran war kein Zweifel. Weshalb hatte er sich wohl sonst Nadjas Mickymausohren als Souvenir erbeten? Caroline verließ ihn in der darauffolgenden Nacht erst gegen drei Uhr. Selten hatte sie sich so jung, so begehrt, so voller Lebenslust gefühlt. Schwungvoll und mit noch sehr viel Müdigkeit hinter den Lidern eilte sie ein paar Stunden später zum Frühstück hinunter. Würde ihr Geliebter sie vor versammelter Mannschaft mitten auf die sehnsüchtigen Lippen küssen?

Gerade stritt er sich mit der weiblichen Bedienung herum. Er hatte zu lange auf die Butter warten müssen, außerdem war der Kaffee kalt und das Rührei leicht grünlich gefärbt. Caroline begrüßte er mit zusammengezogenen Augenbrauen. »Guten Morgen. Bißchen spät heute, oder was meinst du?«

Trude warf Caroline einen Blick auf; diese griff nach dem Saftkrug, überlegte, ob sie den orangefarbenen Strahl über Kolja gießen sollte, richtete ihn dann aber doch in ihr Glas.

Das konnte ja eine heitere Fahrt in Richtung Miami werden.

Unentschlossen hielt Caroline den Platz im Bus neben sich frei, stützte allerdings wie zufällig eine Hand darauf, so daß man aus ihrer Absicht nicht recht klug werden konnte. Kolja beschäftigte sich nicht weiter damit. Halblaut vor sich hinpfeifend, ließ er sich neben einer der Hostessen in das Plastikpolster fallen. Das Mädchen, eine rothaarige Französin mit pikantem Profil, atmete hörbar und ziemlich spannungsgeladen aus. Typisch à la française begann sie wie eine Ente zu schnattern. Diese Welschen – Caroline wurde ungerecht –, kein Wunder, daß sie sich mit den Deutschen niemals verstanden hatten. Viel Lack und dahinter Leere. Doch war sie zu voreilig mit ihrem Pauschalurteil gewesen – Mademoiselle hatte nichts, aber auch gar nichts von ihrem Nachbarn. Erst einmal gähnte er wie ein mürrischer Kater, dann steckte er sich ein Stück Cola-Schokolade nach dem anderen in den Mund, ohne der Hosteß ein einziges anzubieten. Durch die Spiegelung der Scheibe entging Caroline keine Nuance dieses Zweipersonenstücks, und sie empfand Schadenfreude. Sollten die anderen ruhig auch die Erfahrung machen, um was für einen schrecklichen, schlechterzogenen Menschen es sich bei Kolja Vassilou handelte.

Miami näherte sich mit seinen Hotel-Silos. Die Straßen waren fast leer – nur Schulkinder aller Hautfarben drängten sich an den Busstops, und ein paar in Pastelltöne gekleidete Witwen, die Haarnetze mit Similisteinen verglitzert, überquerten vorsichtig die Kreuzungen. Die Saison hatte noch nicht begonnen. Herbert kniete sich auf seinem Sitz, um besser fotografieren zu können. Weshalb verschob er das nicht auf die nächsten Tage, die endlich einmal ohne Programm sein würden? Wollte er tatsächlich versuchen, ein paar Dutzend Golfbälle zu schlagen, so wie er es auf der Ranch großspurig angekündigt hatte? Müßige Gedanken, müßige Fragen, doch immer noch besser als sich mit einem schokoladekauenden Gegenstand ständigen Ärgers zu beschäftigen.

Als der Bus das Hotel erreicht hatte, ergriff Kolja seinen Koffer und entfernte sich wortlos. Von da an ward er nicht mehr gesehen, außer eben von Jesse, der den ganzen Schauplatz der sonnenölglänzenden Eitelkeit im Blick zu haben schien. Trotz papageibunter Hawaiihemden und pastellfarbener Bermudashorts oder gerade deswegen – ein Mann ganz in Weiß (ein zweites Mal spielte Kolja den Tenniscrack) mußte ihm natürlich auffallen.

Mit einem Mädchen. Einem süßen Mädchen. Unglücklich warf Caroline den Kopf von einer Seite auf die andere. Sollte sie wieder anfangen, nach Martha zu suchen und nach der kleinen Französin und nach dem blutjungen Ding von der Reception? Sie war dieser ewigen Nachspioniererei müde, so schrecklich, schrecklich müde. Hier lag sie nun, die schmalen Formen wie unabsichtlich nur von einer Andeutung weißen Glanzstoffes bedeckt. Während Trude genau wußte, was zu ihrem

Alter paßte und sich von Hals bis Schenkel in ein verblaßtes Froschgrün eingehüllt hatte. Doch besaß sie dafür einen Mann, der sie begehrte, während Caroline . . . Roman war viele Flugstunden entfernt und Kolja – nun, anderweitig beschäftigt.

Zwei Cuba libre hatten ihre Schuldigkeit getan. Die Phantasie arbeitete auf Hochtouren, die Tränen saßen locker, Sentimentalität drängte ans Tageslicht. Oder war ihr schlechtes Gewissen der Grund dafür, daß sie auf einmal nicht anders konnte, als pausenlos von Roman zu sprechen? Dabei betonte sie nicht etwa seine Geduld mit ihr, seine Gutartigkeit und die Bewunderung ihren Fähigkeiten gegenüber – nein, sie gefiel sich darin, über seinen mangelnden Ehrgeiz und die daraus resultierende berufliche Pleite wie ein altes Marktweib zu räsonieren.

»Er hat es einfach nicht gelernt, sich durchzusetzen.« Caroline richtete sich so heftig auf, daß die Träger des Bikinioberteils die Schultern herunterrutschten. Na, wenn schon! Ihre Ehre hatte sie bereits verloren. »Ein Chef merkt so etwas natürlich und macht sich einen Spaß daraus, ihm einen Dreigroschenjungen vor die Nase zu setzen. Und wer ist schuld an der ganzen Misere? Die kleinbürgerliche Erziehung seines Elternhauses. So nach dem Motto: Bescheidenheit ist die einzige wahre Tugend. Und mit einem solchen Mann muß ausgerechnet ich verheiratet sein.«

Jetzt wurde sie wahrhaftig zur Komödiantin. Gewiß, diese Probleme waren ein Teil ihres Lebens, doch gehörte dieses Leben nach Europa und hatte nicht das mindeste mit ihrer augenblicklichen verzweifelten Situation zu tun. Da lag sie nun in Kreuzigungspose unter der heißen Sonne Floridas, prädestiniert für einen Verbrennungstod zweiten Grades (falls ihr Herz nicht aus anderen Gründen vorher verglühen würde) und plauderte eheliche Geheimnisse aus. Weit war es mir ihr gekommen, sie, die es genoß, ihren untadeligen Charakter zum Evangelium zu erheben und auf die meisten anderen Frauen mit Verachtung herunterzublicken. Auch daran war nur dieser plebejische Perlenfischer schuld! Um in eine Art von Masochismus das Bewußtsein ihres Verrats an Roman, an ihrem Verhältnis zueinander bis zum letzten Tropfen auszukosten, redete sie weiter. Von Irmela und diesem Zwang, sie ständig einladen zu müssen, von ihrem ersten offiziellen Erfolg in der alten Villa, bei dem ihrem Mann nichts Besseres einfiel, als mit einer fremden Frau zu flirten, von ihren früh verstorbenen Eltern, den Selbstgesprächen, die sie manchmal mit beiden führte, von diesem und jenem und – in jedem Fall – von viel zu vielem.

Hinterher fühlte sie sich – und zwar nicht nur von der Sonne – ausgebrannt und hätte am liebsten vor sich ausgespuckt. Wem hatte dieses weinerliche Lamento eigentlich genützt? Trude war die unbeschwerte Ferienlaune verdorben, und sie selbst – ja, zu den alten Qualen waren neue, nämlich die der Reue, gekommen. Oh, Florida, du Urlaubsparadies! Zeigst du deinen Charme nur den Leuten, die der Liebe bereits auf ewig entsagt haben?

Da tauchte Herbert auf, mit einem Sombrero auf dem Kopf und zwei Flaschen Sonnenöl in der Hand. Fast wirkte er wie eine Erlösung aus dem Höllennetz dieser

Spannung, das sich um die beiden Frauen gelegt hatte.
»Hallo, Esther Williams und du, göttliche Marilyn.
Macht nur so weiter, dann werde ich euch bald eigenhändig die Haut in Fetzen von den Luxuskörpern ziehen«, unkte er schadenfroh und nahm unter einem Sonnenschirm Platz. »Wo habt ihr denn unseren Griechen gelassen?«

»Kolja?« Caroline versuchte es mit Ignoranz. Dabei mußte man ihr den Schmerz, den sie beim Aussprechen seines Namens empfand, wie ein Leuchtsignal an ihrer ohnehin feuerroten Nasenspitze ansehen.

»Wer sonst, kleine Schwindlerin?« Herbert drohte mit einem blassen Finger. »Und nun auf, ihr müden Fliegen. Ich will den Silbersand von Miami zwischen meinen Zehen spüren.«

Er war harmlos, er war lustig, er wirkte nicht belastend. Also zogen sie gemeinsam los: Herbert, ein Handtuch über den Rücken gelegt, Trude, den froschgrünen Badeanzug durch einen gleichfarbigen Mantel und Turban aus Frottee ergänzt, als letzte Caroline, blank und bloß, zumindest äußerlich eine Strandattraktion.

Man ging sich angenehm. Das Wasser war kaum kühler als die Luft, das gelegentliche Hineintauchen zwischen Schaumkronen und Schlingpflanzen ein fast sinnlicher Genuß – Caroline gab sich ihm hin und schloß dabei die Augen. Trotzdem entging ihr nicht ein Blick der Männer, die sich auf ihren Liegestühlen aufrichteten und den kerzengerade Rücken plus dem, was danach kam, gedankenvoll musterten. Nur einer fehlte, und auf den allein kam es an.

»Bitte, ganz wie du willst«, murmelte sie zwischen zusammengebissenen Zähnen, »aber dir werden heute abend noch die Augen übergehen. Ich will mich herausputzen, als gelte es Miss ›King Arthur‹ zu wählen. Was erwartest du eigentlich? Eine, die genauso kurzbeinig ist wie du, eine, die beim Essen schmatzt und dir deine Ungezogenheiten vergibt, weil sie es von zu Hause anders gewohnt ist? Anscheinend hast du es nicht vertragen, nach den Sternen zu greifen . . .«

Apropos Stern. Eine Art Hollywood-Stern, nicht mehr ganz jung, nicht mehr ganz blank, tänzelte an ihnen vorbei. Auf den weißblonden Locken wippte ein Schleierhut, die Handgelenke waren dick mit Straßketten umwickelt.

»Hi«, sie hob zierlich den Arm, »how are you?« Ihre Hüften unter Goldsatin versuchten einen verführerischen Schwung. Dabei strahlte ihr die Naivität aus den blauen Augen.

»Auch das ist Florida«, überlegte Herbert. »Und wo finde ich jetzt den weißen Hai? Komm, Caroline, du Teufelskind, schwimm so weit ins Meer hinaus, bis ich eine dreieckige Rückenflosse auftauchen sehe.«

»Wenn es dir Spaß macht . . . Ich wollte schon immer mal das Fürchten lernen.« Ohne eine Miene zu verziehen, ließ sie sich ins Wasser gleiten. Vielleicht würde Herbert beim Abendessen erzählen, was man alles mit diesem Mädchen anstellen konnte . . . Oder es passierte ihr tatsächlich etwas und Kolja würde bis zum Ende seines Lebens einen seelischen Schaden davontragen . . . Obwohl er den kaum mehr nötig hatte.

Tauchte dort nicht ein dunkler Schatten auf? Nein, das war ein grünes Wassergewächs, tausendfach verästelt und zäh wie Gummi. Wie schön, die Augen zu schließen und sich einfach über die leicht gewellte Oberfläche treiben zu lassen. Man müßte ein Fisch sein, mit kaltem Blut und stumpfem Blick. Vielleicht auch ein Delphin, der ab und zu der Sonne entgegensprang. Aber Delphine waren bereits zu intelligent, konnten sich an Menschen gewöhnen, leiden . . .

Gegen zwei Uhr kehrten sie ins Hotel zurück, alle drei erschöpft, Caroline dazu noch mit einem so üblen Sonnenbrand gesegnet, daß es niemand versäumte, sie lebhaft zu bedauern und nachträglich mahnend den Finger zu heben. Der Empfangschef, ein agiler Cubaner, bot eine Linderungssalbe an. Wann und wie er sie aufzutragen gedachte – darüber schwieg er sich aus. Zu jedem anderen Zeitpunkt hätte sie ihm einen zweiten Blick gegönnt – seine Augen waren sanft und sahnig wie Mokkacreme –, diesmal hatte er Pech. Da war nicht nur ihr eigenes hochrotes Schulterpaar, das ihr zu schaffen machte, da war noch ein anderes, fest in weiße Baumwolle verpackt, und es gehörte zu diesem Vagabunden, genannt Kolja der Verräter. Er saß an der Snackbar, hatte sein Malzeug auf den Boden gelegt und kämpfte mit beiden Händen gegen einen Super-super-Sandwich an. Die beiden Plätze neben ihm waren unbesetzt.

In Sekundenschnelle gefror Caroline zur Eisstatue. Zumindest gab sie sich den Befehl dazu, wenn sie auch äußerlich mehr einer von der Abendsonne Afrikas überglühten Gazelle glich, die Hoffnung im Grün ihrer Iris, der Irrtum könne sich aufklären, der Tag noch ein glückliches Ende nehmen. Hoffentlich ließen sie Herbert und Trude jetzt nicht im Stich.

Nein, Herbert wollte sich den Triumph nicht entgehen lassen, in Begleitung zweier liebenswerter Frauen aufzutreten, und Trude mußte ja die Besorgnis in Worte fassen, die sie sich und Caroline...

»Ich nicht.« Caroline lehnte sich gelassen an einen der Hocker, so weit wie möglich von Kolja entfernt, der ihr über seinem Sandwich-Monster einen raschen Blick zuwarf. »Ich nicht im mindesten. Und jetzt möchte ich einen Cuba libre. Mit viel Eis, bitte sehr.«

»Mir einen Kaffee.« – »Und mir nur Tonicwasser mit ein bißchen Zitrone.«

»Und ich möchte zahlen.«

Das war Kolja, und er bückte sich bereits nach seinen Malutensilien.

»Weshalb so eilig, junger Mann?« Herbert wollte seinen großen Auftritt noch ein wenig länger genießen. »Während wir hier einen Vormittag lang das Millionärsleben probiert haben, mußten Sie wohl unbedingt arbeiten. Ich hoffe erfolgreich.«

»Zumindest nicht nutzlos.« Mit dieser rätselhaften Antwort, aus der Caroline das Fegefeuer und ähnliches herauslas, verschwand er in Richtung Swimming-pool. Kein Ton zu Caroline über den weiteren Verlauf des Nachmittags, kein verschwörerisches Augenzwinkern, gar nichts. Es war, als hätten sie zufällig einmal gemeinsam gefrühstückt, mehr schien ihm die Geliebte in der Erinnerung nicht wert zu sein.

Herbert, immer noch bestens gelaunt, begann sich laut über Koljas Verdrossenheit Gedanken zu machen. Wer hatte ihm bei seiner Malerei die Zeit vertrieben? Oh, man sollte diesen heißblütigen El Greco nicht unter-

schätzen. Cherchez la femme – so hieß seine Devise . . .
»Entschuldigt mich bitte, ich muß mich dringend um
meine Haut kümmern.«

Und Caroline rettete sich vor all diesen Giftpfeilen in
den Fahrstuhl, der – mußte denn heute alles schieflau-
fen? – mit kräftigem Rucken in jedem einzelnen Stockwerk hielt. Endlich hatte sie ihr Zimmer erreicht, eine
Oase in kühlem Gelb mit Blick auf das Meer. Auf dem
Nachttisch stand eine Schale mit Zitrusfrüchten. Dies
war eine Aufmerksamkeit der Direktion, die außerdem
schriftlich für den Aufenthalt dankte und für den morgigen Abend zu einem Candlelight-Dinner einlud.

Der morgige Abend. Würde Caroline ihn überhaupt
noch erleben und wenn ja, in welchem Zustand? Haut,
die ernsthaft verbrannt zu sein schien, gerötete Augen,
dazu diese übergroße Last auf dem Herzen . . . Verzweifelt ließ sie sich auf die mit Blumen bedruckte
Bettdecke fallen und streifte jede Art von Stolz, guter
Erziehung und Maskenspiel ab. Ihr war elend, ganz
elend zumute. Vielleicht hatte sie als junges Mädchen
ähnliches gefühlt, als sie sich einbildete, mit jeder Liebe
gleichzeitig und auch unwiderruflich ein Stück ihrer
Seele wegzuschenken.

Später dann rettete sie sich bei dem ersten Anzeichen
enttäuschter Hoffnungen hinter einen Schutzmantel
künstlicher Arroganz. Und heute – ja, heute war sie wie
die Unschuld vom Lande in die erste primitive Falle getappt.

Aber, um Gottes willen, was hatte sie seit gestern falsch
gemacht? Nadja zu ungeschickt ausgefragt oder Kolja
mit ihrer plötzlichen Leidenschaft erschreckt, Roman

zu häufig ins Spiel gebracht oder einfach zuviel von diesem Tag erwartet? Ja, das mußte es sein, nur das. Was war denn schon Weltbewegendes geschehen? Kolja hatte ein bißchen gemalt, na schön. Waren sie nicht aus diesem Grunde alle bis nach Florida gefahren? Und irgendein weibliches Wesen hatte ihm dabei Gesellschaft geleistet. Meinte Jesse, und er konnte sich geirrt haben. Und jetzt erholte sich Kolja am Swimming-pool, was in Miami keine so ungewöhnliche Beschäftigung war, und wartete dabei vielleicht auf Caroline. Was aber tat diese? Machte aus diesem Mißverständnis eine kleine Tragödie, opferte in einem Anfall von kindischem Trotz ihre kostbare Haut und grübelte sich zu allem Überfluß Falten auf die Stirn. Er würde anrufen, natürlich . . . Irgendwann, wenn ihn die Sehnsucht packte. Dann aber mußte man darauf eingerichtet sein. Also nichts wie Puder über den ganzen Körper und vielleicht ein bißchen Schlaf, der den Heilungsprozeß beschleunigte.
Eine Stunde später. Sie hatte nicht geschlafen, und das Telefon hatte nicht geläutet. Dafür kämpfte sie gegen eine Fieberwelle nach der anderen an. Oder hieß dieses Fieber Angst vor der Wahrheit? Er hatte nicht nach ihr verlangt. Das bedeutete mit anderen Worten: er war ihrer dummen, kleinen Person überdrüssig geworden. Was hieß da dumm und klein? War sie nicht eine verheiratete Frau, die von ihrem Mann angebetet wurde, war sie nicht eine Künstlerin, die bereits auf Erfolge zurückblicken konnte? Und da wagte es dieser hergelaufene Eseltreiber, sie wie eine seiner zahllosen primitiven Liebschaften zu behandeln? Aber sie wollte es ihm zeigen – er würde noch staunen. Wenn er es jetzt fertig-

brächte, an ihre Tür zu klopfen, sie wäre richtig in Fahrt...

Niemand klopfte. Und die Zeit verrann. Draußen blaute der Himmel bereits etwas dunkler, am Gläserklirren konnte man erkennen, daß der abendliche Cocktail am Swimming-pool serviert wurde. Auch für Kolja? Und für wen an seiner Seite? Sollte sie, Caroline, sich die Blöße geben, mit suchenden Augen durch das Hotel zu schleichen? Verquollen und verbrannt, wie sie im Moment nun einmal war? Oder war es besser, aller Qual – der des Körpers, der des Herzens – kurzentschlossen ein Ende zu setzen und sich aus dem Fenster zu stürzen? Das wiederum war er wirklich nicht wert, außerdem hatte ihr diese Art von Dramatik nicht einmal in ihrer Sturm- und Drangzeit gelegen. Nein, sie wollte einfach ihr Zimmer bis zum nächsten Morgen nicht mehr verlassen. Sollte man von ihr denken, was man wollte. Kurz entschlossen ließ sie sich bei der Zentrale Koljas Nummer geben, um ihm mitzuteilen, daß er heute abend nicht mit ihr rechnen konnte. Er meldete sich nicht. Hatte sie etwas anderes erwartet? Im Grunde genommen nein. Und es war auch besser so.

Weshalb sollte er sich noch mit ihren persönlichen Problemen belasten? Nein, Langsams waren die Richtigen. Ihnen gegenüber wollte sie Kopfschmerzen vorschützen, verursacht von diesem grandiosen Sonnenbrand, und sie bitten, daß man sie in Ruhe schlafen ließe.

Trude meldete sich mit ihrer sanften Stimme. »Wie geht es Ihnen, armes Kind?« Fast wäre Caroline in Tränen ausgebrochen. Wie wohl es doch tat, irgendwo in dieser verdrehten Welt auf einen mitfühlenden Menschen zu stoßen.

»Gar nicht gut.« Und Caroline rasselte ihr vorbereitetes Sprüchlein herunter.

»Sie wollen nichts essen? Das kann ich bei Ihrem Zustand verstehen, aber trotzdem... Was sagst du, Paul?« Man hörte eine Stimme im Hintergrund. »Mein Mann meint auch, daß Sie nicht auf das Dinner verzichten sollten. Gehen Sie mit uns und ziehen Sie ein langärmeliges Kleid an. Vielleicht treffen wir auf Kolja und Herbert. Bis acht Uhr dann vor dem Speisesaal. Tschüs und gute Besserung.«

Trude hatte ihr die Entscheidung abgenommen. Was und wem sollte es auch nützen, einsam zwischen jungfräulichen Laken zu liegen und die Minuten bis zum Morgengrauen zu zählen? Vielleicht klärte sich das Mißverständnis ganz von allein auf.

Caroline wusch sich das Haar, puderte ihr Gesicht mit einem Pfirsichpuder und versteckte die strapazierte Haut unter himmelblauem Lurex. Umwerfend sah sie nicht gerade aus, doch vertraute sie dem mitleidigen Kerzenlicht.

Ein Schluck Whisky hätte jetzt geholfen – eine gute Idee der Amerikaner, immer eine Flasche im Gepäck zu haben. Was ein Bourbon hier wohl kostete? Carolines Sparsamkeit überwog, noch war sie nicht so weit, überflüssiges Geld auszugeben. Noch nicht...

Zwei Männer nickten ihr im Aufzug freundlich zu. Ob sie Caroline vielleicht durch die Halle begleiten wollten? Pech gehabt – zwei ältere Frauen, frischfrisiert und mit Schmuck überladen, nahmen sie an der Lifttür in

Empfang. Keine Spur von Paul und Trude. Warum mußten sie sich ausgerechnet heute verspäten?

Fünf bange Minuten auf der Ecke eines Sessels, dann endlich erschien Trude, ebenfalls frischfrisiert und mit Schmuck überladen, und stürzte sich auf Caroline.

»Bitte, entschuldigen Sie, mein Fön hat nicht funktioniert. Paul wartet in der Bar auf uns, vielleicht treffen wir dort auch die anderen beiden Männer.«

Caroline wollte nicht die Bar betreten. Sie wußte, daß dort eine unangenehme Entdeckung auf sie wartete. Kolja war bei ihrem Anruf nicht im Zimmer gewesen, zumindest nicht in seinem eigenen. Vielleicht bei einer hübschen Frau, und jetzt feierten sie ihr Liebesfest an der Theke bei einer Flasche Champagner weiter...

Es war Campari mit Orangensaft und die Glückliche war Martha. Natürlich – im Grunde hatte es Caroline von Anfang an gewußt. An einem Engel wie Martha konnte ein Teufel wie Kolja nicht vorübergehen, die Reinheit ihrer Züge, die Unschuld der Augen, was wollte er mit einer lebenserfahrenen Frau wie der Mittdreißigerin Caroline Lohse? Wahrscheinlich mußte sie froh sein, daß Roman noch nicht nach dem Himbeermund eines Teenagers verlangte.

Es war also Campari mit Orangensaft, und es waren Columbo und Herbert und Kolja und Martha. Alle drei Männer hatten sich wie liebeshungrige Gockel um das blonde Mädchen geschart – war die Luft von Miami vielleicht mit einem Aphrodisiakum geschwängert? Und Kolja sprach am lautesten. Ja, Caroline kam es geradezu vor, daß er noch an Lebhaftigkeit zulegte, als er ihre blauglitzernde, weißgepuderte Erscheinung sah.

»Guten Abend.« Sie zwang sich zu einem Lächeln und sah jedem außer Kolja ins Gesicht. Ihre Beine zitterten – lag es allein am Sonnenbrand? »Guten Abend, meine Freunde.«

»Ja, ja, guten Abend.« Das war Koljas Stimme, und mehr sagte er nicht. Die anderen benahmen sich freundlicher. Herbert berichtete von Carolines Todesmut der Mittagssonne gegenüber, Columbo erkundigte sich, ob er ihr etwas bestellen dürfe, Martha öffnete ihren süßen, törichten Mund und sagte etwas Süßes, Törichtes. Kolja fraß sie dafür mit den Blicken auf. War das wahre Empfindung oder einfach eine ungeheuerliche Provokation?

Paul hatte Hunger. Doch die drei verliebten Gockel wollten im Augenblick von ihrer Henne nicht lassen. »Geht schon voran und haltet uns vier Plätze frei. Vier, versteht ihr?«

Abermals Kolja, und er sah Caroline dabei an. Womit hatte sie diese Dolchstöße am laufenden Band nur verdient?

Wie sie in den Speisesaal kam, wußte sie später nicht mehr. Auch nicht, was sie sprach, was sie dachte, was sie bestellte. Ihr Körper war eine einzige Wunde. Und immer wieder diese Frage: warum, lieber Gott, weshalb, warum?

»Da scheinen ja alle drei angebissen zu haben.« Paul hatte das gute Recht, seinen Eindruck zu kommentieren. Trude lachte nachsichtig und griff gleich darauf nach seiner Hand – ein normales harmonisches Ehepaar. Wie würden sie wohl reagieren, wenn sie erführen, daß ihre gemeinsame Freundin, Caroline, ebenfalls verheiratet und nicht einmal schlecht, die letzten Nächte mit einem zweifelhaften Ausländer verbracht hatte? In Carolines Gesicht brach die Röte durch. Das war nicht allein der Brand, dazu kam auch noch Scham. Also gehörte sie ebenfalls zu den verlogenen Leuten, die andere täuschten und ihnen Biederheit vorspiegelten, während das Laster in ihnen lauerte. Im Grunde durfte sie keinem ehrlichen Menschen mehr in die Augen schauen, nicht Trude, nicht Paul – von Roman ganz zu schweigen.

Als sie bei der Vorspeise waren, einem Salat mit Trauben, Ananas und einigem Grünzeug, näherte sich die Vierergruppe. Columbo bot Martha einen Stuhl an und setzte sich rasch neben sie, die andere Seite beanspruchte Herbert, jetzt blieb nur noch Kolja. Ganz deutlich zog er eine enttäuschte Grimasse und zögerte fünf Sekunden über die Höflichkeit hinaus, ehe er Platz nahm neben Caroline, seiner Geliebten bis gestern nacht.

So hatte man sie in ihrem ganzen Leben noch nicht beleidigt – auf einmal wich der Schmerz einer kalten Wut, und sie nahm sich vor, ihm das auf grausame Art heimzuzahlen.

Wie straft man einen solchen Menschen am besten? Indem man seine schwächste Stelle herausfindet und den Finger darauf legt. Was heißt: legen, nein, darin herumbohrte, vielleicht auch ein Messer nimmt, um die Pein zu verstärken. Und Koljas schwächster Punkt war seine Primitivität.

Zwei weitere Schlucke Weißwein und Caroline war in Form. Trotz ihres unvorteilhaften Aussehens, trotz des bezaubernden Gegenübers Martha, sie würde ihren Part zu spielen wissen. Man sollte sich wundern.

»Ist es nicht möglich, New Orleans zu besuchen?« wandte sie sich an Columbo, der gerade Martha mit Pommes frites bediente.

»New Orleans? Dazu haben wir keine Zeit.« Er ließ sich nicht in seiner Beschäftigung stören.

»Wie schade!« Caroline stützte einen Arm dekorativ auf das Tischtuch, mit dem anderen ordnete sie ihr Haar. »A streetcar named desire« – es hätte mich zu sehr interessiert. Bewunderst du Stella Kowalski auch so wie ich?«

»Das kommt auf die Stärke deines Gefühls an, cara Carolina.« Noch immer reichte er die Schüssel, war jedoch mit den Gedanken bereits bei dem angeschnittenen Thema.

»Es muß da heute noch eine Straßenbahn geben, die ›desire‹ heißt. Neulich las ich ein Buch, das sich mit den Hintergründen des Dramas beschäftigt. In anderen Kapiteln ging man der Kindheitsstätte Proust's nach. Combray, wenn ich nicht irre.«

Voller Ehrfurcht folgte Trude dem Gespräch. Vielleicht war es nicht ganz fair, sie, die vor allem von Klaviermusik etwas verstand, durch ein literarisches Thema in Verlegenheit zu bringen. Wäre die Rede auf Chopin gekommen, Caroline hätte passen müssen. So aber war sie mit einem Mann verheiratet, der sich zwar nicht in moderner Ellbogentechnik auskannte, dafür aber auf seinem beruflichen Fachgebiet um so mehr und dieses Wissen an seine Frau weitergab. Wie reagierte Kolja? Er schwieg und säbelte an seinem Steak herum.

»Könnte ich mal das Salz haben?« Jetzt wandte er sich das erstemal an Caroline. Etwas abwesend reichte sie ihm das Kristallgefäß, ängstlich bemüht, nicht seinen Arm zu berühren. Wenn er sie meiden wollte, mied sie ihn schon lange.

»Eigentlich heißt Combray ja Illiers«, Caroline ließ nicht locker.

»Die Kirche, die Proust so zärtlich beschreibt, existiert heute noch, ihr richtiger Name ist Saint Hilaire und nicht Saint Jacques. Doch bleiben wir ruhig bei den amerikanischen Schriftstellern. Entschuldige meine Neugier, in welchem Alter hast du Wolfe's ›Schau heimwärts, Engel‹ gelesen?«

Columbo dachte nach. »Vielleicht mit sechzehn, siebzehn. Warum?«

»Bei mir war es später«, mischte sich Herbert ins Gespräch und nahm die rosa Pille, mit der er jedes Essen abrundete. »Ich weiß noch, wie sehr es mich beeindruckte...«

Auch Paul hatte dazu einiges zu sagen, Trude erinnerte sich, daß der Held Gant den Engel als »weißen Elefanten« bezeichnete – nur Martha und Kolja, ja, dem schönen, neuen Liebespaar blieb nichts anderes übrig als zu schweigen.

Kolja ärgerte sich, oh, Caroline badete geradezu in seiner Wut. Gewiß war er nicht dumm, weit in der Welt herumgekommen, mit so mancherlei verschiedenem Wasser gewaschen, von künstlerischem Talent – in Sachen Allgemeinbildung durfte man ihn ruhig als Waisenknaben bezeichnen. Und Martha? Ein naives, liebes Kind, mehr nicht.

Von einer Minute zur anderen war es jetzt Caroline, die im Mittelpunkt der Unterhaltung stand. Caroline mit dem gepuderten Gesicht, unter der schmerzliche Röte flammte. Nur heute noch, morgen war ein dekorativer Braunton daraus geworden, zu genau kannte sie ihren Körper und seine Reaktionen.

»Sind Sie Lehrerin?« Martha machte hübsche, aber ziemlich kuhähnliche Augen.

»Lehrerin? O nein.« Jetzt endlich fand Caroline die Kraft, ihr lächelnd ins Gesicht zu sehen. Es war wie Erdbeereis mit Sahne, ohne Zweifel, trotzdem kein ausreichender Grund für Kolja, ihr untreu zu werden. Welche Malfarben er wohl für das Baumwollgespinst ihres Haars benutzt hatte? »Aber ich habe einen Mann, der sehr, sehr viel weiß. Einen dummen Partner könnte ich nicht ertragen. Ich bin in dieser Beziehung verwöhnt, wissen Sie?«

Das saß. Kolja räusperte sich und versuchte Martha quer über den Tisch anzuflirten.

»Martha, darf ich dich küssen?« säuselte er. Gott sei Dank achtete kaum jemand auf ihn.

»Vielleicht.« Martha strahlte ihn kurz an, wandte sich dann aber an Columbo und schenkte ihm das gleiche Strahlen. »Aber nur auf die Wange.«

»Interessant ist auch der Hintergrund zu der ›Brücke von San Luis Rey‹«, Paul sprach langsam und wägte jedes seiner Worte ab. »Sie soll die schönste Brücke in ganz Peru gewesen sein, bevor sie dann einstürzte. Die alten Inkas nannten sie . . .«

»Martha.« Schon wieder diese alberne Tour. »Darf ich dich jetzt wirklich küssen?«

Am liebsten hätte Caroline ihm rechts und links eine Ohrfeige gegeben, gleichzeitig schämte sie sich fast für Kolja. Merkte denn der blöde Kerl nicht, wie lächerlich er sich machte? Aber sie hatte sich gerächt, ihn vor der ganzen Runde bloßgestellt. Und morgen und übermorgen würde es weitergehen.

Da Martha auf seine Annäherungsversuche nicht weiter einging, versuchte Kolja sich jetzt an der Unterhaltung zu beteiligen. Er warf Raymond Chandler ins Spiel und tat sich groß mit den Büchern, die er von ihm kannte. »Detektivliteratur.« Caroline winkte verächtlich ab. »Willst du uns hier auf den Arm nehmen?«

Er pfiff durch die Zähne . . . »Ich kenne da eine Frau, die sich lieber *in* den Arm nehmen läßt, eine sehr feine Frau, klug und gebildet, eine richtige Dame, könnte man sagen. Besonders gern hat sie es . . .«

Caroline erstarrte. Gerade überlegte sie, ob sie ihm den vorlauten Mund mit dem letzten ihrer gegrillten Fische stopfen sollte, da hob Martha ihr Stimmchen.

»Wer geht mit mir tanzen?« Sie wandte ihren Engelskopf von Columbo zu Herbert zu Kolja und dann wieder zurück zu Columbo. Caroline und das Ehepaar Langsam schienen für sie nicht zu existieren.

»Alle, alle gehen wir tanzen mit dir.« Herbert legte seine Serviette beiseite und winkte dem Kellner. »Nachdem wir morgen endlich einmal nichts vorhaben, kann die Nacht lang und – wenn es nach mir geht – auch entsprechend sündig werden.«

Auf dem Weg vom Tisch bis zur Tür des Speisesaals blieb Caroline genug Zeit, um einen Entschluß zu fassen. Es gab nur eine Möglichkeit: sich so rasch wie möglich zurückzuziehen. Kolja hatte ihr deutlich gezeigt, daß er ihr gemeinsames Verhältnis als beendet ansah; wem als ihm selbst konnte es also nützen, sich weiteren Demütigungen auszusetzen? Und er würde nicht daran sparen, dazu kannte sie ihn inzwischen gut genug.

»Gute Nacht allerseits und viel Vergnügen.« Mit einer eleganten Wendung war sie im Lift verschwunden und drückte den Knopf.

Genau bis zu ihrem Zimmer reichte ihre Selbstbeherrschung. Dann ließen sie die Nerven im Stich, und sie warf sich laut weinend aufs Bett. Womit hatte sie es verdient, wie ein Mädchen von der Straße behandelt zu werden? Verachtete Kolja sie jetzt dafür, daß sie ihm bewiesen hatte, wie wenig ihr die normalen Moralbegriffe bedeuteten? Seinetwegen hatte sie Roman bloßgestellt, und er . . . Roman, ja, Roman. Das war das Stichwort. Hastig verlangte sie ein Gespräch nach Deutschland.

Sie mußte lange warten. Dann kam die knappe Nachricht: »Keine Antwort.«

Auch das noch. Nicht einmal der ihr angetraute Mann war greifbar, um sie zumindest symbolisch in die Arme zu nehmen und ihr Selbstbewußtsein wieder aufzurichten. Schöne Zustände waren das. Dabei konnte man es ihm nicht einmal übelnehmen, wenn er seinerseits nach Abwechslung suchte und sie vielleicht sogar bereits gefunden hatte. Sich zwischen zwei Stühle setzen – so und nicht anders lautete Carolines Situation.

Von droben herunter dröhnte laute Musik. Dort mußte die Tanzbar sein, drängte sich Koljas untersetzte Gestalt jetzt wohl dicht an Marthas schlanken Körper, flüsterte er ihr seine Zimmernummer ins Ohr. Wie sollte sie, Caroline, es jemals fertigbringen, diese Nacht zu überstehen?

Sie wurde noch um hundertmal schlimmer als befürchtet. Immer wieder schlief sie für einige Minuten ein, um dann verwirrt hochzuschrecken, in der verzweifelten Hoffnung, alles sei nur ein böser Spuk. Dann träumte sie wirklich, hörte Koljas Stimme, die um Verzeihung bat, fühlte seine Hände, seine Lippen . . . Das dumpfe Schlagen der Gitarre, das Stampfen der Füße gegen die Decke über ihr, hin und wieder auch ein übertriebenes Lachen rissen sie in die Wirklichkeit zurück. Es war aus zwischen ihnen beiden, Schluß, Ende, fini, basta, finished. Nie wieder würde sie mit dem Zeigefinger die kräftige Linie seines Halses entlangfahren, atemlos mit dem Anhänger seiner Kette spielen, und, während sie ihm in die dunklen Augen blickte, an geharzten Wein und Oliven und Salzwasser denken. Ein Kapitel ihres Lebens, ein zugleich einschneidendes und beschämendes, war abgeschlossen.

Sie hatte recht gehabt: am Morgen zeigte der Spiegel ein zwar übernächtigtes, doch zart gebräuntes Gesicht. Die grünen Augen leuchteten kühl entschlossen, nur wer etwas von Herzweh verstand, wußte den Anflug von Trauer zu deuten. Von Kopf bis Fuß in Schilf gekleidet, stieg sie gegen acht Uhr zum »coffee-shop« herunter. Schlimmeres als die Qualen der vergangenen Nacht konnte nicht auf sie warten. Der Schmerz hatte ihr Herz ausgeglüht.

Unter den Kollegen herrschte Unruhe. In einer halben

Stunde fuhr der Bus in Richtung Everglades ab. Caroline hatte über diese Sümpfe gelesen, in denen es Krokodile und Stechmücken geben sollte. Man beabsichtigte auch, ein altes Indianerdorf zu besichtigen und einen Häuptling, der sich mit seinen drei Frauen von Landwirtschaft und Fischfang ernährte. Sie hatte sich auf diesen Ausflug gefreut, ja, bereits in Gedanken Schritt für Schritt mit Kolja an der Hand durcherlebt – jetzt war sie fest entschlossen, nicht daran teilzunehmen. Irgendwie schien es ihr unter ihrer Würde, von früh bis abends Theater zu spielen. Wenn sie nur die nächsten zwei Tage bereits hinter sich gebracht hätte...

»Setzen Sie sich zu uns.« Da waren Herbert und Kolja, und sie häuften Himbeermarmelade auf lasches Weißbrot und taten, als sei überhaupt nichts passiert. Caroline ging darauf ein.

Die Sonne blendete durch die Scheiben, draußen breitete ein Junge mit Shorts die Matratzen auseinander, an der »open air bar« klingelten bereits die Eiswürfel. Eine nicht mehr ganz junge Frau durchschwamm mit schwerfälligen Bewegungen den Pool. An ihrer Badermütze steckten goldene Schleifen.

»Sie sind mir vielleicht eine.« Herbert wiegte anklagend den Kopf hin und her. »Verschwindet einfach und überläßt uns allein unseren tänzerischen Gelüsten. Wieder eine Gelegenheit verpaßt, Sie einmal eng in meine Arme zu nehmen. Aber hübsch sieht sie heute aus, was meinst du, Kolja?«

Dieser kaute mit vollen Wangen. »Hübsch wie immer, das wissen wir doch. Soll ich dir Kaffee bestellen oder willst du ausnahmsweise Tee?« Soviel Höflichkeit hatte Caroline bei ihm überhaupt noch nicht erlebt.

»Kaffee, bitte.« Sie war freundlich, braun und gelassen.

»Und wie spät ist es bei euch gestern nacht geworden?«

»Bei mir vielleicht zwei Uhr.« Herbert gähnte, die Tanzerei schien ihm auf den Magen geschlagen zu haben, denn er wirkte noch blasser als gewöhnlich.

»Kolja, der Versager, ist bereits eine halbe Stunde nach Ihnen verschwunden.«

»Wie dumm von ihm.« Mehr sagte Caroline nicht. Und kein Folterinstrument der ganzen Welt hätte eine weitere Silbe aus ihr herausgepreßt. In ihren Gedanken stürmte es. Da hatte dieser Nichtsnutz wenige Zimmer von ihr entfernt friedlich in seinem Bett gelegen, während sie in Tränen badete, in wirre Träume versank, den Himmel um Gerechtigkeit anflehte. Kannte sich einer mit diesen Männern aus!

»Für mich eine recht langweilige Angelegenheit«, beschwerte sich Herbert weiter, »das Ehepaar Langsam war sich selbst genug, Martha flirtete wild mit Columbo herum und ich – ja, aus lauter Verzweiflung schwenkte ich eine zweifache Witwe.«

Balsam für Carolines Ohren, ihr Herz, ihre Nerven. Trotzdem – der Zug der Liebe war bereits abgefahren. Mit einer Versöhnung wollte sie sich gar nicht erst befassen.

»Und wie verbringst du so deinen Vormittag?« Das war Kolja, der sich ja bereits für die Everglades angemeldet hatte.

»Ich bummle durch die Straßen und versuche für meinen Mann ein Souvenir aufzutreiben. Keine einfache

Sache, wenn man nicht gerade auf Haigebisse und Plastikorangen Wert legt.« Caroline pflegte die perfekte Konversation.

»Wie wäre es mit einer silbernen Pfeffermühle?« Er pendelte nahe an der Grenze zur Unverschämtheit – wieder einmal.

»Tut mir leid, haben wir schon.« Sehr grün, sehr, sehr kühl.

Ein Schritt zurück. »Darf ich dich begleiten?«

Sanftes Zögern. »Wenn du willst. Aber Vorsicht, ich bewege mich durch exklusive Gefilde.«

Kompromiß. »Das macht nichts. Ich will noch ein paar hundert Meter Film abdrehen.«

Also waren sie doch beide wieder allein. Einen winzigen Moment lang spielte Caroline mit dem Gedanken, ihre künstliche Kühle abzulegen, Koljas Augen mit ein paar gezackten Blicken zu durchbohren, um dann später (aber nicht zu spät) die versöhnliche Frage zu stellen: »Ist jetzt wieder alles okay?«

Ihr Stolz war mit dieser Lösung nicht einverstanden. Erst mußte Kolja mindestens einen Vormittag hindurch kräftig für sein unmögliches Betragen büßen. Was hatte er sich eigentlich dabei gedacht?

Oh, Kolja, du trauriger Clown der Liebe, Unglücksrabe, der seinem eigenen Schicksal ständig im Wege steht, trotze jetzt nicht mit herunterhängenden Schultern und diesem gewissen verächtlichen Zug um die Lippen an der Seite einer selbstbewußten jungen Frau.

Beobachte einmal die wohlwollenden Blicke der Verkäufer, die sich geradezu danach drängen, ihr mit Rat und Tat zur Seite zu stehen, denn sie ist eine von ihnen, paßt in diese Saks-Filiale nicht weniger gut als in die Pommes frites-Bude am Strand. Klasse, das ist es, was sie repräsentiert. Was hat deine kleine Martha dagegen anzubieten (als eben ihren jugendlichen Liebreiz?) Mit der Kamera in der Hand eskortierte er sie, drei Meter im Rückstand, durch sämtliche Geschäfte des supereleganten »Bal Harbor«, beugte sich zwar zögernd, aber dennoch über einen Tisch voller glitzernder Schmuckstücke, zündete sich eine Zigarette an, während sie sich mit dem Angebot eines Terrassenkleides herumschlug, setzte sich auf einen Stuhl und hielt ihre Tasche, als sie sich kurz und erfolglos in eine Beduinenprinzessin verwandelte. Für seine Begriffe war dies alles eine kolossale Leistung – ihr genügte der Bittgang noch immer nicht.

Einmal nur, in der verführerischen Duftmeile einer Parfümerie, geriet ihre Unerbittlichkeit kurz ins Wanken: Wenn er ihr bis zum Ende des Einkaufsbummels weiterhin wie ein treuer Hund nachlief, würde sie eine Vergebung ins Auge fassen. Ein letztes Mal Liebe noch, ihretwegen sogar bis zum frühen Morgen, dann wollte sie ihre sentimentalen Träume für immer begraben. Gelegentlich streiften sich ihre Schultern, sie wich zurück und fingerte an ihrer Sonnenbrille herum. Wie gut, daß sie gestern den Strandspaziergang plus nachfolgender Höllenqualen durchgestanden hatte: heute lockte die nackte Haut wie konzentrierter Kakao.

»In solchen Geschäften fühlst du dich also wohl?« Das war Kolja, und es klang ungewohnt mild.

»Fühle ich mich *auch* wohl«, korrigierte sie. »Wenn man im Leben Erfolg haben möchte, muß man es verstehen, rechtzeitig in die passende Haut zu schlüpfen. Mit Starrköpfigkeit läßt sich wenig erreichen.« Unwillkürlich dozierte sie wie eine Lehrerin.

»Carolinka, Carolaschka, Caroline Carolinowa.« Er buhlte um sie wie ein Pfauenmännchen. Leider fehlte ihm die Farbenpracht.

»Ja, bitte?« Sie musterte ihn von oben herab.

»Du leuchtest wie . . . wie eine Möwe in der untergehenden Sonne. Ich möchte dich malen mit deinem Flügelmund. Willst du mir nicht später Modell sitzen?« Das tat wohl und tat auch weh. »Das saß ich bereits einmal, wenn du dich noch an St. Augustin erinnerst, und später wechseltest du dann überraschend deinen Typ. Lassen wir es dabei.«

Er ging nicht weiter darauf ein. Wahrscheinlich verbot es ihm seine Mannesehre, eine Bitte mehrmals auszusprechen. Wußte er noch immer nicht, was für eine schwache Frau hier vor ihm stand?

»Und du? Was machen deine Liebeskäfer? Wie viele Beine sollen sie denn haben? Nur vier oder sechs oder sogar acht?« Er wälzte bereits wieder frivole Gedanken, sie sah es den Pünktchen in seinen Augen an.

»Zwei, Kolja, zwei. Es muß auch Ausnahmen geben.« Beide wußten, daß sie nicht die Wahrheit sprach. »Und jetzt treten wir lieber den Rückweg an. Trude und Paul erwarten uns zum Lunch auf der Terrasse. Mal sehen, was sie von den Indianern zu erzählen haben.«

»Trimph, Triumph«, schallte es in ihren Ohren, »vielleicht, wenn er sich bis heute abend nichts mehr zuschulden kommen läßt . . .«

Trude war voll der Erlebnisse. Eine Squaw mit langen

Zöpfen hatte sie gesehen und ein festverschnürtes Wik-
kelkind und dann ein Krokodil, dem man den Arm
zwischen die scharfen Zahnreihen legen konnte. Nur
wenige hatten die Mutprobe gewagt. Herbert war darunter gewesen, ausgerechnet der sonst so zimperliche
Herbert.

»Paul hat mehrere Fotos davon geschossen. Jetzt können wir es kaum mehr erwarten, bis der Film entwickelt
ist. Und was habt ihr so getrieben. Die letzten Dollars
unter die Menge geworfen?«

»Kaum. Bis auf ein Rancherhemd in Luxusausführung
für meinen Mann konnte ich mich zu keinem Kauf ent-
schließen. Das Angebot war einfach zu überwältigend,
die Preise allerdings auch.«

In leichter Kleidung aßen sie leichte Salate und tranken
dazu leichten kalifornischen Wein. Es war fast noch
heißer als am vorigen Tag, eine sehr feuchte Hitze, die
nach sehr vielen Drinks verlangte. Caroline versuchte
ihren Durst mit Eiswasser zu löschen, doch kam ihr
Kolja zuvor, der laufend das Glas mit Wein nachfüllte.
Er schien genau zu wissen, warum. Und Caroline besaß
nicht die Kraft, ihm zu wehren. Wollte er tatsächlich
einen so billigen Sieg erringen?

»Dort sitzt das neue Liebespaar Columbo und Martha.« Trude deutete mit der Serviette auf eine mit Palm-
blättern gedeckte Hütte. »Anscheinend haben sie gestern beim Tanzen ihre Zuneigung zueinander entdeckt. Heute hättet ihr die beiden einmal im ›Greyhound‹ erleben sollen. Reegan mußte sich allein um die
Gruppe kümmern, da Columbo vollkommen den Kopf
verloren hat.«

Zornig spießte Kolja ein Salatblatt mit dem Messer auf. »Guter Geschmack scheint nicht seine Stärke zu sein.« »Wieso?« Trude hatte im Laufe der Reise an Selbstbewußtsein gewonnen. »Gestern abend waren Sie da aber anderer Meinung.«

Caroline schwieg. Hinter ihrer Sonnenbrille wirkte sie unbeteiligt, doch entging ihr nicht ein einziges Wort. Jetzt wurde das zweite Salatblatt mißhandelt. »Gewiß, sie ist schön, sehr schön sogar. Alle Männer sind hinter ihr her, und das fühlt sie ganz genau.«

»Was hat das mit schlechtem Geschmack zu tun?« bohrte Trude weiter, während Caroline noch immer schwieg.

»Weil man nach einem Mal genug von ihr hat. Verstehen Sie mich jetzt? Ich meine, eine Nacht mit ihr, und dann weiß man mit dieser Art von Mädchen nichts weiter anzufangen. Columbo wird es nicht anders gehen.«

Trude war ein bißchen rot geworden. »Sie führen ja ganz schön offene Reden. Ist das bei Männern so üblich?«

»Wenn Sie richtige Männer meinen, ja.« Kolja fiel in seinen ungezogenen Ton zurück. Gott sei Dank nahm Trude das weniger übel als die im Augenblick überempfindliche Caroline. »Wir sind doch alle erwachsene Leute, glaube ich. Es gibt Mädchen für ein Abenteuer und Mädchen für eine ganze Menge mehr. Nehmen Sie beispielsweise Caroline. Sie ist der Typ, den man . . .«

»Ich bitte dich, Anwesende aus dieser nicht besonders geschmackvollen Diskussion herauszulassen.« Vielleicht hätte jedes einzelne von Koljas Worten Balsam für Carolines wunde Seele sein können, wäre die dahinter verborgene Absicht nicht zu deutlich erkennbar. »Ganz wie die Dame bestimmt.« Kolja zuckte mit den Achseln. »Und wo wollen wir unseren Rausch jetzt ausschlafen?« Seine leicht in Rotwein getauchten Augen sogen sich an Carolines – ebenfalls in Rotwein getauchten – Lippen fest.

»Wir könnten uns an den Strand legen.« Sie suchte Hilfe bei Trude. »Zur Abwechslung vielleicht einmal in den Schatten, um ein bißchen Ruhe zu finden.«

Kolja nickte. »Tut das mal. Wenn ich diese eine Unklarheit mit meinem Rückflug geregelt habe, werde ich mir erlauben, die beiden Najaden aufzuwecken. So long.« Und er verschwand leise pfeifend in Richtung Hotelhalle, anscheinend sehr mit sich und dem Lauf der Dinge zufrieden.

Caroline blieb mit gemischten Gefühlen zurück. Sollte sie es wagen, ihm nochmals eine Chance zu geben? Naja, vielleicht war eine halbe Stunde Schlaf jetzt wirklich das Beste.

Nur eine der Strandhütten war nicht belegt. Wohlig streckten sich die beiden Frauen davor im sonnenwarmen Sand aus. Über den Himmel flatterte eine runde, satte Babywolke. Das Meer murmelte sich selbst in den Schlaf.

»Ein komischer Kauz, dieser Kolja.« Das Mittagsgespräch schien Trude nicht aus dem Sinn zu gehen. »Dabei halte ich ihn nicht einmal für leichtsinnig oder gar oberflächlich, aber irgendwie fehlt ihm die innere Reife. Manchmal ist er wie ein Kind, will heute dies, morgen das ... Ich kann mir nicht vorstellen, daß mein Mann seine Ansicht über Frauen teilt.«

»Meiner auch nicht«, stimmte Caroline schläfrig zu. Mußte Trude unbedingt diese himmlische Ruhe stören? »Und wissen Sie, weshalb er so ausgesprochen häßlich über die hübsche Martha sprach?«

»Neeeiiin.« Am liebsten hätte Caroline ihr den Mund zugehalten. »Weil sie ihm gestern abend von einer Sekunde zur anderen die kalte Schulter zeigte. Verletzte Eitelkeit, verstehen Sie? Kaum hatten Sie sich von uns verabschiedet, hängte sie sich an Columbos Arm und später an seinen Hals. Seiner Miene nach zu urteilen schien ihm das sehr zu gefallen. Eine dumme Situation für Kolja. Deshalb verschwand er auch so schnell, ohne uns vorher ein Wort davon zu sagen. Trotzdem finde ich es nicht sehr fein, heute wie ein böses altes Weib über das Mädchen herzuziehen. Oder was meinen Sie?«

Caroline spannte sämtliche Muskeln an, um dem Schmerzanfall, der sie prompt wie eine heiße Welle überflutete, Widerstand zu leisten. So also sah die ganze Wahrheit aus. Weil man anderswo eine Abfuhr erlitten hatte, entschloß man sich, auf die frühere Favoritin zurückzugreifen. Besser diese als eine Floridanacht ganz ohne Glanz. Und das Dummchen fühlte sich fast geschmeichelt, war auf dem Wege, dem Treulosen zu vergeben, bereitete sich bereits auf die nächste Umarmung vor. Das Dummchen... Hatte es sich nicht erst gestern abend über Marthas schwachen Geist mokiert?

Und Caroline begann zu lachen. Vielleicht half das den Krampf zu lösen, das letzte Restchen von Illusion hinwegzuschwemmen, diese ganze miese Dreipenny-Tragödie nun endgültig in eine herzhafte Komödie zu verwandeln. Wie eine Fanfare stieß sie ihr Lachen tapfer in die vor Hitze zitternde Luft hinaus. Weinen sollte man sich in ihrem Alter abgewöhnt haben.

Später traf sie Kolja an der Bar. Natürlich war er nicht am Strand aufgetaucht, um die schlafende Trude und die nichtschlafende Caroline aufzuwecken, natürlich hatte er sein kleinlautes Benehmen längst wieder abgestreift, natürlich... Es war ja nun auch egal. Zwischen Herbert und Paul fühlte sich Caroline recht sicher aufgehoben.

»Jesse!«

Seine Zahnreihen blitzten mit den Augäpfeln um die Wette, als er sich tief zu ihr herunterbeugte, um sich ihren Wunsch ins Ohr flüstern zu lassen.

»Weißen Rum für die Damen. Weißen Rum mit viel Früchten. Was die Männer trinken wollen, sollen sie selbst entscheiden.« Und sie prostete Kolja mit ihrem bisher noch leeren Glas ironisch und gleichzeitig provozierend zu.

Er blinzelte zurück.

Eine Runde löste die andere ab. Jesse trank inzwischen mit und auch Leone, sein Kollege, der auf einem Banjo spielte. Übermorgen war die Reise beendet, weshalb also nicht zum Abschied einen angebrochenen Nachmittag in Rum ertränken? Dreißig Grad im Schatten. Nicht einmal so schlimm, doch war es die tropische Schwüle, die Alkohol und gute Vorsätze wie ein unersättlicher Schwamm in sich aufsaugte.

»Oh, my darling, oh my darling, oh my darling Caroline«, klimperte Leone, und Kolja sang mit schwerer Zunge mit.

»Was für ein Troubadour«, lästerte Herbert und fischte sich eine Kirsche aus dem Glas. »Pflegt er Ihnen nachts ähnliche Ständchen zu bringen?«

»Da hat er anderes zu tun«, parierte Caroline kühn und merkte, wie ihr dabei die Hände zitterten. »Nicht wahr, Kolja?«

Zum erstenmal an diesem Tag sah sich das verstrittene Liebespaar wieder voll ins Gesicht. »Vergib mir«, baten seine Augen, »ich möchte zärtlich zu dir sein«, seine Hände, »ich habe Sehnsucht nach dir«, signalisierte der ganze Körper. Sie fühlte sich wie in einem Kettenkarussel, triumphierend und elend zugleich. Vielleicht sollte sie aufhören, eine rumgetränkte Frucht nach der anderen in den Mund zu schieben. Die Anwesenheit der Freunde steigerte die Erregung dieser verbotenen Beziehung bis zur Unerträglichkeit. Am liebsten hätte sie sich das Kleid vom Körper gerissen, allen Männern die nackte Haut präsentiert... Nicht gestern, nicht morgen, nein, heute fand das Leben statt. Jawohl.

»Nochmals fünf normale und für diesen da«, sie wies in Richtung Kolja, »für diesen da einen doppelten.« Grinsend machte sich Jesse an seinem Shaker zu schaffen.

»Danke«, murmelte Kolja, und sein dreister Blick vertiefte sich. Gewiß, er war ein Möchtegern-Playboy, ein ganz kleiner, mieser... Im Grunde verdiente er nichts Besseres, als laufend gedemütigt, betrogen zu werden. Trotzdem...

Da ging Martha vorüber. In einem biederen blauen Hostessenkostüm, das jedes junge Mädchen um Jahre älter gemacht hätte. Jedes junge Mädchen. Caroline hämmerte sich diesen Satz immer wieder ein. Aber leider nicht dieses Botticelli-Gesicht.

»Hello.« Das war für die ganze Gruppe bestimmt. Herbert dankte, Trude dankte, Caroline murmelte etwas Undeutliches, Kolja streifte sie schweigend mit einem nichtssagenden Blick. Mehr nicht.

Sie tranken eine neue Runde. Dann verabschiedete sich Kolja, um, wie er sagte, ein paar Telefongespräche zu führen. Später wollte er sich ein bißchen ausruhen, um für dieses Gala-Dinner heute abend fit zu sein. Er sprach in Carolines Richtung, und sie nahm ihr heißes Gesicht in beide Hände und machte eine zustimmende Geste. Das konnte so mancherlei bedeuten, und sie wußte das auch.

Die Gläser mußten ausgetrunken werden, die Rechnungen bezahlt, die letzten Scherze belacht, dann erst sah Caroline die Möglichkeit, auf unverdächtige Weise zu verschwinden. Diesmal vertraute sie sich nicht dem wankelmütigen Fahrstuhl an, sondern rannte zu Fuß die Treppen hinauf, drei Stufen auf einmal. Wer weiß, vielleicht wartete Kolja bereits vor ihrer Zimmertür oder das Telefon klingelte das halbe Hotel aus dem Schönheitsschlaf. Jetzt war sie so voll des süßen Rums, dazu dieser Sonnenschwere, daß die Dinge ohne größeren Widerstand ihrerseits ihren Lauf nehmen würden. Mein Gott, wie oft hatte man schon eine Romanze als verheiratete Frau?!

Und abermals wurde ihr das so angenehm kühle Zimmer zum Gefängnis, lag sie auf dem Bett und umfaßte Telefon und Türgriff abwechselnd mit verlangenden Blicken. Der Wecker tickte eilig, auf dem Flur war ein eifriges Kommen und Gehen, Türen schlugen zu – Caroline hatte man vergessen. Konnte eine Frau noch tiefer fallen?

Eine kurze eiskalte Dusche, die mehr schmerzte als labte, Massageöl für ein paar Hundert Quadratzentimeter Hautfläche, einige wenige Bürstenstriche – dann erhob sich eine eisengestählte junge Dame mit eisernem Herzen wie ein Phönix aus der Asche. Höchste Zeit, endlich reinen Tisch zu machen.

Ohne eine Spur von Nervosität klopfte sie an Koljas Tür. Er öffnete sofort, knöpfte den Gürtel seines Bademantels enger.

»Oh.« Wirkte er verlegen oder erfreut? »Das ist aber eine Überraschung. Eben wollte ich bei dir anrufen.«

»Das ist jetzt nicht mehr nötig.« Auch ihre Augen waren Eisen, wenn auch sehr grünflimmerndes Eisen. »Ich wollte dir nur rasch die Bilder von Disneyworld zurückgeben. Da, nimm sie, ich kann damit nichts anfangen. Und hier sind die Shorts. Du wirst schon jemanden finden, dem sie besser passen als mir.«

Die Decke seines Betts war zurückgeschlagen, aus dem Radio drang eine sehr langsame, sehr sehnsüchtige italienische Canzone. Kolja im Bademantel, das Medaillon um den Hals...

»Willst du nicht bleiben?« Er schien die auf den Tisch geschleuderten Geschenke nicht zu registrieren. »Ich könnte neuen Rum bestellen, und wir hätten Zeit bis heute abend.«

»Nein, danke.« Sie maß ihn von Kopf bis Fuß, diesen griechisch-russischen Herumtreiber, dem sie sich aus irgendwelchen unerfindlichen Gründen heraus würdelos hingegeben hatte. Was versuchte sie anfangs alles in seine primitive Psyche hineinzudeuten: Zerrissenheit und Melancholie, auf der Suche nach sich selbst und auf der Suche nach seinem künstlerischen Stil (auf der ständigen Suche nach dem Weib wäre die einzig richtige Antwort gewesen). Dabei war er nichts, gar nichts, als ein durchschnittlicher Bursche mit zweifelhaften Familienverhältnissen und einem Benehmen, für das ähnliches galt. Dazu einen halben Kopf kleiner als sie selbst. »Nein, danke.«

Und mit zurückgeworfener Haarwoge ließ sie die Tür ins Schloß fallen.

Kolja nahm am Candlelight-Dinner nicht teil, nicht einmal beim vorausgehenden Cocktail ließ er sich blikken. Die Langsams bedauerten seine Abwesenheit, vergaßen ihn dann aber in der allgemeinen Heiterkeit. Die Aufmerksamkeit der meisten Männer galt Martha, heute schön wie ein Augustmorgen, der Hitze versprach.

Ihr bodenlanges Kleid war aus puderrosa Tüll und mit winzigen Perlen bestickt, im aufgesteckten Haar schaukelte eine Plastikknospe. Caroline hätte sich in diesem Aufzug wie eine Zirkusprinzessin gefühlt – für das junge Mädchen galt das Gegenteil, und Columbo, in einem seiner üblichen Safarihemden, wich nicht von seiner Seite.

Caroline hielt sich an Reegan, den farbigen Clark Gable-Typ. Er entpuppte sich als überaus witzig und welterfahren und machte sich einen Spaß daraus, jedes einzelne Mitglied der Gruppe mit knappen Worten zu charakterisieren. Ob er wohl über Kolja und sie Bescheid wußte? Was hielt er von ihnen beiden und was von ihrer Beziehung zueinander? Caroline brannten diese Fragen auf der Seele, doch wollte sie sich einem immerhin Fremden gegenüber keine Blöße erlauben. Irgendwann war das Maß einmal voll...

Auch Kilian pirschte mit gekrümmtem Rücken der auffallend stillen Caroline hinterher. Wie schade, daß er bei ihrem ersten gemeinsamen Abend in der Mühle nicht stärker auf sein Recht bestanden hatte! Er schien sich dieses Versäumnisses – schon in eigenem Interesse – bewußt zu sein und rettete sich jetzt in allgemeine Fragen. Wie viele Skizzen brachte die Kollegin nach Hause, hatte sich die Reise ihrer Meinung nach in künstlerischer Hinsicht gelohnt?

Am liebsten hätte sie an ihr Glas gestoßen, um Ruhe gebeten und dann laut in all diese staunenden Gesichter hinein verkündet: »Meine Damen und Herren, hier befindet sich eine Malerin, die diese Reise auf ihre sehr persönliche Art erlebt hat. Sie sammelte eine Unzahl von Eindrücken, ich meine, Eindrücke der Liebe, zu denen sich die der Leidenschaft, der Mißverständnisse und – nicht zu vergessen – der Enttäuschung gesellten. Der künstlerische Aspekt dagegen war gleich Null – o nein, vergessen wir die Liebeskäfer nicht. Von nun an wird sie ausschließlich diese vom Sex besessenen Tierchen malen, um ihre eigene Tragödie darüber zu vergessen.«

Man würde sie mißtrauisch mustern, den Kopf schütteln über soviel Unsinn und hungrig auf die mit Kerzen geschmückten Tische starren. Also unterließ sie besser eine solche Proklamation und verzichtete ebenfalls darauf, ins Freie hinauszutreten und einen raschen Blick in den fünften Stock, drittes Fenster von rechts, zu werfen. Wie, wenn es nicht erleuchtet wäre...?

»Stell dir vor, Jesse begleitet uns morgen in den Papageiendschungel.«

Trude hatte sich zur Feier des Abends reichlich mit Granatschmuck behängt. »Anschließend könnten wir dann das Unterwassermuseum besichtigen, und irgendwann ist wohl auch eine Shopping-Tour fällig. Ich brauche noch Geschenke für die Kinder. Willst du nicht Kolja mitnehmen?«

»O nein, ich habe mich bereits anders entschlossen.«

Und Caroline versuchte die Gedanken an ein erleuchtetes oder nicht erleuchtetes Fenster energisch abzuschütteln und stellte sich neben Reegan, der sich etwas verloren an einem Gin-tonic festhielt. Mit ihrer allerallerliebenswürdigsten Stimme fragte sie ihn, ob er nicht Lust hätte, ihr beim morgigen Ausflug Gesellschaft zu leisten.

Weshalb nicht einmal ein Quartett in Schwarz-Weiß?!

8

Wieder einmal hatte Mücke für den nächsten Abend
etwas anderes vor. Zwischen Roulade Hausfrauenart
und Birne Helene teilte sie Roman die – zumindest für
ihn – betrübliche Nachricht mit. Sie befanden sich in
einem kleinen Vorstadtlokal, das über Nacht zum
Treffpunkt des »beautiful people« geworden war. Roman ahnte, daß er gezwungen sein würde, tief in die Tasche zu greifen, doch sollte dieser Valentin-lose (und
immer noch Caroline-lose) Abend in einem extrava-
ganten Exterieur gewürdigt werden. Der Junge aß
heute bei einem Freund, seine Mutter hatte ihm nahege-
legt, die ganze Nacht dort zu verbringen.
»Wer ist es diesmal?« Es gelang Roman trotz aller
Selbstbeherrschung nicht ganz, seine gereizte Miene zu
unterdrücken. Nur drei freie Tage noch – lag ihr so wenig an seiner Gesellschaft? »Wieder Albrecht?«
»Nein, ausnahmsweise Ramon.« Sie lachte, als sie seine
bestürzte Miene sah, und fügte rasch hinzu: »Mein
Mann, das heißt, mein früherer Mann.«
»Will er dich etwa nach Südamerika zurückholen?«
Noch immer kämpfte Roman um sein inneres Gleich-
gewicht. Am Nebentisch umkrallten sich zwei sehn-
süchtige Händepaare. Während »sie« sich mit der
Zunge über die Lippen fuhr, sprach »er« mit sanftem
Drängen auf »sie« ein.

»Wenn er das vorhat, muß ich ihn leider enttäuschen.«
Nun faßte auch Mücke nach seinen Händen, berührte
Daumen für Daumen mit der seidigen Kuppe ihres Zei-
gefingers, trotz des Kellners, der gerade Wein nach-
schenkte, trotz eines Kollegen Romans, der nicht weit
von ihnen saß, trotz oder gerade wegen der frostigen
Kühle in den Augen des Geliebten. »Ich muß ihn enttäuschen, hast du gut verstanden? Hier gibt es einfach
zuviel, was mich hält.«
Was oder wen meinte sie damit? Albrecht und seine
Night-Club-Abstecher, Valentin und seine Schulprobleme? Oder hatte sie sogar ein ganz klein wenig dabei
an ihn gedacht? Wie gern hätte er eine Frage nachge-
schickt, doch verlangte eine positive Antwort dann
wohl eine Erklärung seinerseits – und das war ihm im
Augenblick nicht möglich. Was erwartete, was erhoffte
sie tatsächlich von ihm? Wenn es ihm möglich gewesen
wäre – er hätte ihr die Sterne vom Himmel gepflückt,
den Mond wie einen Spiegel über ihr Bett aufgehängt,
den Regen in Sonne, den Nebel in frischen Schnee verwandelt. In Sachen Caroline allerdings, da waren ihm
die Hände gebunden.
»Na, dann triff dich ruhig mit ihm. Ich sehe das ja ein.«
Er wollte sich und auch ihr diesen Abend nicht verder-
ben. Wer weiß, vielleicht war es ihr letzter gemeinsamer, wenn es ihr einfiel, ihm bei der nächsten Gelegenheit abermals einen neuen oder alten Verehrer aufzuti-
schen. Auf der anderen Seite – besaß er etwa das Recht,
ihr Verhaltensmaßregeln für ihren privaten Umgang zu
diktieren? »Und jetzt einen Mokka? Oder einen Irish
Coffee? Der hält länger wach.«

In der grauen Morgendämmerung fuhr er gemächlich nach Hause, um an die Blumen frisches Wasser und an sich selbst ein frisches Hemd auszugeben. Hätte man ihn gefragt, ob er sich nun glücklich oder unglücklich fühle, die Antwort wäre ihm schwergefallen. Gewiß, im Augenblick überwog die Erinnerung an eine Nacht, so übervoll gepackt mit Zärtlichkeit wie seit dem ersten Jahr seiner Ehe nicht mehr, er hätte tanzen (Caroline, siehst du?), singen (Caroline, hörst du?), ja, fast dichten mögen (Caroline, liest du?) – die Angst vor einer Entscheidung verdarb ihm sogar den Appetit auf einen Frühstückskaffee.

Dazu kam die Eifersucht, auf Ramon und alle anderen Männer rund um Mücke.

Ramon. War es Zufall oder eine Schicksalsfügung, daß sich ihre Namen wie in einem billigen Silbenrätsel glichen, ja, fast gegeneinander ausgetauscht werden konnten? Einer von beiden durfte immerhin für sich in Anspruch nehmen, Mückes Ehemann gewesen zu sein, der andere spielte bisher nur in der Phantasie mit diesem Status. Und was war mit Caroline? Wie, wenn sie voller Übermut an Floridas feinkörnigem Silberstrand die Angel ausgeworfen hatte und nun ein Goldfisch daran zappelte? Man mußte sich nur an ihren Lieblingsfilm »Some like it hot« erinnern, der Miami als Schaukelstuhlansammlung soeben geschiedener und erneut heiratssüchtiger Millionäre schilderte. Gewiß, Caroline war weit davon entfernt, eine Marilyn Monroe zu sein, trotzdem konnte man ihr überaus weibliche Züge durchaus nicht absprechen ... Vielleicht wollte sie auch ein einziges Mal im Leben nur in Kaviar und Perlen wühlen, sich einen Glaspalast für ihre Bilder bauen. Schwer genug geschuftet hatte sie ja dafür. Er, Roman, würde einer Frau niemals mehr als Mittelmäßigkeit bieten können. Auch Mücke nicht ... Sie hatte ihm gesagt, wohin sie mit ihrem Ex-Mann zum Essen gehen wollte. Es war das österreichische Lokal, dort, wo er ihr nach dem Abend der Vernissage zum erstenmal wieder begegnet war. Damals in Begleitung von Irmela, diesem blassen, braven Geschöpf, dessen Harmlosigkeit Caroline nicht so recht trauen wollte. Es war unhöflich und auch unvorsichtig von ihm gewesen, nicht mehr bei ihr anzurufen. Caroline würde es herausbekommen und nach den Gründen fragen – oh, er kannte ihre Hartnäckigkeit.

Ihm war nicht gerade wohl dabei, als er sich gegen neun Uhr abends von dem Kellner einen versteckten Einzelplatz zuweisen ließ. Wie immer war der Raum überfüllt. In einer Nische entdeckte er Mücke, die hübscheste Frau des Abends, und ihr gegenüber Ramon, leider ebenfalls der hübscheste Mann weit und breit. Dabei konnte man sich kaum größere Gegensätze vorstellen, ihr Weizengoldhaar gegen seine stumpfen schwarzen Locken, ihr müder Charme gegen seine Lebhaftigkeit. Jetzt tauchte auch Valentin auf im flaschengrünen Samtanzug, in Geste und Profil ein Abziehbild seines Vaters, beide wohl davon überzeugt, zum Herrschen geboren zu sein.

Trotz eines pikant gewürzten serbischen Spießes, trotz eines jungen Mädchens mit Madonnenscheitel ihm gegenüber, trotz dessen zutraulicher Blicke und dem Obstschnaps, den er gemeinsam mit ihr trank – er durchlitt alle Qualen einer aussichtslosen Studentenliebe. Gut, wie Mücke erzählt hatte, hatte sie sich endgültig von Ramon getrennt, es war sogar ohne größere Schmerzen dabei abgegangen (Frage: war sie überhaupt fähig, um einen Mann zu leiden?), trotzdem würde Valentin ein Leben lang das Bindeglied zwischen ihnen sein. Ein Blick auf ihn – und sie wurde an Ramon erinnert. Schließlich konnte Roman sie nicht zwingen, ihren Sohn in ein Internat zu stecken, obwohl das für alle drei die beste Lösung wäre. Wer aber zahlte die Kosten dafür? Wer sollte überhaupt ein möglicherweise gemeinsames Leben mit Mücke finanzieren? Viel verdiente sie sicherlich nicht bei ihrem Arzt, Spaß machte ihr die Arbeit auch nicht, also wartete sie wohl nur auf eine Gelegenheit, wieder ganz in ihrer »g'schlamperten« Gemütlichkeit unterzutauchen. Das einzige, was er an ihr vermißte, war Carolines kühles rechnerisches Kalkül.

Jetzt schnippte Ramon in seinem weißen Jackett nach einem Kellner und bestellte eine Flasche Champagner. Mücke lehnte sich seufzend nach hinten, anscheinend hatte sie zuviel gegessen. Und keiner von beiden wehrte Valentin, als er nach einem eigenen Glas verlangte. Eine schöne, eine stolze Familie – wie farblos wirkte Roman dagegen.

Um nicht ganz in Selbstmitleid zu ersticken, bestellte er zwei weitere Schnäpse. Das Mädchen, das Haar langfallend hinter die Ohren gestrichen, erzählte ihm von einer Slapstick-Komödie im Kino um die Ecke. Er winkte ab, ein Pechvogel war er selbst, was sollte er da Woody Allen bewundern.

Erstaunlicherweise war es Mücke, die sich in aller Frühe bei ihm meldete. Ahnte sie, daß er die halbe Nacht wachgelegen hatte? Schließlich kannte er ihre Reaktionen auf Champagner nur allzu genau. Feine Eisnadeln stachen ihm ins Herz, er räusperte sich und versuchte Mikes neugierig aufgestellte Ohren zu ignorieren. Was hatte sie ihm wohl mitzuteilen?

»Geht es dir gut?« Ihre Stimme klang verschlafen wie immer, vielleicht war sie es auch noch, räkelte sich in ihrem Morgenrock, das Haar verwuschelt, auf der Couch herum und machte wieder einmal blau.

»Ohne dich, nein.« Zum Teufel mit Mike, sollte er sich ruhig seine schmutzigen Gedanken machen. »Du scheinst da in einer günstigen Lage zu sein. War es wenigstens nett gestern abend?«

»Oh, das war es. Wir verstanden uns fast besser als früher und hatten eine Menge Spaß miteinander. Nur als es um Valentin ging, wurde die Sache kritisch. Weißt du, er möchte mir den Jungen wegnehmen und ihn nach drüben zu seiner Familie bringen. Valentin reizt es natürlich, sich von Personal und Großmutter und Tante bedienen zu lassen, hier bleibt ihm ja nur die Mutter zum Drangsalieren.« Sie lachte leise und unterdrückte gleichzeitig ein Gähnen. »Vielleicht kannst du mir sagen, was ich machen soll?«

Mit dem nötigen Mut wäre das eine Kleinigkeit gewesen. ›Nichts wie weg mit diesem Herrensöhnchen‹, lautete seine persönliche Meinung, ›dadurch vereinfachen sich auch die Umstände für uns.‹ Doch waren Muttergefühle oft empfindlicher als Porzellan. Ein falsches Wort und Ramon oder auch Albrecht preschten triumphierend an ihm vorbei. Was aber, wenn sie es darauf angelegt hatte, nun endlich eine klare Stellungnahme seinerseits zu erzwingen? Etwa nach dem Motto: trenne ich mich von meinem Sohn, trennst du dich von deiner Frau?

»Aber doch nicht am Telefon.« Er senkte die Stimme und stäubte sie mit Zucker ein. »Wann können wir uns sehen? Kannst du hier vorbeikommen?«

»Wenn ich zu deinem Verlag finde, ohne weiteres.« Richtig, er hatte vergessen, daß sie ja auch – ebenso wie Caroline – zu dem Millionenheer der Frauen zählte, das laufend Schwierigkeiten mit den Himmelsrichtungen hatte (für Männer unbegreiflich) und mit unschuldsvollen und dabei durchaus wachsamen Augen eine Stunde oder mehr im Kreis herum lief. Irgendwie rührte ihn ihre Hilflosigkeit, und er ließ sie wie ein Kind Straßennamen und andere Hinweise auf einen Zettel schreiben. Mike aalte sich. Er, der entweder von geschlechtslosen Wesen in mehrfach geflickten Jeans abgeholt wurde oder allein, eine Tüte pommes frites in der Hand, nach Dienstschluß durch die Straßen schlenderte. Jetzt schien er eine Niederlage von Caroline zu ahnen – die einzige, die ihm jemals die Meinung gesagt hatte –, und er genoß diesen Triumph. Eine unwürdige Situation. Für Caroline wie auch für Roman, der ja immer noch ihr Ehemann war. Mücke wäre in ihrer Naivität kaum in der Lage, diesen Widerspruch zu verstehen.

Mit nur zehn Minuten Verspätung eilte sie auf ihn zu. Leider in einem Cape, das zu auffällig kariert, zu lang und zu unförmig war, eine Art Mischung aus Droschkenkutscher und Sherlock Holmes. Roman vergab ihr diesen Faux pas, als sie die Arme so heftig um ihn schlang, daß er jeden Gedanken an einen Treuebruch mit Ramon gemeinsam mit dem Regen in die Straßenrinne laufen ließ.

»Ich habe mich nur ein einziges Mal verlaufen«, berichtete sie stolz, »und das ganz am Schluß. Kennst du nicht irgendwo ein Plätzchen, wo wenigstens ein bißchen die Sonne scheint?« Wie aus Protest fing sie ein paar Regentropfen mit der Zunge auf.

»Vielleicht breiten wir dein Cape aus und lassen uns durch die Lüfte tragen«, scherzte er und löste sich aus ihrer Umarmung. »Aber ich wüßte schon einen Ort, gar nicht so weit von hier. Bist du allein zu Hause?« Wem sollte es nützen, Zeit zu vertrödeln?

»Erst in zwei Stunden. Im Augenblick übt Ramon mit seinem Sohn auf der Gitarre. Ich habe ihn gebeten, danach wegzugehen. Aber«, sie zuckte die Achseln, »Ramon ist durchaus nicht der Mann, dem man Befehle erteilen kann.«

Nun war Roman an der Reihe. Es lag auf der Hand, ihr jetzt seine Wohnung anzubieten, die leer war, unbeobachtet und auch einigermaßen aufgeräumt, vielleicht wartete Mücke auf einen solchen Vorschlag – er sah in den Regen, atmete Frische und sagte keinen Ton. Auf seine Art wollte er Caroline die Treue halten. Es war ihr Zuhause viel mehr noch als das seine, jedes Stück darin hatte sie ausgesucht, mit hundert Überlegungen, ob es auch das schönste der Welt sei, und hundertundeins Behämmerungen, ob es ihm ebenso gefiele wie speziell ihr. Wie, wenn Mücke Bimbos Korb mit der verhaarten Decke achtlos beiseite stieß und ihre blonden Haare in

Carolines Lavendeltraum von einem Bad wie Miss Loreley persönlich verstreute . . .? Wie, wenn er sich dadurch getroffen fühlte und die Liebe darunter litt, auf ihrer Couch, auf seiner Couch, auf Romans und Carolines gemeinsamer Couch? Komplikationen gab es genug, man mußte sie nicht künstlich züchten.

Also tasteten sie wie zwei Studenten ohne Bude durch den Nebel, der weiß auf sie zuquoll, und versicherten sich gegenseitig, daß dies immer noch besser sei, als in irgendeiner Kneipe gegen Zigaretten- und Alkoholdunst anzukämpfen.

»Nebel ist gut für die Haut«, meinte Mücke und knüpfte ihr Kopftuch auf, »und für die Haare.« Sie reckte ihr zierliches Profil dem Himmel entgegen.

»Seltsam, im Nebel zu wandern«, begann Roman zu rezitieren. Nicht sehr originell, schließlich hatte man diese Zeile bereits über alle Maßen strapaziert. Doch liefen ihm die Worte von allein die Zunge herunter. »Einsam ist jeder Busch und Stein. Kein Mensch kennt den andern. Jeder ist allein.«

»Ist das André Heller?« Mücke vergrub eine feuchte Hand in seiner Manteltasche. »Der gefällt mir gut.«

Roman biß sich auf die Lippen, so wie es an seiner Stelle auch Caroline getan hätte. Sie allerdings voller Triumph, während er sich bemühte, seine Betroffenheit zu verbergen. Schließlich gab es andere Werte als nur die angelernter Schulweisheit. Wenn er da so an Carolines mißglückte Küchenorgien dachte . . .

»Hermann Hesse«, korrigierte er sanft. »Eine Zeitlang war er in Vergessenheit geraten, bis ihn die Hippies wieder ausgegraben haben. Aber über solche und ähnliche Dinge möchte ich mit dir in Ruhe sprechen, nicht im Regen und nicht unter dem Druck unserer ungeklärten Verhältnisse. Jetzt sei so lieb und erzähle mir nochmals in sämtlichen Details, wie du mit Ramon verblieben bist. Ich will alles wissen, verstehst du mich? Alles, denn ich liebe dich.«

Das kam unerwartet. Für sie wie auch für ihn. Sogar in Südtirol, an diesem Spätnachmittag, als sie im Abendrot den Berg hinunterstiegen, hatte er sich verboten, solche Worte zu formulieren. Jetzt aber war es höchste Zeit, mit offenen Gefühlen zu spielen.

»Roman.« Sie ballte die Hand in der Tasche zu einer Faust, seine Hüfte registrierte jede ihrer Bewegungen. »Das will ich nicht hören, jedenfalls im Augenblick nicht. Denke an Caroline, sie ist so hübsch, so begabt und bestimmt so glücklich mit dir. Für mich gibt es Ramon . . .«

»Ramon? Wieso? Ich denke, es ist aus zwischen euch?«

»Ist es auch. Aber Südamerikaner haben einen stark entwickelten Familiensinn, und ich bin und bleibe die Mutter seines Sohnes. Valentin versucht natürlich alles, um uns wieder zusammenzuführen.«

»Für Albrecht macht er sich auch stark, nur mich hat er abgelehnt«, meinte Roman bitter. »Du kannst doch kein Kind über deine Zukunft entscheiden lassen.«

»Er ist kein Kind wie jedes andere.« Mehr sagte sie nicht, und es war reichlich dürftig. Roman stand auch hier vor einer Nebelwand. Ja, war es denn um Gottes willen nicht möglich, mehr über ihre Vorstellungen von der Zukunft zu erfahren? Wie sollten sie je zu einer Einigung kommen?

Jetzt gab es kein Pardon mehr für ihn: er allein war an der Reihe. Abrupt blieb er stehen, zupfte den Kragen ihres Capes zurecht und holte tief Atem.

»Willst du mir versprechen, deine Entscheidung wegen Ramon oder Valentin oder wen auch immer hinauszuschieben, bis Caroline wieder zu Hause ist?« Er spürte Nebel, roch Nebel, schmeckte Nebel, gleichzeitig aber auch ihre sinnliche Nähe. »Das ist doch nicht zuviel verlangt, Mücke, oder was meinst du?«

»Nein«, sie schüttelte langsam den Kopf, »ich werde warten und alle vertrösten. Und jetzt gehen wir in meine Wohnung, ja? Eigentlich müßte Valentin endlich schlafen und Ramon sich zu Tode gelangweilt haben.«

9

Erholt, nein, erholt sah Caroline wirklich nicht aus. Gewiß, ihre Bräune irritierte, eine viel zu rasch erworbene, die innerhalb der nächsten Woche wieder abschuppen würde, in den Augen aber irrlichterte es, und der Mund ähnelte dem eines gescholtenen Kindes. Hatte sie Roman nicht – wie lange war das her – seine unerschrockene Amazone genannt?

Sie bekam Kolja kaum zu Gesicht und er damit kaum ihre eingefrorene Miene. Am letzten Tag ihres Aufenthalts in Miami hatte er einen Wagen gemietet und war damit auf eine Landzunge gefahren. Erst spät am Abend kehrte er zurück, verbrannt wie ein Seeräuber und mit vielen Bogen Papier unter dem Arm. Ob ihn abermals ein Mädchen begleitet hatte, blieb im Dunkel. Herbert mußte er nur erzählt haben, daß er auf ein Stück tropisches Paradies gestoßen sei und versucht habe, es mit den Augen, der Seele (Frage: besaß er eine?) und hoffentlich auch dem Bleistift einzufangen. Der Graukopf selbst war mit seiner Arbeitsausbeute nicht zufrieden und schwor, künftig auf ähnliche Reisen zu verzichten. Sollte sein mangelndes Glück bei den Frauen schuld an diesem Entschluß sein?

Caroline stimmte ihm zu. Es war in Gesellschaft zahlreicher Kollegen, und die meisten wunderten sich. War sie nicht die Ausgelassenste von allen gewesen und hatte vor ein paar Tagen noch ganz anders gesprochen? Vorsichtig tastete sie sich in ihr Schneckenhaus zurück, in der Hoffnung, man würde ihre Anwesenheit vergessen. Die anderen hatten recht: sie war sich untreu geworden. Wenn sie zurück an New York dachte, Roman an ihrer Seite, die Verlockung einer ganzen Reihe von unbeschwerten Tagen vor ihr – wie hatte sie die Faszination einer fremden Welt genossen! Und warum konnte das so nicht weitergehen? Nein, ein neuer Mann mußte her, eine neue Liebe und – eine neue Enttäuschung. Ein befriedigendes Ergebnis, in der Tat!

Miami Airport. Endlich und auch leider. Ferienleichte Atmosphäre wie am Flughafen von Nizza. Ein weißhaariger Neger im Rollstuhl – er wollte auf die Bahamas –, eine mexikanische Familie mit Tortillas auf den flachen Händen – gleichzeitig wollten sie sich und ungefähr ein Dutzend Gepäckstücke in einem Taxi unterbringen –, ein Flugkapitän mit wolkengrauen Augen – er wollte damit im Moment nichts anderes als Caroline beeindrucken. Sie lächelte müde zurück. Ein bißchen Atempause sollte man ihr schon gönnen.

Endlich hob sich das Flugzeug ab von der Erde und der Sonne entgegen. Endlich bekam Caroline auch die Everglades persönlich zu sehen. Sie erkannte nichts als eine bräunliche, mit Wasser durchtränkte Fläche, in der sich der Himmel vergeblich zu spiegeln versuchte. Trude saß neben ihr. Mit Hut und Handschuhen. Und mit einer behandschuhten Hand wies sie mit einemmal vorwurfsvoll auf eine dichte Wolke, die gemächlich einem der Tragflächen entwich. Was das wohl bedeutete? Ein Brand, eine bevorstehende Explosion?

Carolines innere Kälte, die so künstlich konservierte, verstärkte sich. Nun gut, weshalb denn nicht? Immer noch eine bessere Lösung als zu Hause einem ahnungslosen Ehemann unangekratzte Liebe, unangetastete Unschuld vorzugaukeln. Jede Schuld verlangte nach Sühne, hier saß sie, bereit, dem Schicksal ins Auge zu sehen. Allerdings entsprachen diese kühnen Gedanken nicht unbedingt ihrer inneren Situation. Unwillkürlich preßte sie die Knie aneinander, steckte einen Ananasriegel nach dem anderen zwischen die Lippen. Einmal riskierte sie auch einen Blick in Richtung Kolja. Womit vertrieb er sich die Zeit?

Mit dem Durchblättern einer Zeitung, mißmutig, die lächerliche Krawatte miserabel gebunden. Ahnte er die Katastrophe, die auf sie alle wartete? Langsam wandte er den Kopf und sah ihr voll ins Gesicht. Wie aus Versehen glitt ihr Blick an ihm vorbei. Weshalb bei Venus und Aphrodite, war es nicht möglich, vier Augen vertrauensvoll ineinander zu tauchen, die gemeinsam voll der Leidenschaft gewesen waren, voll der Begierde, mehr als einmal. Sollte man diese Welt in Unfrieden verlassen? Wer hatte den Mut, die ersten Worte zu sprechen? Die Zeit eilte, die Rauchwolken nahmen zu. Vielleicht war in zehn Minuten bereits alles zu spät.

»Rauch.« Sie stieß Herbert an, der auf der anderen (seiner Ansicht nach günstigeren) Seite des Ganges saß. Auch ihm würden jetzt keine Tabletten, keine Zauberkräuter helfen. Seelische Größe, das war es, was die Situation verlangte.

Ein kurzer Blick, und er lächelte von oben herab. »Man läßt Treibstoff ab. Überhaupt kein Grund zur Beunruhigung für euch Unschuldslämmer, unschuldig zumindest, was die Technik betrifft.«

»Und weshalb diese Aktion?« Hatte Caroline zu schnell mit dem Schicksal abgeschlossen? Vorsichtig versuchte sie die angespannten Muskeln zu lockern.

»Ladies and Gentlemen . . .« Die Durchsage zeichnete sich durch sachliche Prägnanz aus. Irgend etwas schien an der Maschine nicht in Ordnung zu sein. Also zurück nach Miami und das Ganze noch einmal mit mehr Perfektion.

Obwohl zunächst erleichtert, tuschelte Trude hinter vorgehaltener Hand weiter mit Caroline. Paul, der in einer Zeitung las, mußte ihre Sorgen nicht unbedingt mitbekommen. Wie lange dauerte es noch, bis sie ihre Kinder wiedersah? Die Geschenke für sie, zwei rosa Miss Piggies, hielt sie bereits auf dem Schoß.

Eine Mutter, die sich Sorgen um ihre Familie machte. Im Grunde eine ganz normale Situation, wohl die einzig richtige für eine nicht mehr junge Frau. Gut, Trude wirkte bieder, riß einen Mann nicht gerade vom Stuhl – war sie auf ihrem sicheren Standort nicht trotzdem zu beneiden? Viel mehr noch als die Rosenknospe Martha, die ihr Engelsköpfchen hingebungsvoll an Columbo lehnte. In New York würden sie sich beide trennen müssen, er blieb in der City, während man sie irgendwo in Richtung Kalifornien schickte. War er nicht außerdem verheiratet?

In New York gab es abermals ein paar Stunden Verzögerung, die Caroline in total relaxter Pose zwischen Tramps mit Rucksäcken, Sergeants mit Familien und Kindern mit durchdringenden Stimmen verbrachte.

Roman erwartete sie am frühen Morgen, aller Voraus-
rechnung nach würde es jetzt Mittag werden. Ob Varenius ihn wohl großzügig entließ, damit er seine übermüdete Frau am Flugplatz in die Arme schließen konnte? Apropos müde. Unter allen Umständen mußte sie
sich ein paar Stunden Schlaf im Flugzeug erzwingen,
denn nur mit entrümpeltem Gehirn konnte sie das Ex-
periment wagen, die Komödie der hingebungsvollen
Ehefrau zu spielen. Roman, du Guter! Hast du daran
gedacht, ein bißchen was einzukaufen, und wenn ja,
nicht nur Dinge, die gut und teuer sind? Erwartest du
wirklich von mir, daß ich weiterhin das Waschbecken
von all diesen Seifenspritzern säubere, die Handtücher
alle drei Tage und die Bettwäsche einmal wöchentlich
wechsle? Ich habe ein Abenteuer hinter mir, mein lieber
Mann, und es ist schief gelaufen, total schief. Trotzdem
glaube ich mich gegenüber dem Alltag erhaben, fühle
mich vielleicht so ein bißchen wie eine Vestalin. Ach,
ihr, du und der graue Morgen, werdet es schon schaffen, daß ich in die Anonymität zurücksinke, Blick und
Herz voller Resignation.
Hatte es Kolja oder der Zufall eingerichtet, daß sie im
Flugzeug nach Deutschland nebeneinander saßen? Caroline machte sich schlank und steif, um jede Berührung mit seinem Körper zu vermeiden. An Schlaf war
natürlich nicht mehr zu denken. Sollte sie sich betrin-
ken, genauso wie er, der soeben seinen dritten Whisky
bestellte? Gleichzeitig war sie froh darüber, ihre letzten
gemeinsamen Stunden unter Kontrolle zu haben.
Mochte er später tun, wozu es ihn auch immer trieb –
und es konnte nichts als ein Chaos sein –, im Augen-

blick gönnte sie ihm keinem jungen Jagdwild. Wohl um seiner Ex-Freundin seine Unabhängigkeit zu beweisen, zog er ein Paket Spielkarten aus der Tasche und animierte Kilian zu einer Pokerpartie. Caroline forderte man nicht dazu auf. Sie fand dafür nur ein mitleidiges Lächeln: was für ein kindischer Racheakt! Wenn er ihr zeigen wollte, wie sehr sie ihn langweilte, nun – sie holte tief Atem und gab ihrem Herzen eine Betäubungsspritze –, da blieb ihr wohl nichts anderes übrig, als ihm ihre Ansicht über den zufällig und unglücklich gewählten Liebhaber kundzutun.

Ein Blick auf die linke Seite. Da saß ein nicht mehr ganz junger Mann, brav, blondgescheitelt und in biederen Sandaletten. Die sah man allerdings nur, wenn er den Sitz verließ, und daran wollte sie ihn schon zu hindern wissen. Koljas Spottlust bedurfte keiner künstlichen Nahrung. Der Nachbar las in einem Buch mit anspruchsvollem Titel. Caroline hatte davon durch Roman gehört. Ja, in ihrer Familie führte man intellektuelle Tischgespräche, pflegte Kunst und Kultur und – nicht wie anderswo – die Liederlichkeit.

»Entschuldigen Sie«, sie schaltete die Ampel ihrer Augen auf grünliches Gold, »aber ist das Buch nicht schrecklich schwer zu lesen?« Der Mann streifte sie mit einem aufmerksamen Blick und legte gleich darauf die Lektüre zur Seite. Er schien ein williges Objekt zu sein und leicht zu lenken.

»Ein bißchen wohl«, gab er zu, »aber man findet sich hinein. Inzwischen brenne ich darauf, mehr von diesem Schriftsteller kennenzulernen. Er versteht es beispielsweise ausgezeichnet, menschliche Gefühle kühl zu analysieren, ohne dabei . . .« Schon steckten beide in einer Unterhaltung. Besonders Caroline schien davon so angeregt, daß es Kolja nicht ein einziges Mal gelang, ihre Aufmerksamkeit auf sich zu richten – wie sehr er auch schrie, sich über einen guten Stich freute oder enttäuscht mit den Fäusten gegen die Vorderlehne trommelte.

»Laß das, es stört mich«, diesen einen Satz schenkte sie ihm, dann versank sie wieder mit leisem Gurren in die von ihr geschickt lancierte Konversation nach links. Das grünliche Gold hatte inzwischen gezündet – der blonde Mann schien geschmeichelt über soviel weibliche Aufmerksamkeit und begab sich auf den für ihn recht unsicheren Pfad des Hofmachens.

»Langweiliger Esel«, hätte Caroline normalerweise in einer unsichtbaren Akte vermerkt. Jetzt aber ging es darum, Kolja seine miserable Durchschnittlichkeit zu beweisen (und ihren Erfolg bei anderen Männern). Die Rechnung ging auf: er war mit Augen und Ohren bereits mehr bei dem Pärchen neben sich als bei seinen Karten.

Carolines Schachzug hatte nur einen Fehler: es handelte sich bei ihrem Flug nicht um einen Katzensprung von etwa anderthalb Stunden. Im Grunde wollte die Zeit überhaupt nicht vergehen. Zwar servierte man ein Essen mit mehreren Gängen (Kolja lehnte es ab – war ihm bereits der Appetit vergangen?), zeigte einen Film und reichte Illustrierte – nach der Hälfte der Strecke war Caroline mit ihren Themen am Ende.

Nun begann harte Arbeit, für sie und auch für den freundlichen Mann, der ja eigentlich in Ruhe sein Buch lesen wollte. Zunächst einmal tauschten sie ihre Visitenkarten aus, buchstabierten wie Schulkinder abwechselnd Name, Straße und Telefonnummer, versprachen sich gegenseitig anzurufen.

»Geschäftlich bin ich unter der oberen Nummer zu erreichen, privat, das heißt abends, unter der kursiv gedruckten.« Und Kolja, der nicht einmal wußte, in welchem Stadtteil sie wohnte (weshalb hatte er sich auch nicht für ihr Privatleben interessiert?) pokerte vor Aufregung zu hoch und verlor unter dem Freudengeschrei von Kilian.

Zehn Minuten später blies Caroline ihm ausdauernd Zigarettenrauch in die Augen und erwog mit ihrem Nachbarn die zahlreichen Nachteile des Nikotins. Dann beschäftigten sie sich beide in aller Gründlichkeit mit einem Beutel gesalzener Nüsse, doch ging auch dieser einmal zu Ende. Schließlich kam der Zeitpunkt, wo es Rainer Zimmerer (so stand es auf seiner Visitenkarte) nicht länger auf seinem Platz aushielt. Er bat Caroline um Entschuldigung, sie für ein paar Minuten allein zu lassen. Sie nickte großmütig und auch erleichtert, schließlich hatte sie eine Pause so notwendig wie er.

»Schöne Schuhe«, meinte Kolja, der die Karten beiseite gelegt hatte, und heftete seine Blicke auf den Gang. »Flott und sportlich.«

»Legt hier irgend jemand Wert auf dein Urteil?« Caroline senkte gelangweilt die Lider. »Außerdem bin ich mit diesem Menschen nicht verheiratet und daher nicht für seine Kleidung verantwortlich.«

»Aber mit Roman, und den werde ich wohl am Flughafen sehen.« Er lehnte sich dichter an ihre Schulter und

verströmte (leider) prickelnden, parfümierten Piraten-
duft.

»Kannst du, kannst du. Wir fürchten beide dein Urteil
nicht.«

»Seit wann sprichst du in ›wir‹? Auf der Reise habe ich
davon wenig gemerkt.«

»Das war eben mein Fehler. Doch du kannst beruhigt
sein, er wird sich nicht wiederholen. Weißt du, man irrt
sich nur einmal im Leben.« Das war stark und traf seine
Eitelkeit genau ins Herz.

Er schien sich geradezu aufzubäumen. »Du meinst, alles war ein Irrtum?«

»Ein äußerst peinlicher Irrtum. Doch lassen wir das
Thema, so amüsant ist es nun auch wieder nicht.« Sie
bettete den Kopf an ihre Rückenlehne.

»Caroline . . .« seine Stimme klang zart und fast, fast
ein ganz klein bißchen zärtlich. »Caroline . . . Carolinka . . .«

»Ich schlafe.« Dabei hielt sie den Atem an.

»Es ist so schade, daß wir . . .« er zögerte, »nun . . . es
steht so vieles zwischen uns.«

»Das kann man wohl sagen.« Trotz ihrer ruppigen
Antwort – sie fieberte nach mehr, wartete mit geballten
Fäusten, alle Muskeln des Körpers gestrafft, auf die er-
lösende Erklärung. Weshalb um Himmels willen hatte
sich ihre Liebesaffäre über Nacht in banales Partyge-
plauder verwandelt, nein, schlimmer noch, in eine
Bankrotterklärung ihrer intimsten, verletzlichsten Gefühle?

»Du bist ganz anders als ich, bürgerlich, abhängig von
geregelten Verhältnissen, willst dich auf kein Risiko

mehr einlassen. Außerdem brauchst du Komfort oder sogar Luxus . . .«

»Wenn du das aus der silbernen Pfeffermühle schließt, kann ich nur sagen: mehr als albern.«

»Vielleicht, aber es war typisch für dich und zeigt, daß du das Leben nach Werten mißt, die mir fremd sind. Zwar wolltest du mir dauernd das Gegenteil einreden, aber . . . Ach, lassen wir das. Jedenfalls werde ich oft an diese Reise zurückdenken.« Jetzt versuchte er es mit einer Prise Trotz und viel Sentimentalität. Was, was versuchte er eigentlich? Daß sie ihre unheilvolle Beziehung fortsetzen sollten oder nur diesen Wortwechsel, um Rainer Zimmerer zu kränken? Oh, sie kannte die Bosheit, die in ihm steckte. Zu gern hätte er ihre Phantasie und Bereitwilligkeit ein letztes Mal in den Abgrund gelockt.

»Ich auch.« Sie nickte freundlich. »Besonders eindrucksvoll war der Besuch im Papageiendschungel. Diese Vielfalt der Farben, das ohrenbetäubende Geschrei . . .«

»Und Disneyworld?«

Sie setzte zu einem letzten, einem mächtigen Dolchstoß an. »Kann ich mich kaum noch erinnern. Ein bißchen kindisch, oder irre ich mich?«

Damit war die Unterhaltung beendet. Der blonde Mann kehrte auf leisen Sandalettensohlen zurück, Kilian verlangte nach einer neuen Partie. Und während sich beide – Caroline wie Kolja – lustlos aber dennoch ihren Partnern widmeten, ahnten sie, daß ihr gemeinsames Abenteuer immer ein Rätsel bleiben würde, unverständlich und unlösbar sogar für sie selbst.

Morgen würde sie weinen. Caroline kannte sich genau. Morgen und übermorgen und nächste Woche und nächsten Monat. Aber im nächsten Jahr bestimmt nicht mehr. Und was folgte dann?

Während sie Rainer Zimmerers Schilderung eines verregneten Nordafrikaaufenthalts mit lächelnder Maske über sich ergehen ließ, schloß sie die Augen und widmete sich inbrünstig der Hoffnung, Roman möge sie am Flugplatz im Trench-coat empfangen und nicht in seinem Lodenmantel, den viel zu kurzen.

10

Verbissen schlug sich Roman mit dem Staubsauger herum. Dabei war es nicht einmal ein aussichtsloser Kampf – nein, Krümelchen um Krümelchen verschwand in dem gefräßigen Schlauch, außerdem ein bißchen Zigarettenasche und die Fadenreste, die beim Knopfannähen auf den Boden gefallen waren.

Nun kam das Badezimmer an die Reihe. Durch die zahlreichen Nächte bei Mücke hatte er es ziemlich geschont, trotzdem – die Wanne mußte gereinigt werden, und im Spiegel konnte man sich vor lauter Zahncremespritzern kaum mehr erkennen (»Weil du den Kopf beim Zähneputzen hebst, mein Schatz. Erfahrene Hausfrauen oder auch Hausmänner beugen sich dabei über das Waschbecken ...«). Er hörte Carolines Stimme. Wie oft hatte sie ihm diese Nachlässigkeit vorgeworfen? Einhundert-, zweihundertmal? Und Mükke? Benutzte sie ähnliche oder genau die gleichen Worte oder gehörte sie auch nach längerer Intimität noch zu der rühmlichen Ausnahme der großzügigen Haushaltsvorsteherinnen?

Seine Gedanken weilten bei ihr, während er flüchtig die viel zu vielen Fläschchen auf dem Toilettentisch abstaubte. Er hatte versprochen, sich erst morgen wieder zu melden, wenn der Begrüßungstaumel vorüber, die Lage besser zu überblicken war. Wer weiß – vielleicht

kam Caroline ihm in freudig-verlegener Verfassung
entgegen, den schriftlichen Heiratsantrag eines Atom-
forschers oder Astronauten in der Tasche, bereit zu einer klärenden Aussprache, die er ihr sofort erleichtern
könnte.

Es war sechs Uhr morgens, und gegen acht Uhr sollte
die Maschine landen. Wenn sie pünktlich war, würde er
nicht einmal mit großer Verspätung ins Büro kommen.
War jetzt in der Wohnung alles in Ordnung? Im Eisschrank standen Schinken und Käse und viele Eier, außerdem Milch und Quark. Ein frisches Brot gab es
auch, dazu einen neuen Aufstrich, den ihm die Verkäuferin ans Herz gelegt hatte. Nach Nüssen und Birnen
sollte er schmecken – na, Caroline würde sich nicht
scheuen, ihre Meinung darüber klar und deutlich auszusprechen. Sollte er den Küchenboden noch feucht
aufwischen? Nur wenn man das Licht anschaltete, fielen die einzelnen Kaffeeflecken ins Auge. Er haßte es,
mit Scheuerlappen herumzuhantieren und für diese
vierzehn Quadratmeter mehrmals das Wasser zu wechseln. Draußen regnete es wieder einmal, die Luft war
empfindlich kühl. Genau das richtige Wetter für seinen
Lodenmantel. Neuerdings hatte Caroline allerdings einiges an der Länge auszusetzen, also griff er nach dem
Trench-coat, um nicht gleich Anlaß für einen Wortwechsel zu bieten.

Acht Uhr – und kein Flugzeug. Dafür um acht Uhr
dreißig die Nachricht, daß man mit einer Verspätung
von mehreren Stunden rechnen müsse. Roman fluchte.
Sollte er Caroline ihrem Schicksal überlassen? Mit mehreren Koffern und wahrscheinlich durch Müdigkeit

überreizt. Mußte sie sich denn auch dauernd in der Welt herumtreiben? Jetzt blieb ihm nichts anderes übrig, als Varenius anzurufen und um einen freien Vormittag zu bitten. Man gewährte es ihm gnädig. Natürlich, auf ihn kam es kaum mehr an. Fast war Roman versucht, die Nummer von Mücke zu wählen, doch was hätte er ihr sagen sollen, als daß er sie liebe?

Vier Kaffees und ein Kognak. Dazwischen mehrere Zeitschriften und unzählige Blicke auf die Uhr. Ein herrlicher Morgen! Er kam sich vor, als ob er ein Examensergebnis erwartete oder den Befund eines Arztes oder den Kostenvoranschlag einer Autowerkstätte.

Endlich wurde die Ankunft der Maschine gemeldet. Das Kribbeln in seinem Magen verstärkte sich, nervös begann er an den Nägeln zu kauen. Caroline, liebe Caroline, bitte, mach mir die Entscheidung nicht zu schwer. Unsere letzten Jahre waren nicht immer die schönsten ...

Da kam sie, braun wie edles Kamelhaar, die Haare ein bißchen länger im Nacken, bläuliche Schatten unter den Augen. Sie ging nicht aufrecht, wie es sonst ihre Art war, sondern sah sich fast ängstlich nach allen Seiten um. Seit langem hatte Roman seine Frau nicht mehr so kleinlaut gesehen – waren die Reisestrapazen zu groß gewesen?

Sein Verantwortungsgefühl erwachte. Schließlich war sie ihm anvertraut und hatte Anspruch auf seine Fürsorge. Mit einem Tulpenstrauß in der Hand (wohlweislich keine Rosen – er konnte sich mit der Ausrede entschuldigen, die Saison sei vorbei) trat er auf sie zu.

Tränen überschwemmten ihre Augen und liefen langsam die Wangen hinunter, die Lippen öffneten sich wie zu einer leisen Klage. Dann begann sie heftig zu schluchzen, stellte die Koffer auf den Boden, preßte die Arme um Romans Hals.

»Verzeihung, Liebling, bitte, hab Nachsicht mit mir.« Kein Blick für die Leute, die auf sie starrten, nicht für das freundliche Ehepaar, nicht für den grauhaarigen Mann mit der Brille, nicht für den blonden in Sandalen, ja, nicht einmal für einen kleinen schwarzhaarigen Typ, der mit mürrischer Miene in der Schwingtür verschwand (war er nicht bei der Stadtrundfahrt in New York dabeigewesen?). Nein, die verzweifelte Caroline umklammerte Roman wie eine Ankerboje.

»Meine Kleine, was ist denn los? Komm, ich bringe dich nach Hause.« Und er nahm ihr Gepäck und biß sich zwischendurch auf die Lippen und dirigierte sie zu seinem Auto, an dem ein Strafzettel klebte.

Natürlich, er hatte vergessen, ein paar Groschen nachzuwerfen. Früher wäre ihm eine solche Nachlässigkeit nicht passiert. Früher – da jonglierten seine Gedanken auch nicht dauernd zwischen einer weizenblonden Mücke und einer kupferfarbenen Caroline herum.

Diese hatte sich inzwischen wieder ein bißchen gefaßt. Ungeduldig puderte sie sich die Nase, entfernte einen Salzkrümel aus dem Mundwinkel und versuchte den alten kämpferischen Geist in ihren Augen neu zu entzünden.

»Entschuldige bitte«, sie faßte nach seiner Hand, »das war einfach die Erschöpfung. Gleich ist wieder alles in Ordnung. Aber der Rückflug dauerte eine halbe Ewigkeit. Übrigens vielen Dank, daß du dich für mich so elegant gemacht hast.«

»Die Hauptsache ist, du bist wieder heil zu Hause angekommen.«

Mühsam reihte er ein Wort an das andere. Die Entscheidung würde viel schwerer als erwartet.

»Ich habe dir auch etwas mitgebracht.« Schon hatte sie sich auf den Sitz gekniet und begann einen der Koffer aufzuschnallen. »Ein richtiges Rancherhemd, aber aus reiner Seide. Glaubst du, daß Größe L – das ist Large – dir passen wird?«

»Hat das nicht Zeit bis zu Hause?« Er sprach wie zu einem Kind. Es regnete noch immer, die Welt schien sich hinter melancholischen Schleiern zu verhüllen.

In der Wohnung wurde als erstes das Hemd herausgekramt, kaum, daß Roman die Tür schließen durfte. Es schillerte grünlich, hatte breite Schultern und sehr, sehr lange Ärmel. Roman ertrank darin. »Das nähen wir enger«, tröstete er seine Frau, die fast wieder zu weinen begann. »Meine Schwester kann das machen oder Irmela, wenn sie uns das nächste Mal besucht!«

»Bin ich vielleicht eine Niete!« Verzweifelt ließ sie sich auf die Couch fallen und versuchte, ihre schwer gewordenen Augendeckel unter Kontrolle zu behalten. »Zu dumm, um meinem geliebten Mann ein passendes Hemd zu kaufen, zu dumm, um auf der Nähmaschine ein paar Nähte herunterzurattern. Aber immerhin nicht dumm genug, um Sehnsucht nach ihm zu haben.« Und sie zog Roman voller Ungeduld zu sich herunter.

»Liebling. Es ist ein Uhr nachmittags.« Wie sollte er sich jetzt aus der Affäre ziehen?

»Na, und? Ich kehre gerade aus der großen Welt zurück und habe nicht vor, mich weiterhin diesen üblichen bürgerlichen Einschränkungen zu unterwerfen.« Und sie streifte den Pullover über den Kopf. »Bist du nicht neugierig, zu sehen, wie braun ich am ganzen Körper bin?«

Trotz ihrer Müdigkeit, trotz aller Tränenspuren – ein appetitliches Persönchen war sie schon, geschmeidig wie eine Gazelle, muskulös, mit raschen Bewegungen, dazu die Haut wie Heidehonig, in dem der Duft eines Sommers lag.

»Könntest du nicht für immer in den Staaten leben?« Eine überraschende, ihr gewiß unbegreifliche Frage, vielleicht auch ein letzter Widerstand, bevor er bereit war, sich diesen mehr als zehn Jahren Liebe, Zärtlichkeit und Gewohnheit zu ergeben. »Ich erinnere dich an deinen Amerika-Fanatismus.«

Sie hörte kaum auf seine Worte. Viel zu sehr war sie damit beschäftigt, sämtliche Kleidungsstücke um sich herum zu verstreuen. »Leben, sagtest du? Nein, niemals. Weder dort mit jemand anderem noch dort mit dir noch hier mit jemand anderem, sondern einfach nur hier und mit dir. Do you understand, my darling?«

In der nächsten Sekunde rannte sie ins Bad, schüttete eine Handvoll blauen Pulvers in die Wanne, drehte den Wasserhahn voll auf.

»Und jetzt wird gebadet, lange und heiß und mit Genuß. Soll ich mich ausnahmsweise auf den Gummistöpsel setzen?«

Diese Rücksichtsnahme war ungewohnt, doch sie hatte ja das »ausnahmsweise« betont, und er mußte lachen und sagte »nein, nein.« Ungewohnt kam ihm auch eine gewisse Hilflosigkeit vor, die sich in ihrem Blick, in jeder ihrer Gesten ausdrückte – und doch, im Grunde hatte sich Caroline, seine Caroline nicht geändert. Auf ihn wirkte sie noch immer erfrischend wie Campari mit Sekt (und, in größerer Menge genossen, ebenso gefährlich). Auch als sie ihm ganz nebenbei hinwarf »Wenn man schon saubermacht, sollte man die Fingerabdrücke auf dem Lichtschalter nicht vergessen«, ärgerte er sich kaum. Wann würde sie den nicht aufgewischten Fußboden in der Küche bemerken?

»Komm ganz nah an mich heran«, bettelte sie später auf der Couch. »Noch näher, viel näher, bis ich nicht mehr atmen kann. Und biege deine Beine um fünfundvierzig Grad ab, damit meine noch Platz darin haben. So ist es schön, ja, so ist es schön.«

Sie schloß die Augen, und er hätte zu gern gewußt, wohin sie ihre Gedanken wandern ließ. Obwohl er eigentlich gerade genug mit sich zu tun hatte. Caroline, diese seine eigene Frau, Caroline hatte ihn vollkommen überrumpelt. Jetzt lag er neben ihr, am hellichten Tag, während er doch so viele schicksalshafte Worte mit ihr sprechen wollte. Und kein Valentin, der ein Erdkundeheft anschleppte, und kein Albrecht, der süß war wie Veilchenwasser und dabei so nichtssagend, und kein Ramon, der vielleicht bei einem Wutanfall das Messer zückte, und . . . ja, auch keine Mücke, herzig und arglos und ohne ernsthafte Gedanken (auch was die finanzielle Seite des Lebens betraf). Würde er all diese neuaufgetauchten Figuren in ein paar Monaten noch vermissen?

»Übrigens«, er räusperte sich und tastete nach ihrem kleinen braunen Jungmädchenbusen, »ich habe mich entschlossen, nach einer neuen Stellung Ausschau zu halten. Da waren kürzlich ein paar Inserate in der Zeitung, die mir ganz interessant erschienen. Wenn ich diesem widerwärtigen Mike nämlich noch lange gegenübersitze, könnte es passieren, daß ich eines Tages den Schreibtisch über ihn kippe.«

»Sage ich dir das nicht bereits seit ein paar Jahren?« Sie riß sich aus ihren Grübeleien und stützte den Kopf in die Hand. »Wenn es dir recht ist, helfe ich bei den Bewerbungen.«

»Übrigens wurde auch ein Schäferhund angeboten. Dreimal hat er bereits den Platz wechseln müssen, wenn er diesmal keinen Herrn für immer findet, wird er im Tierheim landen.«

»Dort landet er nicht.« Jetzt war Caroline wieder ganz die alte, mit heißem Herzen und einem präzise funktionierenden Gehirn. »Denn er hat einen neuen Herrn gefunden, und der heißt Roman. Und das Frauchen mit Namen Caroline wird seinen ganzen Einfluß in dieser ausbeuterischen Werbeagentur geltend machen, damit das arme Tier seinen Tag dort verbringen kann. Ich muß gleich Bimbos Decke in die Reinigung bringen.« Er hielt sie zurück, mit zwei sehnsüchtigen Armen. »Das hat Zeit, mein Mädchen, wenigstens ein bißchen. Gewöhne dir ab, deinen eigenen Mann immer an das Ende aller Dinge zu stellen. Wann willst du mir von deiner großen Reise erzählen?«

»Das hat noch viel mehr Zeit.« Die Frage schien ihr nicht recht zu behagen. »Es war informativ, es war interessant, versäumt hast du trotzdem nicht allzu viel. Ich glaube, wir werden nächstes Jahr doch wieder in die Berge fahren. Natürlich gemeinsam, wie sich das gehört.«

»Und was war mit den Liebeskäfern? Du erwähntest sie auf einer deiner spärlichen Karten.

»Die Liebeskäfer?« Sie ließ ihre Lider flattern, mimte die Gelangweilte, zupfte an seinen Augenbrauen. »Unser Reiseleiter machte mich auf sie aufmerksam. Sie haben nichts als ›faire l'amour‹ im Kopf, selbst in höchster Todesgefahr. Oder drücken wir es einmal weniger erotisch aus: sie können nicht ohne Partner sein. So etwas gibt es öfter als man glaubt.« Die letzten Worte murmelte sie in seine Halsbeuge hinein.

Ihre Haut war wie zartgepuderte Seide, nur die Hüftknochen traten ein wenig bockig hervor. Niemandem anders sollte er je gehören dürfen, dieser Körper, den er unter Tausenden in der Dunkelheit herausgefühlt hätte. Niemandem. Wenn sie sich mit einer gewissen Kindlichkeit einbildete, ebenfalls der Garde der Liebeskäfer anzugehören, dann wollte er der einzige sein, der dieses aufregende Schicksal mit ihr teilte.

»Unter eurer Künstlergruppe scheint auch ein richtiger Star gewesen zu sein.« Roman sprach ohne Interesse. Vielleicht legte Caroline keinen Wert auf diese Nachricht. »Ich las gestern in der Zeitung davon. Es handelt sich um einen gewissen Kolja Sowieso. Für den November ist eine große Porträt-Ausstellung von ihm geplant. Gleichzeitig wird ihm der Förderungspreis einer nicht unbekannten Künstlergenossenschaft überreicht. Hattest du näheren Kontakt zu ihm?« Ein paar Sekunden war Stille. Nur die Uhr tickte unbeeindruckt, und der Regen prasselte gegen das Fenster.

»Ach«, sagte Caroline dann, »so ist das. Ich erinnere mich kaum mehr an diesen Typ, und nun hat er einen solchen Erfolg. Wie manchen Menschen das Glück doch einfach in den Schoß fällt. Höchste Zeit, daß ich einmal an die Reihe komme.«

Und sie legte sich still in die Kissen zurück und begann sich auszumalen, welchen ihr bekannten Mädchengesichtern sie wohl unter seinen Bildern begegnen würde. Als der Schmerz zu groß wurde, befahl sie sich streng, das Thema zu wechseln. Gab es da nicht einen jungen Schäferhund, der sie brauchte? Dringlicher und wohl auch selbstloser als all die anderen.

Renate Fabel

Geliebte Feindin

Roman

288 Seiten · Leinen

Ein psychologisch nuancierter, moderner und amüsant geschriebener Roman, der durch die präzise Beobachtungsgabe besticht. Daneben vermittelt das Buch einen interessanten Einblick in die Redaktion einer großen Modezeitschrift.

Wie schon in ihrem ersten Buch »Meines Mannes Tochter« schildert Renate Fabel auch hier Menschen von heute mit Klugheit und Humor, aber auch mit all den Nuancen, die die Personen lebendig werden lassen.

LANGEN MÜLLER